周本淳集

第六卷

唐才子传校正

[元] 辛文房 编撰
周本淳 校正

人民文学出版社

目　　录[一]

前言 …………………………………………………… 1

卷第一 ………………………………………………… 1

六　帝(2)　　王　绩(3)　　崔信明(4)　　王　勃(5)
杨　炯(6)　　卢照邻(7)　　骆宾王(8)　　杜审言(9)
沈佺期(10)　宋之问(11)　刘希夷(11)　陈子昂(12)
李百药(14)　李　峤(14)　张　说(15)　王　翰(16)
吴　筠(17)　张子容(18)　李　昂(18)　孙　逖(19)
卢　鸿(20)　王泠然(20)　刘眘虚(21)　王　湾(22)
崔　颢(22)　祖　咏(23)　储光羲(24)

卷第二 ……………………………………………… 25

包　融(25)　崔国辅(26)　卢　象 韦述(27)　綦毋潜(27)
王昌龄 辛渐[二](28)　　　　常　建(29)　贺兰进明(30)
崔　署(30)　陶　翰(31)　王　维 裴迪 崔兴宗(31)
薛　据(33)　刘长卿 李穆(34)　李季兰 刘媛 刘云 鲍君徽 崔仲容 元淳 薛蕴 崔公达 张窈窕 程长文 梁琼 廉氏 姚月华 裴羽仙 刘瑶 常浩 葛鸦儿 崔莺莺 谭意哥 张夫人 文姬 赵氏 盱眙[三]　薛　媛(35)　　　　阎　防(37)
李　颀(38)　张　諲(38)　孟浩然(39)　丘　为(40)

1

李　白(41)　　杜　甫(43)　　郑　虔(45)　　高　適(46)
沈千运(47)　　孟云卿(48)

卷第三 ·················· 50

岑　参(50)　　王之奂(51)　　贺知章(52)　　包　何(52)
包　佶(53)　　张　彪(53)　　李嘉祐(54)　　贾　至(55)
鲍　防谢良(55)　殷　遥(56)　张　继(57)　　元　结(57)
郎士元(58)　道人灵一 惟审 护国 文益 可止 清江 法照 广宣 无本 修睦 无闷 太易 景云 法振 栖白 隐峦 处默 卿云 栖一 淡交 良义 若虚 云表 昙域 子兰 僧鸾 怀素 惠标 可朋 怀浦 慕幽 善生 亚齐 尚颜 栖蟾 理莹 归仁 玄宝 惠侃 法宣 文秀 僧泚 清尚 智遥 沧浩 不特(59)　　　　　皇甫冉(61)
皇甫曾(62)　　独孤及(62)　　刘方平(63)　　秦　系(64)
张众甫 赵徵明 于逖 元季川 蒋涣(64)　严　维(65)　　于良史(66)
灵澈上人(67)　陆　羽(68)　　顾　况(69)　　张南史(70)
戎　昱包子虚(71)　古之奇(72)　苏　涣(73)　　朱　湾(74)
张志和(75)

卷第四 ·················· 76

卢　纶(76)　　吉中孚(77)　　韩　翃(78)　　耿　湋(78)
钱　起子徵(79)　司空曙(80)　　苗　发(81)　　崔　峒(82)
夏侯审(82)　　李　端张芬 柳中庸(82)　　　　窦叔向(84)
康　洽(84)　　李　益(85)　　冷朝阳(86)　　章八元(87)
畅　当郑常(87)　王季友(88)　　张　谓(89)　　于　鹄(90)
王　建(90)　　韦应物丘丹(91)　皎然上人(93)　武元衡(94)
窦　常(95)　　窦　牟(95)　　窦　群(96)　　窦　庠(96)
窦　巩(97)　　刘言史(97)　　刘　商(98)

卷第五 ·················· 100

卢　仝(100)　　马　异(101)　　刘　叉(102)　　李　贺(103)

李　涉(104)	朱　昼(106)	贾　岛(106)	庄南杰(108)
张　碧(108)	朱　放(109)	羊士谔(110)	姚　系 姚伦(110)
曲信陵(111)	张　登(111)	令狐楚(112)	杨巨源(113)
马　逢(113)	王　涯(113)	韩　愈 张署(114)	柳宗元(115)
陈　羽(116)	刘禹锡(117)	孟　郊 陆长源(118)	戴叔伦(120)
张仲素(121)	吕　温(121)	张　籍(123)	雍裕之(124)
权德舆(124)	长孙佐辅(125)	杨　衡(126)	

卷第六 ·· 127

白居易(127)	元　稹(129)	李　绅 郁浑(131)	鲍　溶(132)
张又新(132)	殷尧藩(133)	清　塞(134)	无　可(135)
熊孺登(136)	李　约(136)	沈亚之(137)	徐　凝(138)
裴夷直(139)	薛　涛(139)	姚　合(141)	李　廓(142)
章孝标(143)	施肩吾(144)	袁不约(145)	韩　湘(145)
韩　琮(146)	韦楚老(147)	张　祜 崔涯(147)	刘得仁(150)
朱庆馀(150)	杜　牧 严恽(151)		

卷第七 ·· 154

杨　发(154)	李　远(155)	李敬方(156)	许　浑(156)
雍　陶(157)	贾　驰(159)	伍　乔(159)	陈上美(160)
李商隐(161)	喻　凫 薛莹(163)	薛　逢(164)	赵　嘏(166)
薛　能(167)	李宣古 李宣远(168)		姚　鹄(169)
项　斯(169)	马　戴(170)	孟　迟(171)	任　蕃(172)
顾非熊(173)	曹　邺(174)	郑　嵎(174)	刘　驾(175)
方　干(175)	李　频(177)	李群玉(178)	

卷第八 ·· 180

| 李　郢(180) | 储嗣宗(181) | 刘　沧(181) | 陈　陶(182) |
| 郑　巢(183) | 于武陵(183) | 来　鹏(184) | |

3

温庭筠纪唐夫(185)　　　鱼玄机(187)　　邵　谒(188)
于　濆(189)　李昌符(190)　翁　绶(190)　汪　遵(191)
沈　光(192)　赵　牧刘光远(192)　　　　罗　邺(193)
胡　曾(194)　李山甫(194)　曹　唐(195)　皮日休(197)
陆龟蒙(198)　司空图(199)　僧虚中顾栖蟾(201)
周　繇张演(202)

卷第九 ………………………………………………… (204)

崔道融(204)　聂夷中(205)　许　棠(205)　公乘亿(206)
章　碣(206)　唐彦谦(207)　林　嵩(208)　高　蟾(208)
高　骈(209)　牛　峤(210)　钱　珝(211)
赵光远孙启 崔珏 卢弼(211)　　周　朴(212)　罗　隐(213)
罗　虬(215)　崔　鲁(216)　秦韬玉(217)
郑　谷李栖远(218)　　　　　齐　己(219)　崔　涂(220)
喻坦之〔四〕(221)　任　涛(222)　温　宪(222)　李　洞(223)
吴　融(224)　韩　偓(225)　唐　备于濆(226)　王　驾(226)
戴思颜(227)　杜荀鹤张曙(228)

卷第十 …………………………………………………… (230)

王　涣(230)　徐　寅(231)　张　乔剧燕 吴罕(231)
郑良士(232)　张　鼎赵搏 韦霭 张为 谢蟠隐(233)
韦　庄(233)　王贞白(234)　张　蠙(235)　翁承赞(236)
王　毂(237)　殷文圭王周 刘兼 司马札 苏拯 许琳 李咸用(238)
李建勋(240)　褚　载(240)　吕　岩(241)　卢延让(243)
曹　松刘象 王希羽(245)　　裴　说裴谐(246)　贯　休(246)
张　瀛(247)　沈　彬子廷瑞(248)　唐　求杨夔(250)　孙　鲂(251)
李　中(251)　廖　图郑准(252)　孟宾于(253)　孟　贯(254)
江　为(254)　熊　皎(255)　陈　抟(256)　鬼　(257)

4

校记

〔一〕 各本目录分列各卷之首,惟南京图书馆藏日本读杜草堂本总列卷首,今从之。又"六帝"各本均未列,今据正补入。

〔二〕 "辛霁",指海本作"辛渐"。

〔三〕 "盻盻",指海本作"盼盼"。

〔四〕 "喻坦之",原目录列"任涛"后,据本书次序径提。

附录

书唐才子传后 ·················· 杨士奇 258
研北杂志节录 ·················· 陆友仁 258
四库全书总目提要
　史部七·传记类·唐才子传八卷永乐大典本 ······ 259
佚存丛书本跋 ·················· 日本天瀑山人 260
三间草堂本序 ·················· 王宗炎 260
三间草堂本跋 ·················· 汪继培 262
指海本唐才子传跋 ················ 钱熙祚 263
日本刊本唐才子传跋 ··············· 丁　丙 264
读杜草堂本唐才子传跋 ·············· 王　韬 264
唐才子传跋节录 ················· 伍崇曜 265
有关诗歌 ···················· 周本淳辑 265
唐才子传考异 ·················· 陆芝荣 267

5

前　言

一

《唐才子传》十卷,辛文房撰。文房字良史,元西域人。因载籍残缺,他的详细经历,已经很难弄清楚。不过,根据《唐才子传》和同时或稍后一些人的一鳞半爪的记述,我们对他的思想、创作和诗歌理论等还可略知一二。元贡奎《云林集》卷一《送良史》题下注云:"西域人,尝学于江南,除翰林编修,今省归豫章。"遍检有关方志,均未见其上世与豫章有何干系,故疑其家世乃经商而居豫章。

在《唐才子传引》里,辛文房自称"异方之士,弱冠斐然",说明青年时他就很有文采而且有志于著述。他特别向往"承平则文墨议论,警急则橐鞬矢石……草檄于盾鼻,勒铭于山头"那样能文能武"光烈垂远"的"通方之士"(卷六《畅当传》)。鄙视那种倚仗门荫而虚度岁月的纨袴子弟:"又若以位高金多,心广体胖,而富贵骄人;文称功业黯黯,则未若腐草之有萤也。"(卷七《陈上美传》)对于"仰荫承荣"、"厌饫膏粱"、"区区凉德,徒曰贵介",他不屑多费笔墨录其名姓,只以赵光远等为代表"不暇录尚多云"(卷九《赵光远传》)。反之,对于出身寒贱,而能在文学上奋发有为的人,他赞不绝口:"汪遵,泾之一走耳。拔身卑污,奋誉文苑……丈夫自修,不当如是耶?"(卷八《汪遵传》)"初无箕裘之训,顿改门风。崛兴音韵,驰誉当时"的罗邺(卷八),他也极为赞赏。

对于为官,他赞扬令狐楚那样荐贤不遗余力,而反对元稹对人才的嫉妒(卷六《张祜传》)。他反对钻营幸进,主张大器晚成,要名副其实。"先达者未足喜,晚成者或可贺。""古人不耻能治而无位,耻有位而不能治。""登庸成忝,贻笑于多士"是可耻的(卷六《元稹传》)。至于贪婪不已,掊克聚敛,他更深恶痛绝,认为后世当以为戒:"王涯掊克聚敛,以邀穹爵……庶来者之少戒云。"在官场能够见机而作,急流勇退,而又有文章可以传世的人,他也特别欣赏。全书第一篇王绩传就不无深义。在第十卷王贞白传明确提出:"深惟存亡取舍之义,进而就禄,退而保身,君子也。"

这种人生态度,激励他希望在文学上有所建树。他曾远至桐庐,饱览山川灵秀,缅怀高人风范,在卷六徐凝传后写道:"余昔经桐庐古邑,山水苍翠,严先生钓石,居然无恙……揽辔彷徨,不忍去之。胜地以一人兴,先贤为来者重,固当相勉而无倦也。"辛文房的行踪,在《唐才子传》里只有这一点线索。元代苏天爵的《国朝文类》卷四收有辛文房的《苏小小歌》:"东流水底西飞鱼,衔得钱塘纹锦书。"很可能是去东南时经过杭州的作品。同书卷八还保存一首《清明日游太傅林亭》:

隔水园林丞相宅,路人犹记种花时。可怜总被风吹尽,不许游人折一枝。

短短二十八字,很有点晚唐风神。辛文房的《披沙集》早已亡佚。我们直接读到的只有这两首。元代诗人马祖常(1279—1338)《石田先生文集》卷二有《辛良史披沙集诗》一首五律:

> 未可披沙拣,黄金抵(疑当为秪)自多。悠悠今古意,落落短长歌。秋塞鸣霜铠,春房剪画罗。吟边变馀发,萧飒是阴、何。

依靠这篇材料,我们知道辛文房有集名《披沙集》,是取"披沙拣金,往往见宝"的意思。这篇材料还告诉我们《披沙集》诗的内容和风格是丰富多采的:"秋塞鸣霜铠",有高、岑式的激昂;"春房剪画罗",又有温、李式的柔丽。最后两句是说辛氏对作诗的认真态度,"颇学阴、何苦用心",以致头发都变白了。另外张雨(1277—1348)《句曲外史贞居先生诗集》卷四有一首《元日雪霁早朝大明宫和辛良史省郎二十二韵》,结语说:"怜君守华省,琢句废春宵。"也说明辛文房耽于吟咏。元代陆友仁(《读书敏求记》卷三作陆友)《研北杂志》卷下叙述元代诗人王执谦时,也特别提到辛文房有诗名:

> 王伯益,名执谦……为诗简淡萧远……同时有辛文房良史,西域人;杨载仲弘,浦城人;卢亘彦威,大梁人,并称能诗。

王执谦是元代四大家虞集(1272—1348)所肯定的诗人,陆友仁关于王执谦的叙述,就是根据虞集的《王伯益墓表》摘写的(见《道园学古录》卷二十)。杨载(1271—1323)也是四大家之一,在元代唐诗研究中卓有成就,他的《诗法家数》和他选的《唐音》对后代很有影响。陆友仁把辛文房的名字列在杨的前面,证之马祖常的诗,可见辛文房在元代前半期诗坛上应有一席之地(《读书敏求记》云陆书成于元统二年,去《唐才子传》成书仅三十年。时代相接,言必有据)。可惜现在只能见到苏天爵所选的两首。但是,他的从事文学研究的苦心和对诗歌的主要观点,还可以从《唐才子传》里窥见一斑。

二

从张雨诗题中,我们知道辛良史曾官至"省郎"。他向往王贞白那样"进而就禄,退而保身",也许"省郎"之后就退出官场专心著述《唐才子传》了。他在序引里讲述对唐诗的喜爱,对唐诗人的向往,因而促使他要写这部书:

> 余遐想高情,身服斯道。穷其梗概行藏,散见错出。使览于述作,尚昧音容;洽彼姓名,未辨机轴:尝切病之。

这时正好不做官了,有了专心著述的条件:

> 顷以端居多暇,害事都捐,游目简编,宅心史集。或求详累帙,因备先传,撰拟成篇,班班有据。以悉全时之盛,用成一家之言。各冠以时,定为先后。远陪公识,谁得而诬也?

所谓"端居多暇,害事都捐",是对脱离官场生活的委婉说法。序写于"大德甲辰(八年,1304)春",着手著述,总在这年之前。这部书,辛文房倾注了大量心血,也很有几分自信。但他并不以为是完美无缺,希望在这个开创的基础上,有同志之士,继续努力,使这部唐代诗人的传记完备起来:

> 异方之士,弱冠斐然。狃于见闻,岂所能尽?敢倡斯

盟,尚赖同志,相与广焉。庶乎作九京于长梦,咏一代之清风。

这本书元代就有刻本,并且流传到日本(见《佚存丛书》本天瀑山人《跋》)。但今天却找不到元人的评介。国内最早评这本书的是明朝的杨士奇。《东里文集》卷十《书唐才子传后》:

> 《唐才子传》,西域辛文房著,十卷,总三百九十七人,皆有诗名当时。其见于《唐书》者共百人,盖行事不关大体、不足为劝戒者不录,作史之体也。而读其书欲知其人,于辛所录,宜有所取。然唐以诗取士,三百年间,以诗名者,当不止于辛之所录。如郭元振、张九龄、李邕之徒,显于时矣,而犹遗之,况在下者乎?而辛所录又间杂以臆说,观者当择之。

杨士奇指出这部书对唐代诗人遗漏很多,"所录又间杂以臆说",评价很低。评价最高的要算晚清四大藏书家之一的丁丙,他收藏有一部日本正保四年刻本(书存南京图书馆),题识说:

> 录凡二百七十八篇,因而附录不泯者又一百二十家,皆以时代为次。时代之中,又以科目先后为断。始大业初,终五季末。继往开来,别具微旨;伸真黜妄,雅具体裁;评论得失,好而知恶,非徒知诵诗而不知尚论者。

这个评论大为溢美,而且叙述这本书的编次,也有点理想化。

《四库全书·史部·传记类》从《永乐大典》辑出,分为八卷,评价有褒有贬,先抑后扬,较为折中:

> 其体例因诗系人,故有唐名人非卓有诗名者不录。即

所载之人，亦多详其逸事及著作之传否，而于功业行谊，则只撮其梗概。盖以论文为主，不以记事为主也。大抵于初盛稍略，中晚以后渐详……按杨士奇《跋》，称是书凡行事不关大体，不足为劝戒者不录，又称杂以臆说，不尽可据。今考编中，如《许浑传》称其梦游昆仑，《李群玉传》称其梦见神女，杂采孟棨《本事诗》、范摅《云溪友议》荒唐之说，无当史裁……乖舛不一而足。盖文房抄掇繁富，或未暇检详，故谬误抵牾，往往杂见。然较计有功《唐诗纪事》叙述差有条理，文笔亦秀润可观。传后间缀以论，多掎摭诗家利病，亦足以津逮艺林，于学诗考订之功，固不为无补焉。

杨士奇"盖行事……作史之体也"那段话是指《唐书》而说，不是指辛氏之书，《四库提要》理解错了。它认为《唐才子传》的缺点是史实"乖舛不一而足"，这一点汪继培、伍崇曜等续有补充（见附录），暂且不提。《提要》夸奖这部书"叙述差有条理，文笔亦秀润可观"，这不说自明。《提要》特别称述："传后间缀以论，多掎摭诗家利病，亦足以津逮艺林。"辛氏对诗歌评论的意见，主要见于三十六篇传后的评论中。本文打算就这方面略加归纳并阐述，以供读这本书的参考。

三

辛氏对文学的观点，深受曹丕《典论·论文》的影响，开宗明义就引用"文章经国之大业，不朽之盛事"为全书纲领。中间又多次引用这篇文章。对于诗，辛氏也相信《诗大序》和《乐记》的观点，认为诗道的盛衰，"盖系于得失之运"。在具体评论前期诗人中，辛氏服膺《河岳英灵集》和《中兴间气集》。前书仅遗李嶷一人,后书除郑丹、杜诵、窦参及刘湾四人,其馀全为立传。而于传中将殷璠、高仲武之评语采入。如《四库提要》提到的对储光羲和伍崇曜的批评和对贺兰进明的溢美之词,全沿用殷璠之说。在理论上,辛文房很受严羽的影响,我们且看这段话:

> 尝谓禅家者流,论有大小乘,有邪正法。要能具正法眼,方为第一义,出有无间。若声闻、辟支、四果,已非正也,况又堕野狐外道鬼窟中乎?言诗亦然。宗派或殊,风义必合。品则有神妙,体则有古今,才则有圣凡,时则有取舍。自魏、晋以降,递至盛唐,大历、元和以下,逮晚年,考其时变,商其格制,其邪正了然在目,不能隐也。

如果不注明白,很可能以为是《沧浪诗话》的文章,实际这是《唐才子传》卷八《周繇传》末的一段议论。不妨抄两则《沧浪诗话》来对读一下:

> 夫学诗者以识为主,入门须正,立志须高,以汉魏盛唐为师,不作开元、天宝以下人物……禅家者流,乘有小大,宗有南北,道有邪正。学者须从最上乘,具正法眼,悟第一义,若小乘禅,声闻辟支果,皆非正也。论诗如论禅:汉魏晋与盛唐之诗,则第一义也;大历以还之诗,则小乘禅也,已落第二义矣。晚唐之诗,则声闻辟支果也。(《诗辨》)

严沧浪论唐诗,特别推重盛唐,尤其是李杜:

> 诗之极致有一,曰入神。诗而入神,至矣尽矣,蔑以加矣。惟李杜得之。(同上)

辛文房对李杜的推崇,只要读一下《杜甫传》后的评论"游李杜之门者难为诗"就不用多说了。在唐诗发展中,严沧浪认

为以大历为分界,每下愈况:

> 大历以前,分明别是一副言语;晚唐,分明别是一副言语。(《诗评》)

辛文房叙述"大历十才子"时也说:"唐之文体,至此一变矣。"(卷四《卢纶传》)

严羽重视诗的题引:

> 唐人命题,言语亦自不同。杂古人之集而观之,不必见诗,望其题引而知其为唐人今人矣。(《诗评》)

辛文房在卷三《独孤及传》末列举《文选》中沈谢诸题,然后发挥说:

> 皆奇崛精当,冠绝古今,无曾发其韫奥者。逮盛唐,沈、宋、独孤及、李嘉祐、韦应物等诸才子集中,往往各有数题,片言不苟,皆不减其风度,此则无传之妙。逮元和以下,佳题尚罕,况于诗乎?立题乃诗家切要……

严羽反对次韵,《诗评》说:

> 和韵最害人诗。古人酬唱不次韵,此风始盛于元、白、皮、陆。本朝诸贤,乃以此而斗工,遂至往复有八九和者。

辛文房在卷八《皮日休传》于次韵之法尤为反对:

> 夫次韵唱酬,其法不古。元和以前,未之见也。暨令狐楚、薛能、元稹、白居易集中,稍稍开端。以意相和之法渐废间作,逮日休、龟蒙,则飙流顿盛,犹空谷有声,随响即答。韩偓、吴融以后,守之愈笃,汗漫而无禁也……必至窘束长才,牵接非类,求无瑕片玉,千不遇焉,诗家之大弊也。

这些都明显看出《唐才子传》中,严沧浪的诗歌观点。但是辛文房和严羽也有显著的分歧。严沧浪以禅论诗,强调兴象和妙悟,不重视诗的社会功能。辛文房却恪守儒家的诗教,强调"颇干教化"。譬如同是推尊李杜,严羽用"如金鸡擘海,香象渡河"来比象其气势。而辛文房却首先强调李杜的忠孝之心:

> 能言者未必能行,能行者未必能言。观李、杜二公,崎岖板荡之际,语语王霸,褒贬得失。忠孝之心,惊动千古;骚雅之妙,双振当时。兼众善于无今,集大成于往作,历世之下,想见风尘。惜乎长辔未骋,奇才并屈。竹帛少色,徒列空言,呜呼哀哉!

辛文房重视诗歌的社会功能,在讲到晚唐时,观点尤为鲜明:

> 观唐诗至此间,弊亦极矣。独奈何国运将弛,士气日丧,文不能不如之。嘲云戏月,刻翠粘红,不见补于采风,无少裨于化育。徒务巧于一联,或伐善于只字,悦心快口,何异秋蝉乱鸣也!于濆、邵谒、刘驾、曹邺等,能返棹下流,更唱瘖俗,置声禄于度外,患大雅之凌迟,使耳厌郑、卫,而忽洗云和;心醉醇醲,而乍爽玄酒。所谓"清清泠泠,愈病析酲","逃空虚者,闻人足音",不亦快哉!(卷八《于濆传》)

他称赞聂夷中:"古乐府尤得体,皆警省之辞,裨补政治,乐而不淫,哀而不伤,正《国风》之义也。"(卷九)他肯定唐备,是因为:"工古诗,多涵讽刺,颇干教化,非浮艳轻裴(疑为斐)之作。"(卷九)

对于那些"气格卑下"的所谓诗人,他极为鄙视:

> 唐季,文体浇漓,才调荒秽,稍稍作者,强名曰诗……虽有集相传,皆气卑格下,负鱼目唐突之惭,窃碔砆韫袭之滥,所谓"家有弊帚,享之千金,不自见之患也"。(卷十《殷文圭传》)

他认为作诗仅有天资和学力是不够的,还应该有深厚涵养和月锻季炼的推敲之功,不应轻率下笔。卷七《薛逢传》评说:

> 逢天资本高,学力亦赡,故不甚苦思。豪逸之态,长短皆率然而成,未免失浅露俗。亦当时所尚,非离群绝俗之谓。

在卷五《李贺传》后,他深感痛惜:

> 贺天才俊拔,弱冠而有极名……若少假行年,涵养盛德,观其才,不在古人下矣。今兹惜哉!

这些观点,今天还是值得借鉴的。

四

杨士奇批评《唐才子传》"间杂以臆说",但未举例证。《四库提要》批评它"谬误抵牾,往往杂见",列举了七条,汪继培、伍崇曜又加补充。"遽数之不能终其物",约略言之,辛氏史实舛误,有以下几方面:

一是时间失次。如卷二《高适传》既云"永泰初卒",又与高仲武混为一人,云"所选至德迄大历作者二十六人诗为《中兴间气集》二卷"。李渤生于大历六年,而云"天宝间"与杨衡"同隐庐山"。邢君牙与裴赞相距百年,而卷十《褚载传》竟合二人于一时。如是之类,每卷皆有。

二是地理讹误。如白居易原籍山西太原,祖温移籍陕西下邽,辛氏遂云"太原下邽人"(卷六《白居易传》)。陈陶籍贯有岭南、鄱阳、剑浦三说,辛氏并之说"鄱阳剑浦人"(卷十《陈陶传》)。猛一看,人会以为下邽属于太原,剑浦属于鄱阳。卷三《岑参传》云:"杜鸿渐表置安西幕府。"杜鸿渐为平蜀乱而用岑参,辛氏此种叙述,似将安西移至四川。

三是误甲为乙。如将宋人张邓公(诗话抄漏为《张登》)事误入《张登传》(卷六),李尚隐事误入《李商隐传》(卷七)。《陈子昂传》误柳宗元为柳公权(卷一),刘长卿诗误为张子容(卷一),《薛涛传》误王建诗为胡曾(卷六),《殷尧藩传》误韦夏卿事为韦应物(卷七)等。

四是褒贬失实。卷一《李昂传》称其"知贡举,奖拔寒素甚多",卷六《李廓传》称其"政有奇绩",卷六《沈亚之传》称其"辅耆为恶",卷十《曹松传》称其"尤长启事,不减山公"等,皆与史实相左。

张采田《玉溪生年谱会笺》既录辛氏之传而加订正,末云:

> 案辛氏杂采《唐书》、《唐诗纪事》、诸家诗话而成。虽云有可补本传处,然不胜其误之多也。

平心而论,辛氏此书有其难处。《唐诗纪事》实以存诗为主,辛氏必须成传,不得不广搜博采,精心结撰。常建无事可写,辛氏则以其诗题写遇秦宫女。《邵谒传》则采胡宾王后序,言其降神赋诗。这两件事伍崇曜极言其非,但却正可说明辛氏搜求结撰之苦心。《四库提要》指出"抄掇繁富,或未暇检详"是"谬误抵牾,往往杂见"的主要原因。这个批评基本上是符合实际的。全书本身就有一些相互矛盾之处。如卷九《温宪传》里明说"宪,庭筠之子也",而在卷二《包融传》里却说两人是公孙。卷六《清塞传》说他"竟往依名山诸尊宿自终",而卷八《李郢传》又说"时塞还俗"。"未暇检详"还表现在沿袭诗话的错误上。如贯休在晚唐,往投王建,《诗话总龟前集》(月窗本卷三十一,明抄本卷三十三)误为投孟知祥,辛氏因之。前举邢君牙之误亦出《总龟》卷五引《诗史》。

我认为读书不细心,随意割裂,是《唐才子传》产生错误的又一重要原因。如李肇《国史补》卷中明说灵彻得到惠远制的莲花漏,而辛氏误为灵彻自制,又加上"性巧逸"的臆说(卷三)。"芳林十哲"《唐摭言》卷九明言由芳林门出入,交通中贵的沈云翔等人,《摭言》卷十另有"十哲",辛氏竟称郑谷等为"芳林十哲"(卷九《郑谷传》)。卷十《卢延让传》把杨亿的话混成吴融所说。韦庄《又玄集》卷上五十二人,还有中下九十人,辛氏即以卷上为全书。尤其严重的是传后所言"其集今传"等,主要抄自《新唐志》、《郡斋读书志》及《直斋书录解题》等书。有时误读而致大错。如《新唐志》著录《雍陶集》十卷,晁公武时只有五卷,所以《郡斋读书志》卷四中:"《雍陶诗》五卷……《唐志》集十卷,今亡其半。"而本书卷七竟然说雍陶有"《唐志集》五卷,今传"。

应该指出,辛氏的一些错误影响相当深远。举一个例子:戴叔伦死于贞元五年,而辛氏言其贞元十六年登第,徐松《登科记考》卷十四仍而不察。人民文学出版社的《唐诗选》也竟然据此用公元标出来。正是出于这样的考虑,我觉得应该把这部书的材料来源和一些错误揭示出来,以免以讹传讹,贻误青年。

五

辛文房以一个西域人,费了这么大的力量写成《唐才子传》，不但把一些零散的材料系统化了，而且还提出了很多有益的论点，发人深思。丁丙的评价虽然溢美，但瑕不掩瑜，"录其瑜而略其瑕"，仍然不失为今天研究唐诗的一本重要参考书。

这本书的本子有两个系统，一个是永乐大典本，四库本即从其中辑录而成，分八卷。一个是日本翻刻元椠的五山本，天瀑山人翻刻于《佚存丛书》中，此外还有读杜草堂本和正保四年刻本，正保本附有日文旁注，但三本的文字基本一致，同出一源。国内几个常见本子都是从天瀑本翻刻，而校勘不同。我以为陆芝荣三间草堂本后附《考异》为最适用。因此此次校点即以《佚存丛书》本为底本，以三间草堂本为主要对校本。参校南京图书馆藏的两种日刊本、指海本和《粤雅堂丛书》本。有几点需要交代一下：

一、为了节省读者精力和时间，凡天瀑本误者出校，择善而从。他本误字一般不涉及。

二、笔画偏旁小讹如"氵冫"、"扌木"、"欠攵"、"艹竹"、"束朿"、"己已巳"，古今异体字如"菘嵩"、"华花"之类，以及避讳缺笔改字等径加改正，不出校。

三、原书材料来源，尽量笺其出处，读者自可查对，一般不罗列原文，以省篇幅。其有错讹，则加辨正，以免扩散。

四、唐人单集今天尚存者，万曼《唐集叙录》收罗较备，故一律注明见于按书。其无单集者，则注明《全唐诗》存诗若干，以供参考。

限于个人识见，疏漏恐难避免，敬希海内博雅不吝赐教，幸甚。

周本淳 1985 年 6 月于淮阴市

唐才子传校正卷第一

魏帝著论,称:"文章经国之大业,不朽之盛事","年寿有时而尽","未若文章之无穷"[一]。诗,文而音者也。唐兴尚文,衣冠兼化,无虑不可胜计。擅美于诗,当复千家。岁月苒苒,迁逝沦落,亦且多矣。况乃浮沉畏途,黾勉卑官[二],存没相半,不亦难乎!崇事奕叶,苦思积年;心神游穹厚之倪,耳目及晏旷之际;幸成著述,更或凋零,兵火相仍:名逮于此,谈何容易哉!

夫诗所以"动天地,感鬼神","厚人伦","移风俗"也。"发乎其情,止乎礼义"[三],非苟尚辞而已。遡寻其来,《国风》、《雅》、《颂》开其端;《离骚》、《招魂》放厥辞。苏、李之高妙,足以定律;建安之遒壮,綮尔成家,烂熳于江左,滥觞于齐、梁:皆袭祖沿流,坦然明白,铿锵愧金石,炳焕却丹青。理穷必通,因时为变。勿讶于枳、橘,非土所宜;谁别于渭、泾,投胶自定!盖系乎得失之运也。

唐几三百年,鼎钟挟雅道,中间大体三变;故章句有焦心之人,声律有穿杨之妙,于法而能备,于言无所假。及其逸度高标,馀波遗韵,临高能赋,闲暇微吟,旧格、近体、古风、乐府之类,芳沃当代,响起陈人。淡寂无枯悴之嫌,繁藻无淫妖之忌,犹金碧助彩,宫商自协,端足以仰绪先尘,俯谢来世。清庙之瑟,熏风之琴,未或简其沉郁,两晋风流,不相下于秋毫也。

余遐想高情,身服斯道。穷其梗概行藏,散见错出。使览于述作,尚昧音容;洽彼姓名,未辨机轴:尝切病之。顷以端居多暇,害事都捐,游目简编,宅心史集。或求详累帙,因备先传,撰拟成篇,班班有据。以悉全时之盛,用成一家之言。各冠以时,定为先后。远陪公识,谁得而诬也?如方外高格、逃名故人、上汉仙侣、幽闺绮思,虽多微考实[四],故别总论之。天下英奇,所见略似;人心相去,苦亦不多。至若触事兴怀,随附篇末。

异方之士,弱冠斐[五]然。狃于见闻,岂所能尽?敢倡斯盟,尚赖同志,相与广焉。庶乎作九京于长梦,咏一代之清风。后来奋飞,可畏相激,百世之下,犹期赏音也。传成凡二百七十八篇,因而附录不泯者又一百二十家。厘为十卷,名以《唐才子传》云。

有元大德甲辰春引。

校记

〔一〕 见魏文帝曹丕《典论·论文》。

〔二〕 "宦",原作"官",依指海本改。

〔三〕 见《毛诗·关雎序》。

〔四〕 陆芝荣三间草堂本(下简称陆本)后附《考异》云"句有脱误"。淳按"微"训"无",义自可通。

〔五〕 "斐",原作"裴",依陆本改。

六　帝

夫云汉昭回,仰弥高于宸极;洪钟希叩,发至响于《咸池》。以太宗天纵,玄庙聪明,宪、德、文、僖[一]、睿姿继挺:俱以万机之暇,特驻吟情。奎壁腾辉,衮龙浮彩;宠延臣下,每锡赠酬。故"上有好者,下必有甚焉"者矣。

校记

〔一〕 按唐帝之有诗传于今者太宗、高宗、中宗、睿宗、玄宗、肃宗、德宗、文宗、宣宗、昭宗,此取六帝而置宪宗于德宗之上,有僖宗而无宣宗,与《唐诗纪事》、《全唐诗话》等书亦皆不合,疑"僖"为"宣"之误。

王 绩

绩,字无功,绛州龙门人,文中子通之弟也。年十五,游长安,谒杨素,一坐服其英敏,目为"神仙童子"〔一〕。隋大业末,举孝廉,高第,除秘书省正字。不乐在朝,辞疾。复授扬州六合县丞。以嗜酒妨政,时天下亦乱,遂托病风,轻舟夜遁,叹曰:"网罗在天,吾将安之?"乃还故乡。至唐武德中,诏征以前朝官待诏门下省。绩弟静〔二〕谓绩曰:"待诏可乐否?"曰:"待诏俸薄,况萧瑟;但良酝三升,差可恋耳。"待诏江国公闻之〔三〕,曰:"三升良酝,未足以绊王先生。"特判日给一斗。时人呼为"斗酒学士"。贞观初,以疾罢归。河渚间有仲长子光者,亦隐士也,无妻子。绩爱其真,遂相近结庐,日与对酌。君有奴婢数人,多种黍,春秋酿酒;养凫雁,莳药草自供。以《周易》、《庄》、《老》置床头,无他用心也。自号东皋子。虽刺史谒见,皆不答。终于家。性简傲,好饮酒,能尽五斗,自著《五斗先生传》。弹琴,为诗,著文,高情胜气,独步当时。撰《酒经》一卷、《酒谱》一卷。李淳风见之,曰:"君,酒家南、董也。"及诗赋等传世〔四〕。

论曰:唐兴,追季叶〔五〕,治日少而乱日多,虽草衣带索,罕得安居。当其时,远钓弋者,不走山而逃海,斯德而隐者矣。自王君以下，幽人间出，皆远腾长往之士，危行言逊，重拨祸机，糠核轩冕，挂冠引退，往往见之。跃身炎冷之途，标华黄、绮之列。虽或累聘丘园，勉加冠佩，适足以速深藏于薮泽耳。然犹有不能逃白刃，死非命焉。夫迹晦名彰，风高尘绝，岂不以有翰墨之妙，骚、雅之奇，美哉文章，为"不朽之盛事"也。耻不为尧、舜民，学者之所同志；致君于三、五，懦夫尚知勇为。今则舍声利而向山[六]栖：鹿冠乌几，便于锦绣之服；柴车茅舍，安于丹腰之厦；黎羹不糁，甘于五鼎之味；素琴浊酒，和于醇饴之奉；樵青山，渔白水，足于佩金鱼而纡紫绶也。时有不同也，事有不侔也。向子平曰："吾故知富不如贫，贵不如贱；第未知死何如生！"此达人之言也。《易》曰："《遯》之时义大哉。"

校记

〔一〕 此取自晁公武《郡斋读书志》卷四上引吕才《序》。辛氏此书多取晁说。

〔二〕 按《旧唐书》卷一百九十二《隐逸传》王绩传甚略，《新唐书》卷一百九十六《隐逸传》有传较详，本篇材料皆采自其中，惟该书但称"或曰"，无弟静之名。《唐诗纪事》卷四亦无静名。

〔三〕 四库本无"待诏"二字，《唐书》本传称"侍中陈叔达"，此"待诏"二字疑为"侍中"之误。

〔四〕 王绩集名《东皋子集》，版本源流见万曼《唐集叙录》。

〔五〕 "叶"，原作"业"，依陆本改。

〔六〕 "山"，原作"栖"，依陆本改。

崔信明

信明，青州人。少英敏，及长，强记，美文章。高孝基语人曰："崔生才冠一时，但恨位不到耳。"隋大业中，为尧城令。窦建德僭号,信明弟仕贼,劝信明降节当得美官。不肯从,遂逾城去,隐太行山中。唐贞观六年,诏即家拜兴势丞。迁秦川令,卒。信明恃才蹇亢,尝自矜其文。时有扬州录事参军荥阳郑世翼,亦骛倨忤物,遇信明于江中,谓曰:"闻君有'枫落吴江冷'之句,仍愿见其馀。"信明欣然多出旧制,郑览未终,曰:"所见不逮所闻。"投卷于水中,引舟而去〔一〕。今其诗传者数篇而已〔二〕。

校记

〔一〕 崔信明,《旧唐书》卷一百零九未载此事,《新唐书》卷二百零一《艺文上》载之。又见《唐诗纪事》卷三郑世翼条。

〔二〕 《全唐诗》仅存诗一首及"枫落"一句。

王　勃

勃,字子安,太原人,王通之诸孙也。六岁善辞章。麟德初,刘道祥表其材,对策高第。未及冠,授朝散郎。沛王召署府修撰。时诸王斗鸡会,勃戏为文檄英王鸡。高宗闻之,怒斥出府。勃既废,客剑南,登山旷望,慨然思诸葛之功,赋诗见情。又尝匿死罪官奴,恐事泄,辄杀之。事觉当诛,会赦除名。父福畤坐是左迁交趾令。勃往省觐,途过南昌,时都督阎公新修滕王阁成,九月九日,大会宾客,将令其婿作记,以夸盛事;勃至入谒,帅知其才,因请为之。勃欣然,对客操觚,顷刻而就,文不加点,满座大惊。酒酣辞别,帅赠百缣,即举帆去。至炎方,舟入洋海溺死。时年二十九〔一〕。勃属文绮丽,请者甚多,金帛盈积。心织而衣,笔耕而食。然不甚精思,先磨墨数升,则酣饮引被覆面卧;及寤,援笔成篇,不易一字,人谓之"腹稿"。尝言人子不可不知医。时长安曹元有秘方,勃尽得其术。又以虢州多药草,求补参军。

倚才陵藉，僚吏疾之。有集三十卷，及《舟中纂序》五卷，今行于世〔二〕。

勃尝遇异人，相之曰："子神强骨弱，气清体羸，脑骨亏陷，目睛不全。秀而不实，终无大贵矣。"故其才长而命短者，岂非相乎〔三〕？

校记

〔一〕 按《旧唐书》卷一百九十上《文苑上》王勃传较略，本篇多取自《新唐书》卷二百零一《艺文上》，加以润色，而差互者惟此一事。谨按：王勃作《秋日登洪府滕王阁饯别序》之时间，《唐摭言》卷五以为十四岁。《新唐书》二〇一《艺文上·王勃传》："勃往省，渡海溺水，悸而卒。初，道出钟陵……"蒋清翊《王子安集注》于"家君作宰"句下注云："清翊曰：王定保《唐摭言》载勃著《序》时年十四，盖福畤先为六合县令也。辛文房《唐才子传》乃谓福畤坐勃事左迁交趾令，勃往省亲，途过南昌所作。此由辛氏见《新唐书》二事连叙，遂有此谬。实则《唐书》有'初'字界之，原不相蒙也。"蒋驳辛氏之误可取，然《唐摭言》之说亦出傅会，不足信。详见拙作《童子　弱冠　他日》一文，载《淮阴师专学报》1981年一期。又王勃享年凡有数说，见岑仲勉先生《王勃疑年》一文，载《唐集质疑》（上海古籍出版社《唐人行第录》〔外三种〕）。

〔二〕 王勃集称《王子安集》，版本源流见《唐集叙录》。

〔三〕 此事出处未详，蒋清翊《王子安集注》亦未注。淳按：见《新编分门古今类事》第三卷《异兆门》上，"王勃不贵"条。注出罗隐《中元传》。

杨　炯

炯，华阴人。显庆六年举神童，授校书郎。永隆二年，皇太子舍奠〔一〕，表豪俊，充崇文馆学士。后为婺州盈川令，卒。炯恃才凭傲，每耻朝士矫饰，呼为"麒麟楦"。或问之，曰："今假弄麒麟戏者,必刻画其形覆驴上,宛然异物;及去其皮,还是驴耳!"〔二〕闻者甚不平,故为时所忌。初,张说以箴赠盈川之行,戒其苛刻,至官果以酷称。炯博学善文,与王勃、卢照邻、骆宾王以文辞齐名,海内称"四才子",亦曰"四杰",效之者风靡焉。炯尝谓:"吾愧在卢前,耻居王后。"张说曰:"盈川文如悬河,酌之不竭。耻王后,愧卢前,谦也。"〔三〕有《盈川集》三十卷行于世〔四〕。

校记

〔一〕 "舍奠",《唐诗纪事》卷七、《新唐书》卷二百零一均作"已释奠"。《旧唐书》卷一百九十上多引杨炯章奏而未及此事。

〔二〕 此事见《太平广记》卷二六五盈川令条引《朝野佥载》。四库本"假弄"作"弄假"。

〔三〕 四库本此数语作:"炯曰:'吾愧在卢前,耻居王后。'论者然之。张说曰:'盈川文如悬河,酌之不竭。优于卢而不减于王。愧在卢前,谦也;耻在王后,信然。'"与《旧唐书》合。辛氏袭用《郡斋读书志》卷四上之文而于"王后"下脱"信然"二字。

〔四〕 杨炯《盈川集》版本源流见《唐集叙录》。

卢照邻

照邻,字升之,范阳人。调邓王府典签,王爱重,谓人曰:"此吾之相如也。"后迁新都尉。婴病去官,居太白山草阁,得方士玄明膏饵之。会父丧,号恸,因呕,丹辄出,疾愈甚。家贫苦,贵官时时供衣药〔一〕。乃去具茨山下,买园数十亩,疏颍水周舍,复豫为墓,偃卧其中。自以当高宗之时尚吏,己独儒;武后尚法,己独黄、老;后封嵩山,屡聘贤士,己已废,著《五悲文》以自明。手足挛缓,不起行已十年。每春归秋至,云壑烟郊,辄舆出户庭,悠然一望。遂自伤,作《释疾文》,有云:"覆焘虽广,嗟不容乎此生;亭育虽繁,恩已绝乎斯代。"与亲属诀,自沉颍水。有诗文二十卷及《幽忧子》三卷行于世[二]。

校记

〔一〕《新唐书》卷二百零一《艺文上》云:"客东龙门山,布衣藜羹,裴瑾之、毕方质、范履冰等时时供衣药。"此传主要节取《新唐书》,《旧唐书》卷一百九十上未言呕丹事。《郡斋读书志》卷四上作"洛阳人",疑传写之误。

〔二〕 四库本下有:"《旧唐书》曰:兄光乘,亦知名,长寿中为陇州刺史。"颇疑馆臣校增,非辛氏之旧。《卢照邻集》版本源流见《唐集叙录》。

骆宾王

宾王,义乌人。七岁能赋诗。武后时,数上疏言事,得罪,贬临海丞。怏怏不得志,弃官去。文明中,徐敬业起兵欲反正,往投之,署为府属。为敬业作檄传天下,暴斥武后罪。后见,读之,矍然曰:"谁为之?"或以宾王对。后曰:"有如此才不用,宰相过也。"[一]及败,亡命,不知所之。后宋之问贬还,道出钱塘,游灵隐寺。夜月,行吟长廊下,曰:"鹫岭郁岧峣,龙宫隐寂寥。"未得下联。有老僧燃灯坐禅,问曰:"少年不寐,而吟讽甚苦,何耶?"之问曰:"欲题此寺,而思不属。"僧笑曰:"何不道'楼观沧海日,门对浙江潮'?"之问终篇,曰:"桂子月中落,天香云外飘。扪萝登塔远,刳木取泉遥。云薄霜初下,冰轻叶未凋。待入天台寺,看余渡石桥。"僧一联,篇中警策也。迟明访之,已不见。老僧即骆宾王也,传闻桴海而去矣[二]。后中宗诏求其文,得百馀篇及诗等十卷,命郗云卿次序之,及《百道判集》一卷,今传于世[三]。

校记

〔一〕 此事取材于《新唐书》卷二百零一《艺文上》作："宰相安得失此人？"

〔二〕 此事出《本事诗·征异》，《唐诗纪事》卷七取之，后人多不之信。胡震亨《唐音癸签》卷二十九辨之云："灵隐长明灯下骆、宋续吟事，人以举义不死快，信之，虽然非实也。此无论骆之元有与宋往还诗，宋之亦有叙四子之殁文字，不至不识面孔。宋文载《文苑英华·祭文类》。即此诗属对合掌，体拗涩，那得宋句在内？好事者第偷取《骆集》冒之宋，添作一段话耳。但细看本诗自辨。"

〔三〕《骆宾王文集》版本源流见《唐集叙录》。

杜审言

审言，字必简，京兆人〔一〕。预之远裔。咸亨元年，宋守节榜进士，为隰城尉。恃高才傲世见疾〔二〕。苏味道为天官侍郎，审言集判，出谓人曰："味道必死。"人惊问何故，曰："彼见吾判当羞死耳！"又曰："吾文章当得屈、宋作衙官，吾笔当得王羲之北面。"其矜诞类此〔三〕。坐事贬吉州司户。及武后召还，将用之，问曰："卿喜否？"审言舞蹈谢。后令赋《欢喜诗》，称旨，授著作郎，为修文馆直学士，卒。初，审言病，宋之问、武平一往省候，曰："甚为造化小儿相苦，尚何言！然吾在，久压公等；今且死，但恨不见替人也。"少与李峤、崔融、苏味道为"文章四友"。有集十卷，今不存，但传诗四十馀篇而已〔四〕。

校记

〔一〕《新唐书》卷二百零一《艺文上》作"襄州襄阳人"，《唐诗纪事》卷六作"襄州人"，《旧唐书》卷一百九十上《文苑上》蒙杜易简亦为"襄州襄阳"，此传内容全取自《新唐书》，惟此异，不知何据。

〔二〕 四库本无"高"字,《新唐书》作"才高"。

〔三〕 《新唐书》上有"累迁(《旧唐书》作转)洛阳丞"句。

〔四〕 四库本下有"杜甫,其孙也"五字。《杜审言诗集》版本源流见《唐集叙录》。

沈佺期

佺期,字云卿,相州人〔一〕。上元二年,郑益榜进士。工五言。由协律考功郎受赇,长流欢州。后召拜起居郎,兼修文馆直学士。常侍宫中,既侍宴,帝诏学士等为《回波舞》,佺期作弄辞悦帝,诏赐牙绯。历中书舍人。佺期尝以诗赠张燕公,公曰:"沈三兄诗清丽,须让居第一也。"诗名大振。

自魏、建安〔二〕迄江左,诗律屡变。至沈约、鲍照、庾信、徐陵,以音韵相婉附,属对精致。及佺期、之问又加靡丽。回忌声病,约句准篇,著定格律,遂成近体。如锦绣为文,学者宗尚。语曰:"苏、李居前,沈、宋比肩。"谓唐诗变体,始自二公,犹〔三〕始自苏武士、李陵也〔四〕。有集十卷,今传于世〔五〕。

校记

〔一〕 《旧唐书》卷一百九十中《文苑中》、《新唐书》卷二百零二《艺文中》均云"相州内黄人"。此传取材于《唐诗纪事》卷十一但云"相州"。

〔二〕 当云建安、黄初,魏承建安之后,不当居前也。

〔三〕 "犹"下陆本依四库本补"汉人五言诗"五字,文意始完。

〔四〕 此段全采自《新唐书》卷二百零二《宋之问传》,云:"魏建安后迄江左,诗律屡变,至沈约、庾信,以音韵相婉附,属对精密。及之问、沈佺期,又加靡丽,回忌声病,约句准篇,如锦绣成文。学者宗之,号为'沈、宋',语曰'苏、李居前,沈、宋比肩',谓苏武、李陵也。"

〔五〕 《沈佺期集》版本源流见《唐集叙录》。

宋之问

之问,字延清,汾州人[一]。上元二年进士。伟貌辩给。甫冠,武后召与杨炯分值习艺馆。累转尚方监丞。后游龙门,诏从臣赋诗,左史东方虬诗先成,后赐锦袍。之问俄顷献,后览之嗟赏,更夺袍以赐。后求北门学士,以有齿疾,不许。遂作《明河篇》,有"明河可望不可亲"之句以见志。谄事张易之,坐贬泷州。后逃归,匿张仲之家。闻仲之谋杀武三思,乃告变,擢鸿胪簿。迁考功郎。复媚太平公主。以知举贿赂狼藉,下迁越州长史。穷历剡溪山水,置酒赋诗,日游宴,宾客杂沓。睿宗立,以无悛悟之心,流钦州。御史劾奏赐死,人言刘希夷之报也[二]。徐坚尝论其文,如良金美玉,无施不可。有集行世[三]。

校记

[一]《旧唐书》卷一百九十中《文苑中》云"虢州弘农人",《新唐书》卷二百零二《艺文中》云"一名少连,汾州人"。《唐诗纪事》卷十一从《新唐书》作"汾州人"。《郡斋读书志》同。此传取材于两《唐书》。

[二] 此事见《唐诗纪事》卷十三刘希夷条,采自《大唐新语》卷八,皆作"或云宋之问害之",而《刘宾客嘉话录》遂坐实为之问死报之说。《临汉隐居诗话》辨其非是,可参阅。

[三] 此取自《大唐新语》卷八乃张说答徐坚问语,辛氏误为坚论。《宋之问集》版本源流见《唐集叙录》。

刘希夷

希夷,字延芝,颍川人[一]。上元二年,郑益榜进士,时年二十五。射策有文名。苦篇咏，特善闺帷之作。词情哀怨，多依古调，体势与时不合，遂不为所重。希夷美姿容，好谈笑，善弹琵琶，饮酒至数斗不醉，落魄不拘常检。尝作《白头吟》，一联云："今年花落颜色改，明年花开复谁在？"既而叹曰："此语谶也。石崇谓'白首同所归'，复何以异？"乃除之，又吟曰："年年岁岁花相似，岁岁年年人不同。"复叹曰："死生有命，岂由此虚言乎？"遂并存之〔二〕。舅宋之问苦爱后一联，知其未传于人，恳求之，许而竟不与。之问怒其诳己，使奴以土囊压杀于别舍，时未及三十，人悉怜之。有集十卷，及诗集四卷，今传〔三〕。

希夷天赋俊爽，才情如此，想其事业勋名，何所不至！孰谓奇蹇之运，遭逢恶人，寸禄不沾，长怀顿挫，斯才高而见忌者也。贾生悼长沙之屈，祢衡痛江夏之来，倏焉折首，夫何殒命？以隋侯之珠，弹千仞之雀，所较者轻，所失者重。玉进松摧，良可惜也。况于骨肉相残者乎！

校记

〔一〕 《旧唐书》卷一百九十中《文苑中》称"汝州人刘希夷"，《大唐新语》卷八云"一名挺之，汝州人"。《唐诗纪事》卷十三、《全唐诗话》卷一均云"一名庭芝，汝州人"。疑"延"为"廷"之形误。

〔二〕 出于《大唐新语》卷八，《白头吟》原作《白头翁咏》，依陆本改。

〔三〕 辨见上则。其集今佚，《全唐诗编》诗一卷。

陈子昂

子昂，字伯玉，梓州人〔一〕。开耀二年，许旦榜进士。初，年十八时，未知书，以富家子，任侠尚气，弋博〔二〕，后入乡校感悔，即于州东南金华山观读书，痛自修饰〔三〕，精穷《坟》、《典》，耽爱

《黄》、《老》、《易象》[四]。光宅元年,诣阙上书,谏灵驾入京。召见,武后奇其才,遂拜麟台正字。令云:"地藉英华,文称炜晔。"累迁拾遗。圣历初,解官归。会父丧,庐冢次。县令段简贪残,闻其富,造诈诬子昂,胁取赂二十万缗,犹薄之,遂送狱。子昂自筮卦,惊曰:"天命不佑,吾殆穷乎?"果死狱中。年四十三[五]。子昂貌柔雅,为性褊躁,轻财好施,笃朋友之义。唐兴,文章承徐、庾馀风,天下祖尚,子昂始变雅正。初,为《感遇诗》三十章,王适见而惊曰:"此子必为海内文宗。"由是知名。凡所著论,世以为法。诗调尤工。尝劝后兴明堂太学,以调元气。与游英俊,多秉权衡[六]。柳公权评曰:"能极著述,克备比兴,唐兴以来,子昂而已。"有集十卷,今传[七]。

呜呼,古来材大,或难为用。象以有齿,卒焚其身,信哉,子昂之谓欤!

校记

[一] 《旧唐书》卷一百九十中《文苑中》、《新唐书》卷一百零七均作"梓州射洪人"。辛氏从《郡斋读书志》卷四上,只云"梓州"。

[二] "弋",原作"才",依陆本改。

[三] "饰",四库本作"饬"。日本读杜草堂本亦作"饬"。

[四] "《易象》",四库本作"《易》、《庄》"。

[五] 卢藏用《陈氏别传》作"四十二"。此从《新唐书》。

[六] "权衡",四库本作"钧衡"。以上八字四库本在"唐兴"上。

[七] 《陈伯玉文集》版本源流见《唐集叙录》。上引"柳公权"当为"柳宗元",《郡斋读书志》卷四上:"柳仪曹曰:张说以著述之馀攻比兴而莫能极,张九龄以比兴之暇穷著述而不克备。唐兴以来称是选而不怍者,子昂而已。"此盖本柳宗元《杨评事文集后序》之说(《柳河东集》卷二十一),辛氏误。

13

李百药

百药,字重规,定州人〔一〕。幼多病,祖母以百药名之。七岁能文。袭父德林爵。会高祖招杜伏威,百药劝〔二〕朝京师,中道而悔,怒,饮以石灰酒,因大利,几死,既而宿病皆愈。贞观中,拜中书舍人,迁太子庶子〔三〕。尝侍帝,同赋《帝京篇》,手诏褒美,曰:"卿何身老而才之壮,齿宿而意之新乎!"百药才行,天下推服。好奖荐后进。翰藻沉郁,诗尤所长。有集传世〔四〕。

校记

〔一〕《旧唐书》卷七十二、《新唐书》卷一百零二均作"定州安平人"。此传全截取两《唐书》。

〔二〕"劝",原作"勤",依陆本改。

〔三〕《两唐书》均作"贞观元年"拜中书合人,"四年授太子右庶子",此云"中"字较含混。

〔四〕《新唐书·艺文志》著录《李百药集》三十卷。今佚。《全唐诗》编诗一卷。

李 峤

峤,字巨山,赵州人〔一〕。十五通《五经》,二十擢进士,累迁马监察御史。武后时,同凤阁鸾台平章事。后因罪贬庐州别驾卒。峤富才思,有所属缀,人辄传讽。明皇将幸蜀,登花萼楼,使楼前善《水调》者奏歌。歌曰:"山川满目泪沾衣,富贵荣华能几时?不见只今汾水上,惟有年年秋雁飞。"帝惨怆,移时,顾侍者曰:"谁为此?"对曰:"故宰相李峤之词也。"帝曰:"真才子!"不待终曲而去[二]。峤前与王勃、杨炯接,中与崔融、苏味道齐名。晚诸人没,为文章宿老,学者取法焉。今集五十卷,《杂咏诗》十二卷,《单题诗》一百二十首,张方为注,传于世[三]。

校记

〔一〕《旧唐书》卷九十四、《新唐书》卷一百二十三并云"赵州赞皇人"。《郡斋读书志》亦作"赞皇"。

〔二〕 此取自《本事诗·事感》:"天宝末,玄宗尝乘月登勤政楼,命梨园弟子歌数阕。有唱李峤诗者云……时上春秋已高,问是谁诗……又明年,幸蜀,登白卫岭,览眺久之,又歌是词,复言'李峤真才子',不胜感叹。"《唐诗纪事》卷十亦记为二次,惟"又明年"作"及其年幸蜀"。辛氏盖据《增修诗话总龟前集》卷二十四引《明皇传信记》之文,与前二书有异。

〔三〕《李峤集》版本源流见《唐集叙录》。"单题",原作"单提",据《郡斋读书志》卷四上校改。

张 说

说,字道济,洛阳人[一]。垂拱四年,举学综古今科,中第三等。考策日,封进,授太子校书。令曰:"张说文思清新,艺能优洽。金门对策,已居高科之首;银榜效官,宜申一命之秩。"后累迁凤阁舍人。睿宗时,兵部侍郎平章事[二]。开元十八年,终左丞相燕国公。说敦气节,重然诺。为文精壮,长于碑志。朝廷大述作,多出其手。诗法特妙。晚谪岳阳,诗益凄婉,人谓得江山之助。今有集三十卷行于世[三]。子均,开元四年进士,亦以诗鸣。

校记

〔一〕 按《旧唐书》卷九十七云:"张说字道济,其先范阳人,代居河东,近又徙家河南之洛阳。"《新唐书》卷一百二十五云:"字道济,或字说之,其先自范阳徙河南,更为洛阳人。"《唐诗纪事》卷十四但云:"说字道济,洛阳人。"《郡斋读书志》亦作"洛阳"。辛氏从之。

〔二〕 四库本"平章事"上有"同"字。两《唐书》本传并有"同"字。

〔三〕 集名《张说之集》,版本源流见《唐集叙录》。

王　翰

翰,字子羽,并州人〔一〕。景云元年,卢逸下进士及第。又举直言极谏,又举超拔群类科。少豪荡,恃才不羁,喜纵酒,枥多名马,家蓄妓乐。翰发言立意,自比王侯,日聚英杰,纵禽击鼓为欢。张嘉贞为本州长史,厚遇之。翰酒间,自歌舞属嘉贞,神气轩举。张说尤加礼异,及辅政,召为正字,擢驾部员外郎。说罢,翰出为仙州别驾。以穷乐畋饮,贬岭表,道卒〔二〕。翰工诗,多壮丽之词。文士祖咏、杜华等,尝与游从。华母崔氏云:"吾闻孟母三迁。吾今欲卜居〔三〕,使汝与王翰为邻,足矣。"其才名如此。燕公论其文"如璆杯玉斝,虽烂然可珍,而多玷缺"云〔四〕。有集今传〔五〕。

太史公恨古布衣之侠,湮没无闻,以其义出存亡生死之间,而不伐其德。千金驷马,才啻草芥。信哉,名不虚立也。观王翰之气,其若人之俦乎!

校记

〔一〕 《新唐书》卷二百零二《艺文中》作"并州晋阳人",《唐诗纪事》卷二十一作"晋阳人"。

〔二〕 《新唐书》、《唐诗纪事》均作"贬道州司马,卒"疑辛氏误。

〔三〕 "卜",原作"上",依陆本改。日本正保四年本"卜"下注旧文作"卜",故误"上"。

〔四〕 见《大唐新语》卷八。

〔五〕 其集今佚,《全唐诗》编诗一卷。

吴　筠

筠,字贞节,华阴人。通经义,美文辞。举进士不中,隐居南阳倚帝山为道士〔一〕。天宝中,玄宗遣使诏至京师,与语甚悦,敕待诏翰林。献《玄纲》三篇。帝问道,对曰:"深于道者,惟《老子》五千言,其馀徒费纸札耳。"复问神仙冶〔二〕炼之术,曰:"此野人之事,积岁月求之;非人主所宜留意。"筠每陈设名教世务,帝重之。初,筠爱会稽山水,往来天台、剡中,与李白、孔巢父相遇酬唱。至是,因荐于朝,帝即遣使召之。筠性高鲠,其待诏翰林时,恃承恩顾。高力士素奉佛,尝短筠于上前;筠故多著赋文,深诋释氏,颇为通人所讥云。后知天下将乱,苦求还嵩山,诏为立道观。大历间卒,弟子谥为宗元先生〔三〕。善为诗,有集十卷,权德舆序之〔四〕。

校记

〔一〕 此取《旧唐书》卷一百九十二《隐逸传》之说。《新唐书》卷一百九十六《隐逸传》云:"性高鲠,不耐沉浮于时,去居南阳倚帝山。天宝初,召至京师,请隶道士籍,及入嵩山依潘师正,究其术。"《唐诗纪事》卷二十三、《直斋书录解题》卷十六均从《新唐书》天宝初为道士之说。其馀两书略同。

〔二〕 "冶",原作"治",依陆本改。

〔三〕 此取《新唐书》:"大历十三年卒,弟子私谥为宗元先生。"《郡斋读书志》卷五下《玄纲三卷》等书作"不玄"《读书后志》卷二复作"宗元",见下。

〔四〕 权德舆序见《文苑英华》卷七零四。《新唐志》:道士《吴筠集》十卷,《读书后志》卷二"吴筠《宗元先生集》十卷,右唐吴筠撰,前有权德舆序"(下即小传),《直斋书录解题》卷十六《吴筠集》十卷……传称筠所善孔巢父李白歌诗相甲乙,巢父诗未之见也。筠诗固不碌碌,岂能与太白相甲乙哉!"集今佚,《全唐诗》编诗一卷。

张子容

子容,襄阳人。开元元年,常无名榜进士[一],仕为乐城令[二]。初与孟浩然同隐鹿门山,为死生交,诗篇倡答颇多。后值乱离,流寓江表。尝送内兄李录事归故里云:"十年多难与君同,几处移家逐转蓬。白首相逢征战后,青春已过乱离中。行人杳杳看西日,归马萧萧向北风。汉水、楚云千万里,天涯此别恨无穷。"后竟弃官归旧业。有诗集,兴趣高远,略去凡近。当时哲匠,咸称道焉[三]。

校记

[一] 张子容,两《唐书》无传。《唐诗纪事》卷二十三多载其与孟浩然交往之作,云"先天二年进士",即开元年也。

[二] 《纪事》云"曾为乐城尉",孟浩然有《岁除夜乐城张少府宅》诗。明为尉而非令。芮挺章《国秀集》选其诗二首,称"晋陵尉张子容",子容有《贬乐城尉日作》,盖由晋陵而贬。

[三] 《全唐诗》存张子容诗一卷,皆五言。上引七律乃刘长卿诗,题为《送李录事兄归襄邓》,辛氏误。疑"后值乱离"以下皆刘长卿事,子容诗中无经乱痕迹可寻。

李 昂

昂,开元二年王丘[一]下状元及第。天宝间,仕为礼部侍郎,知贡举,奖拔寒素甚多[二]。工诗,有《戚夫人楚舞歌》一篇播传人口,真佳作也。

校记

〔一〕 "王丘",原作"兰",依陆本改。《永乐大典》赋字韵注云:"开元二年,王丘员外知贡举,始有八字韵脚。"见《登科记考》卷五。

〔二〕 按《唐摭言》卷一《进士归礼部》条言开元二十四年,李昂员外性刚急,不容物。其后庭辱贡人李权,李权亦摘昂"耳临清渭洗,心向白云闲"之诗攻之曰:"昔唐尧衰耄,厌倦天下,将禅于许由,由恶闻,故洗耳。今天子春秋鼎盛,不揖让于足下,而洗耳,何哉?""昂闻惶骇,蹶起,不知所酬,乃诉于执政,谓权风狂不逊。遂下权吏。初,昂刚愎,不受嘱请。及有请求者,莫不先从。由是,庭议以省郎位轻,不足以临多士,乃诏礼部侍郎专之矣。"《唐诗纪事》卷十七全载此事并《戚夫人楚舞歌》一篇。李昂实为省郎而非侍郎。辛氏此传取之《纪事》。而云李昂为侍郎"知贡举,奖拔寒素甚多",未知何故,疑非实录也。

孙 逖

逖,博州人〔一〕。幼而有文,属思警敏,援笔成篇。开元二年,举手笔俊拔、哲人奇士、隐沦屠钓及文藻宏丽等科第一人及第。玄宗引见,擢左拾遗,集贤殿修撰〔二〕,改考功员外郎,迁中书舍人。与颜真卿、李华、萧颖士皆同时,称海内名士〔三〕。仕终刑部侍郎。善诗,古调今格,悉其所长。集二十卷,今传〔四〕。

校记

〔一〕 孙逖,《旧唐书》卷一百九十中《文苑中》云"潞州涉县人",《新唐书》卷二百零二《艺文中》云"潞州武水人",《唐诗纪事》卷二十六云"河南人",此传多取《新唐书》。

〔二〕 据两《唐书》本传为李暠幕府后始入为修撰,不当联书。

〔三〕 据本传,颜真卿等皆孙为考功所取士。

19

〔四〕《新唐书·艺文志》著录《孙逖集》二十卷卷,今佚,《全唐诗》编诗一卷。

卢　鸿

鸿,字浩然〔一〕,隐居嵩山。博学,善八分书,工诗,兼画山水树石。开元初,玄宗备礼征,再三,不至。诏曰:"鸿有泰一之道,中庸之德。钩深诣微,确乎自高。诏书屡下,每辄辞托,使朕虚心引领,于今有年。虽得素履幽人之介,而失考父滋恭之谊。礼有大伦,君臣之义,不可废也。有司其赍束帛之具,重宣〔二〕兹旨。想其翻然易节,副朕意焉。"鸿遂至东都,谒见,不拜,宰相问状,答曰:"礼者忠信所薄。臣敢以忠信见帝。"召升内殿,置酒。拜谏议大夫,固辞,复下诏许还山。将行,赐隐居服,官营草堂。鸿到山中,广精舍,从学者五百人。及卒,诏赐万钱营葬。后皮日休为《七爱诗》,谓:"傲大君者,必有真隐,卢征君是也。"工诗,今传甚多〔三〕。

校记

〔一〕《旧唐书》卷一百九十二隐逸作"卢鸿一",此从《新唐书》卷一百九十六《隐逸》作"献鸿","浩"《新书》作"颢",内容全据《新唐书》。

〔二〕"宣",原作"宜",依陆本改。

〔三〕卢鸿《新唐志》未著录其集。《全唐诗》作卢鸿一,将其《嵩山十志》十首编为一卷。

王泠然

泠然,山东人。开元五年裴耀卿下进士,授将仕郎,守太子校书郎。工文赋诗。气质豪爽,当言无所回忌,乃卓荦奇才,济世之器,惜其不大显而终。有集今传〔一〕。

校记

〔一〕 王泠然,两《唐书》无传。《唐摭言》卷二载其《与御史高昌宇书》称"山东布衣",卷六载其上张说书称:"将仕郎守太子校书郎王泠然再拜",皆"当言无所回忌"。《唐诗纪事》卷二十云王丘为吏部,典选奖用"一时茂秀"王泠然等。《登科第考》卷五:"《文苑英华》注引《登科记》王泠然十九名。"《全唐诗》仅存诗四首。

刘眘虚

眘虚,嵩山人。姿容秀拔。九岁属文,上书,召见,拜童子郎。开元十一年,徐徵榜进士〔一〕,调洛阳尉,迁夏县令。性高古,脱略势利,啸傲风尘。后欲卜隐庐阜,不果。交游多山僧道侣。为诗情幽兴远,思雅词奇,忽有所得,便惊众听。当时东南高倡者数十人,声律婉态〔二〕,无出其右,惟气骨不逮诸公。永明已还,端可杰立江表。善为方外之言。夫何不永?天碎国宝〔三〕,有志不就,惜哉!集今传世〔四〕。

校记

〔一〕 刘眘虚,两《唐书》无传,《唐诗纪事》卷二十五亦未言其登第。《登科第考》卷七开元十一年进士登者仅据《唐才子传》列崔颢一人,而不及眘虚及徐徵,不详何故。

〔二〕 《唐诗纪事》引殷璠语作"婉然"。四库本作"宛然"。

〔三〕 以上评论全取自《河岳英灵集》卷上,仅改动数字,中间引其诗句多联而概以"皆方外之言也"。辛氏以"善为"二字括之。可参该书。

〔四〕 刘眘虚《新唐志》未著录其集,《全唐诗》存诗一卷。

王　湾

湾，开元元年常无名榜进士[一]，与学士綦毋潜契切。词翰早著，为天下所称。往来吴、楚间，多有著述。如《江南意》一联云："海日生残夜，江春入旧年。"诗人以来，罕有此作。张燕公手题于政事堂，每示能文，令为楷式[二]。曾奉使登终南山，有赋，志趣高远，识者不能弃焉[三]。

校记

〔一〕 "元"，原作"十一"，依四库本改。按王湾，两《唐书》无传，《唐诗纪事》卷十五云："湾登先天进士第"，即开元元年也。又本书《张子容传》云："开元元年，常无名榜进士。"

〔二〕 "词翰早著"至此，皆引自殷璠《河岳英灵集》卷下，字句稍有增删。

〔三〕 《奉使登终南山》诗见《河岳英灵集》卷下及《唐诗纪事》。《纪事》云："开元初为荥阳主簿，马怀素欲校正群籍，湾在选中，各部撰次，后为洛阳尉。"其集未见著录，《全唐诗》存诗十首。

崔　颢

颢，汴州人。开元十一年，源少良下及进士第[一]。天宝中，为尚书司勋员外郎。少年为诗，意浮艳，多陷轻薄。"晚节忽变常体，风骨凛然。一窥塞垣，状极戎旅。"奇造往往并驱江、鲍[二]。后游武昌，登黄鹤楼，感慨赋诗。及李白来，曰："眼前有景道不得，崔颢题诗在上头。"无作而去[三]，为哲匠敛手云。然行履稍劣，好蒲博，嗜酒，娶妻择美者，稍不惬，即弃之，凡易三四。初,李邕闻其才名,虚舍邀之。颢至,献诗,首章云:"十五嫁王昌。"邕叱曰:"小儿无礼!"不与接而入〔四〕。颢苦吟咏,当病起清虚,友人戏之曰:"非子病如此,乃苦吟诗瘦耳。"遂为口实。天宝十三年卒。有诗一卷,今行〔五〕。

校记

〔一〕《直斋书录解题》卷十九:"《崔颢集》一卷,唐司勋员外郎崔颢撰,开元十年进士,才俊无行,《黄鹤楼诗》盛传于世。"疑脱"一"字,《唐诗纪事》卷二十一但言"擢进士第",未言年。

〔二〕此据《河岳英灵集》卷中,"状极"作"说尽";"奇造往往并驱江、鲍"作"可与鲍照并驱",《纪事》引殷璠此语作"鲍照、江淹,须有惭色"。

〔三〕按此事出《该闻录》,《苕溪渔隐丛话前集》卷五引之。《纪事》云:"世传太白云……恐不然",盖有疑焉。

〔四〕见李肇《国史补》卷上《崔颢见李邕》条。

〔五〕其集今亡,《全唐诗》存诗一卷。

祖　咏

咏,洛阳人。开元十二年杜绾榜进士〔一〕。有文名。殷璠评其诗:"剪刻省静,用思尤苦。气虽不高,调颇凌俗。"足"称为才子也"〔二〕。少与王维为吟侣。维在济州,寓官舍,赠《祖三》诗有云:"结交三十载,不得一日展。贫病子既深,契阔余不浅。"盖亦流落不偶,极可伤也。后移家归汝坟间别业,以渔樵自终。有诗一卷,传于世〔三〕。

校记

〔一〕祖咏,两《唐书》无传,《唐诗纪事》卷二十云"咏与(王)维最善。"又云:"咏登开元进上第。"陈振孙《直斋书录解题》卷十九:"《祖咏集》一卷　唐祖咏撰,开元十二年进士。"

〔二〕　引见《河岳英灵集》卷下,《纪事》亦引之。"殷",原作"商"避宋讳改,径还本字。后同。

〔三〕　《祖咏集》已佚,《全唐诗》编诗一卷。

储光羲

光羲,兖州人。开元十四年严迪榜进士。有诏中书试文章。尝为监察御史,值安禄山陷长安,辄受伪署。贼平后自归,贬死岭南〔一〕。工诗,"格高调逸,趣远情深,削尽常言。挟《风》、《雅》之道,养浩然之气。"〔二〕览者犹听《韶》、《濩》音,先洗桑、濮耳,庶几乎赏音也。有集七十卷,《正论》十五卷,《九经分义疏》二十卷,并传〔三〕。

校记

〔一〕　储光羲,两《唐书》无传。《唐诗纪事》卷二十二云:"光羲,兖州人,登开元进士第。又诏中书试文章。历监察御史。禄山乱,陷焉,贼平,贬死。"《郡斋读书志》卷四上云开元十四年进士。

〔二〕　此引用《河岳英灵集》卷中,《纪事》亦引之。辛氏改易数字,可参该书。

〔三〕　《储光羲集》今仅存五卷,版本源流见《唐集叙录》。《正论》,陆本作《政论》。

唐才子传校正卷第二

包　融

融,延陵人。开元间,仕历大理司直,与参军殷遥、孟浩然交厚。工为诗。二子何、佶,纵声雅道,齐名当时,号"三包"。有诗一卷,行世[一]。

夫人之于学,苦心难;既苦心,成业难;成业者获名不朽,兼父子兄弟间尤难。历观唐人父子如三包,六窦,张碧、张瀛,顾况、顾非熊[二],章孝标、章碣;公孙如杜审言、杜甫,钱起、钱珝[三],温庭筠、温宪[四];兄弟如皇甫冉、皇甫曾,李宣古、李宣远,姚系、姚伦等:皆联玉无瑕,清尘远播。芝兰继芳,重难改于父道;《骚》《雅》接响,庶不慊于祖风。四难之间,挥尘之际,亦可以为美谈矣。

校记

〔一〕 包融《旧唐书》卷一百九十中《文苑中》附于《贺知章传》云:"湖州包融……融遇张九龄,引为怀州司户、集贤直学士。"《唐诗纪事》卷二十四云:"融,润州延陵人,历大理司直。"盖取《新唐书·艺文志》:"《包融诗》一卷,润州延陵人,历大理司直。"辛氏从之。融集已佚,《全唐诗》存诗八首。

〔二〕 "顾非熊"，"顾"字依陆本补。

〔三〕 钱珝为起子徽之孙，起之曾孙，说详本书卷九。

〔四〕 本书卷九《温宪传》："宪，庭筠之子也。"与诸书合，此云祖孙，误。

崔国辅

国辅，山阴人。开元十四年严迪榜进士〔一〕，与储光羲、綦毋潜同时举县令。累迁集贤直学士、礼部郎中〔二〕。天宝间，坐是王鉷近亲，贬竟陵司马。有文及诗，婉娈清楚，深宜讽咏。乐府短章，古人有不能过也〔三〕。初至竟陵，与处士陆鸿渐游，三岁，交情至厚，谑笑永日，又相与较定茶水之品。临别，谓羽曰："余有襄阳太守李憕所遗白驴、乌犎牛各一头，及卢黄门〔四〕所遗文槐书函一枚，此物皆己之所惜者，宜野人乘蓄〔五〕，故特以相赠。"雅意高情，一时所尚。有酬酢之歌诗，并集传焉〔六〕。

校记

〔一〕 《直斋书录解题》卷十九云"开元十三年进士"。《书录解题》云，储光羲与綦毋潜、崔国辅皆同年进士，《郡斋读书志》卷四上云储光羲开元十四年进士。则"三"字为误。

〔二〕 崔国辅两《唐书》无传。《新唐书·艺文志》、《唐诗纪事》卷十五、《直斋书录解题》均云"礼部员外郎中"，而非"郎中"，辛氏误。

〔三〕 此论取自《唐诗纪事》引殷璠语，见《河岳英灵集》卷中。

〔四〕 "黄门"，原作一"□"，依陆本补。

〔五〕 "乘"，原作"□"，依陆本补。

〔六〕 《新唐志》著录《崔国辅集》云"卷亡"，《直斋书录解题》著录一卷，其集今未见单传，《全唐诗》存诗一卷。

卢　象

象,字纬卿,汶水人,鸿之侄也。携家来居江东最久。仕为校书郎、左拾遗、膳部员外郎。授安禄山伪官,贬永州司户参军。后为主客员外郎。有诗名,誉充秘阁,雅而不素,有大体,得国士之风。集二十卷[一],今传。同仕[二]有韦述,为桑泉尉。时诏求逸书,命述等编校于朝元殿。后为翰林学士,有诗名,今亦传焉[三]。

校记

〔一〕 卢象,两《唐书》无传,《新唐志》:"《卢象集》十二卷　字纬卿,左拾遗、膳部员外郎,授安禄山伪官,贬永州司户参军,起为主客员外郎。"《唐诗纪事》卷二十六引刘梦得纪其文云云较详。此处议论源于《河岳英灵集》卷下。《卢象集》已佚,《全唐诗》编诗一卷。

〔二〕 "仕",陆本作"时"。

〔三〕 韦述,《唐诗纪事》卷二十二云:"述,纯厚长者,淡荣利,任史官二十年,典掌图书馀四十年,天宝间,为国子司业,充集贤学士。禄山乱,抱国史藏南山,臣贼,贼平,流渝州,为刺史薛舒所困,不食死。"《全唐诗》存诗四首。

綦毋潜

潜,字孝通,荆南人[一]。开元十四年严迪榜进士及第,授宜寿尉。迁右拾遗,入集贤院待制。复授校书,终著作郎。与李端同时。诗调"屹翠峭蒨,足佳句,善写方外之情","历代未有,荆南分野,数百年来,独秀斯人。"[二]后见兵乱,官况日恶,挂冠归隐江东别业,王维有诗送之,曰:"明时久不远,弃置与君同。天命无怨色,人生有素风。"一时文士咸赋诗祖饯,甚荣。有集一卷行世[三]。

校记

〔一〕《直斋书录解题》卷十九:"《綦毋潜集》一卷　唐待制集贤院南康綦毋潜孝通撰,南康今赣州。"疑辛氏因"荆南分野"之语定为荆南,失之于泛。《唐诗纪事》卷二十未言籍贯。

〔二〕引语见《河岳英灵集》卷中。"与李端同时"五字疑阑入,李端时代后于綦毋潜,綦毋与王、孟等同时也。

〔三〕其集今佚,《全唐诗》存诗一卷。

王昌龄

昌龄,字少伯,太原人。开元十五年李嶷榜进士[一],授汜水尉。又中宏辞,迁校书郎。后以不护细行,贬龙标尉。以兵火之际归乡里,为刺史闾丘晓所忌而杀。后张镐按军河南,晓愆期,将戮之,辞以亲老,乞恕。镐曰:"王昌龄之亲,欲与谁养乎?"晓大惭沮[二]。昌龄工诗,缜密而思清,时称"诗家夫子王江宁",盖尝为江宁令。与文士王之涣、辛渐交友至深。皆出模范,其名重如此。有诗集五卷。又述作诗格律、境思、体例共十四篇,为《诗格》一卷,又《诗中密旨》一卷及《古乐府解题》一卷,今并传。

自元嘉以还,"四百年之内[三],曹、刘、陆、谢,风骨顿尽"。逮储光羲、王昌龄颇从厥迹,两贤气同而体别也。王稍声峻,奇句俊格,惊耳骇目。奈何晚途不矜小节,谤议腾沸,两窜遐荒,使知音者喟然长叹。失[四]归全之道,不亦痛哉[五]!

校记

〔一〕 此从《郡斋读书志》卷四上,《直斋书录解题》卷十九云开元十四年,《旧唐书》卷一百九十下《文苑下》、《新唐书》卷二百零三《艺文下》均未言年份。"巗",四库本作"严"。

〔二〕 "兵火之际","兵",原作"刀",依陆本改。四库本作"兵燹之阨"。此事取自《新唐书》本传。

〔三〕 "百"字依陆本补,此段采自《河岳英灵集》卷中,《唐诗纪事》卷二十四引殷璠语,小异。

〔四〕 "失",原作"至",依陆本改。

〔五〕 《王昌龄集》今存,版本源流见《唐集叙录》。今人傅璇琮《唐代诗人丛考·王昌龄事迹考略》可参看。

常　建

建,长安人。开元十五年与王昌龄同榜登科。大历中,授盱眙尉。仕颇不如意,遂放浪琴酒,往来太白、紫阁诸峰,有肥遁之志。尝采药仙谷中〔一〕,遇女子,遍体毛绿。自言是秦时宫人,亡入山来,食松叶,遂不饥寒。因授建微旨,所养非常。后寓鄂渚,招王昌龄、张偾同隐〔二〕,获大名当时。集一卷,今传。

古称高才而无贵仕,诚哉是言。曩刘桢死于文学,鲍照卒于参军,今建亦沦于一尉,悲夫〔三〕!建属思既精,词亦警绝,"似初发通庄,却寻野径,百里之外,方归大道。""旨远"、"兴僻","能论意表"〔四〕,可谓"一倡而三欢"矣〔五〕。

校记

〔一〕 "仙谷中",陆本作"山谷中",毛女见《列仙传》,《太平广记》卷五十九引。《常建集》有《仙谷遇毛女意知是秦宫人》,《河岳英灵集》卷上亦选入。辛氏盖本此。

29

〔二〕 此据常诗《鄂渚招王昌龄张偾》一题。亦见《河岳英灵集》。

〔三〕 数语采自《河岳英灵集》卷上。

〔四〕 亦引自上书,"能",《河岳英灵集》作"唯"。

〔五〕 《常建集》今存,版本源流见《唐集叙录》。常建两《唐书》无传,此取《唐诗纪事》卷三十一及常诗内容为传。

贺兰进明

进明,开元十六年虞咸榜进士及第。仕为御史大夫。肃宗时,出为河南节度使。时禄山群党未平,尝帅师屯临淮备贼,竟亦无功[一]。进明好古博雅,经籍满腹。其所著述一百馀篇,颇穷天人之际。又有古诗乐府等数十篇,大体符于阮公[二],皆今所传者云。

校记

〔一〕 贺兰进明,两《唐书》无传,《唐诗纪事》卷十七云:"禄山乱,进明守临淮,以御史大夫为节度使。张巡睢阳之围,遣南霁云乞师,不应。霁云去,抽矢回射佛寺浮屠,曰:'吾杀贼必灭贺兰,此矢所以志也。'"淳按此本于韩愈《张中丞传后叙》。辛氏盖为之讳。

〔二〕 此处评论源于《河岳英灵集》卷中,非辛氏所撰。伍崇曜《粤雅堂丛书·唐才子传》跋云"贺兰进明坐视睢阳不救,陷张巡于死地,人本不足取,而此谓其著述穷天人之际。"盖未审辛氏袭殷璠语也。《全唐诗》存诗七首。

崔 署[一]

署,宋州人。少孤贫,不应荐辟,志况疏爽,择交于方外。苦读书,高栖少室山中。与薛据友善。工诗,言词款要,情兴悲凉。

送别、登楼,俱堪泪下。集传于今也〔二〕。

校记

〔一〕 崔署,陆本作"曙"。《唐诗纪事》卷二十亦作"崔曙",云开元二十六年登进士第。《直斋书录解题》卷十九:"《崔曙集》一卷　唐崔曙撰,开元二十六年进士状头。"

〔二〕 此评引用《河岳英灵集》卷下,《纪事》亦引之。其集已佚,《全唐诗》存诗一卷。

陶　翰

翰,润州人。开元十八年崔明允下进士及第,次年中博学宏辞〔一〕,与郑防同时。官至礼部员外郎。为诗词笔双美,"既多兴象,复备风骨,三百年以前,方可论其裁制。"〔二〕大为当时所称。今有集相传〔三〕。

校记

〔一〕 陶翰,两《唐书》无传。《唐诗纪事》卷二十二云:"翰,润州人,开元中为礼部员外郎,以《冰壶赋》得名。"登科事见《直斋书录解题》卷十九。

〔二〕 此评取自《河岳英灵集》卷上,"裁制"作"体裁"。

〔三〕 《陶翰集》今佚,《全唐诗》存诗一卷。

王　维

维,字摩诘,太原人。九岁知属辞,工草隶,闲音律。岐王重之。维将应举,岐王谓曰:"子诗清越者,可录数篇,琵琶新声,能度一曲,同诣九公主第。"维如其言。是日,诸伶拥维独奏〔一〕,主问何名。曰:"《郁轮袍》。"因出诗卷。主曰:"皆我习讽,谓是古作,乃子之佳制乎?"延于上座,曰:"京兆得此生为解头,荣哉!"力荐之。开元十九年状元及第〔二〕,擢左拾遗,迁给事中。贼陷两京,驾出幸,维扈从不及,为贼所擒〔三〕,服药称瘖病。禄山爱其才,逼至洛阳供旧职,拘于晋施寺。贼宴凝碧池,悉召梨园诸工合乐,维痛悼,赋诗曰:"万户伤心生野烟,百官何日再朝天?秋槐花落空宫里,凝碧池头奏管弦。"诗〔四〕闻行在所。贼平后,授伪官者皆定罪,独维得免。仕至尚书右丞。维诗入妙品上上,画思亦然。至山水平远,云势石色,皆天机所到〔五〕,非学而能。自为诗云:"当代谬词客,前身应画师。"后人评维"诗中有画,画中有诗"〔六〕,信哉!客有以《按乐图》示维者,曰:"此《霓裳》第三叠最初指也。"对曲果然〔七〕。笃志奉佛,疏食素衣,丧妻不再娶,孤居三十年。别墅在蓝田县南辋川,亭馆相望。尝自写其景物奇胜,日与文士丘丹〔八〕、裴迪、崔兴宗游览赋诗,琴樽自乐。后表宅请以为寺〔九〕。临终,作书辞亲友,停笔而化〔一〇〕。代宗访维文章,弟缙集赋诗等十卷上之,今传于世〔一一〕。

校记

〔一〕 "奏",原作"秦",依陆本改。此事见薛用弱《集异记》卷二,《太平广记》卷一百七十九,《旧唐书》卷一百九十下《文苑下》、《新唐书》卷二百零二《艺文中·王维传》均未载,《唐诗纪事》卷十六撮引大略。

〔二〕 《旧唐书》云:"维开元九年进士擢第。"《郡斋读书志》卷四上同。《新唐书》云:"开元初擢进士。"当亦从开元九年之说。张彦远《历代名画记》亦言王维"年十九进士擢第"。《登科记考卷》七从辛说为十九年。

〔三〕 "贼"字依陆本补。

〔四〕 "诗",原作"时",依陆本改。此依《旧唐书》,《新唐书》叙此事而未录此诗。"晋施寺"当依《旧唐书》作"普施寺"。

〔五〕 此数语见《旧唐书》及《韵语阳秋》卷十五。

〔六〕 此苏轼之语,见《苕溪渔隐丛话前集》卷十五。

〔七〕 此说见李肇《国史补》卷上,传为佳话,两《唐书》取之入本传而沈括辨其诬妄,见《梦溪笔谈》卷十六。

〔八〕 "丘丹",陆本作"丘为",《考异》云:"原本作丘丹,按维有赠丘为诗,作为是。"按《苕溪渔隐丛话前集》引《蔡宽夫诗话》云:"王摩诘、韦苏州集载裴迪、丘丹唱和诗,其语皆清丽高胜,常恨不多见……其气格殆不减二人。"蔡意王与裴,韦与丘丹,非四人皆有交往,疑辛氏因此而云"丘丹"也。

〔九〕 四库本此句作"后表请舍宅以为寺",《新唐书》作:"母亡,表辋川第为寺,终葬其西。"

〔一〇〕 此据《旧唐书》,《新唐书》不载。辛氏此传,杂取两《唐书》而错综其序。

〔一一〕 《旧唐书》:缙曰:"臣兄开元中诗百千馀篇,天宝事后,十不存一,比于中外亲故间相与编缀,都得四百馀篇。"《新唐书》云:"遣中人王承华往取,缙裒集数十百篇上之。"《新唐志》著录十卷。其集今存,版本源流见《唐集叙录》。清赵殿成笺注本较适用。

薛 据

据,荆南人。开元十九年王维榜进士〔一〕,天宝六年,又中风雅古调科第一人,于吏部参选。据自恃才名,请受万年录事;流外官诉宰执,以为"赤县是某等清要"。据无媒〔二〕,改涉县令。后仕历司议郎,终水部郎中。"据为人骨鲠,有气魄",文章亦然。尝自伤不得早达〔三〕,造句往往追凌鲍、谢。初好栖遁,居高山〔四〕炼药。晚岁置别业终南山下,老焉。有集今传〔五〕。

校记

〔一〕 薛据,两《唐书》无传。《唐诗纪事》卷二十五云:"据,河中宝鼎人,中书舍人文思曾孙,父元晖,什邡令。"王维及第年份参见《王维传》。薛据"自伤不早达",当非开元九年及第。

〔二〕 "据无媒"三字四库本作"据无由得之",按事见《唐摭言》卷十二,但作"遂罢"二字,《唐诗纪事》同。

〔三〕 此为殷璠语,见《河岳英灵集》卷中。

〔四〕 "山"字依陆本补。

〔五〕 薛据,《旧唐书·经籍志》、《新唐书·艺文志》、《郡斋读书志》、《直斋书录解题》等均未著录其集。《全唐诗》存诗十二首。

刘长卿

长卿,字文房,河间人。少居嵩山读书,后移家来鄱阳最久。开元二十一年徐徵榜及第〔一〕。至德中,历监察御史,以检校祠部员外郎出为转运使判官,知淮西岳鄂转运留后观察使吴仲孺诬奏非罪,系姑苏狱,久之,贬潘州南巴尉。会有为辩之者,量移睦州司马〔二〕。终随州刺史。长卿清才冠世,颇凌浮俗。性刚,多忤权门,故两逢迁斥,人悉冤之。诗调雅畅,甚能炼饰。其自赋伤而不怨,足以发挥风雅〔三〕,权德舆称为"五言长城"〔四〕。长卿尝谓:"今人称前有沈、宋、王、杜,后有钱、郎、刘、李。李嘉祐、郎士元何得与余并驱?"每题诗不言姓,但书长卿,以天下无不知其名者云〔五〕。灞陵碧涧有别业。今集诗〔六〕赋文等传世。淮南李穆有清才,公之婿也〔七〕。

校记

〔一〕 陆本《考异》曰:"按《刘眘虚传》云:开元十一生徐徵榜进士,此云二十一年,未知孰误。"《郡斋读书志》卷四上:"《刘长卿集》十卷 右唐刘长卿字文房,开元二十一年进士。"《直斋书录解题》卷十六:"《刘随州集》十卷 唐随州刺史宣城刘长卿文房譔。"

〔二〕 刘长卿,两《唐书》无传,以上取自《唐诗纪事》卷二十六。"量移"二字当依《唐诗纪事》及《郡斋读书志》作"除"。

〔三〕 此高仲武语,见《中兴间气集》卷下。

〔四〕 权语见《文苑英华》卷七百一十六《秦征君校书与刘随州唱和诗序》。

〔五〕 此见《云溪友议》卷上《四背篇》。

〔六〕 "集诗",陆本作"诗集",刘长卿集称《刘随州文集》,今存,版本源流见《唐集叙录》。

〔七〕 李穆见《唐诗纪事》卷二十六。《全唐诗》存诗一首。

李季兰

季兰,名冶,以字行,峡中人,女道士也。美姿容,神情萧散,专心翰墨,善弹琴,尤工格律。当时才子,颇夸纤丽,殊少荒艳之态。始〔一〕年六岁时,作《蔷薇诗》云:"经时不架却,心绪乱纵横。"其父见曰:"此女聪黠非常,恐为失行妇人。"后以交游文士,微泄风声,皆出乎轻薄之口。夫"士有百行,女唯四德。季兰则不然。形器既雄,诗意亦荡。自鲍昭以下,罕有其伦"〔二〕。时往来剡中,与山人陆羽、上人皎然,意甚相得。皎然尝有诗云:"天女来相试。将花欲染衣。禅心竟不起,还捧旧花归。"其谑浪至此〔三〕。又尝会诸贤于乌程开元寺,知河间刘长卿有阴重之疾,诮曰:"山气日夕佳。"刘应声曰:"众鸟欣有托。"举坐大笑,论者两美之〔四〕。天宝间,玄宗闻其诗才,诏赴阙。留宫中月馀,优赐甚厚,遣归故山。评者谓:"上比班姬则不足,下比韩英则有馀。不以迟暮,亦一俊媪。"有集,今传于世〔五〕。

论曰:《诗》云:"《关雎》乐得淑女,以配君子,忧在进贤,不淫其色。哀窈窕,思贤才,而无伤善之心焉。"〔六〕故古诗之道,各存六义,然终归于正,不离乎雅。是有昔贤妇人〔七〕,散情文墨,斑斑简牍,概而论之[八]:后来班姬伤秋扇以暂恩,谢娥咏絮雪而同素;大家《七诫》,执者修省;蔡琰《胡笳》,闻而心折。率以明白之操、徽美之诚,欲见于悠远,寓文以宣情,含毫而见志,岂泛滥之故,使人击节沾洒,弹指追念?良有谓焉。噫,笔墨固非女子之事,亦在用之如何耳。苟天之可逃,礼不必备,则词为自献之具,诗有妒情之作;衣服酒食,无闲净之容;铅华膏泽,多鲜饰之态:故不相宜矣。是播恶于众,何《关雎》之义哉?历观唐以雅道奖士类,而闺阁英秀,亦能熏染,锦心绣口[九],蕙情兰性,足可[一〇]尚矣。中间如李季兰、鱼玄机,皆跃出方外,修清净之教,陶写幽怀,留连光景;逍遥闲暇之功,无非云水之念;与名儒比隆,珠往琼复;然浮艳委托之心,终不能尽,白璧微瑕,惟在此耳。薛涛流落歌舞,以灵慧获名当时,此亦难矣。三者既不可略,如刘媛、刘云、鲍君徽、崔仲容[一一]、道士元淳、薛缊、崔公达、张窈窕、程长文、梁琼、廉氏、姚月华、裴羽仙、刘瑶、常浩、葛鸦儿、崔莺莺、谭意哥、户部侍郎吉中孚妻张夫人、鲍参军妻文姬、杜羔妻赵氏、张建封妾盼盼[一二]、南楚材妻薛媛等,皆能华藻,才色双美者也。或望幸离宫,伤宠后掖;或以从军万里,断绝音耗;或祗役连年,迢遥风水;或为宕子妻,或为商人妇。花雨春夜,月露秋天;玄鸟将谢,宾鸿来届;捣锦石之流黄,织回文于缃绮;魂梦飞远,关山到难:当此时也,濡毫命素,写怨书怀,一语一联,俱堪堕泪。至若间以丰丽,杂以纤秾;导淫奔之约,叙久旷之情;不假绿琴,但飞红纸:中间不能免焉。尺有短而寸有长,故未欲椎埋之云尔。

校记

〔一〕 "始",陆本作"冶",《唐诗纪事》卷七十八"始年"作"季兰"。

〔二〕 此见《中兴间气集》卷下,"雄"一本作"雌"。

〔三〕 此见《唐诗纪事》卷七十三皎然条。

〔四〕 《直斋书录解题》卷十九:"《李季兰集》一卷 唐女冠与刘长卿同时,相讥调之语见《中兴间气集》。"按通行本《中兴间气集》脱去此数句,见孙毓修校语中。

〔五〕 "媪",四库本作"姬",其集今佚,《全唐诗》存诗十六首,《补遗》二首。小传云"吴兴人"。辛氏云"峡中人",疑因其《从萧叔子听弹琴赋得三峡流泉歌》云"妾家本住巫山云,巫山流泉常自闻"而然。

〔六〕 "善",原作"害",依陆本改,正保本、读杜草堂本作"苦",此引《诗大序》。

〔七〕 此六字四库本作"是以古昔贤妇人"。

〔八〕 四库本"简牍"作"可考","概"上有"未可"二字。

〔九〕 "口",四库本作"肠"。

〔一〇〕 "足可",四库本作"是所"。

〔一一〕 "仲容",原作"仲客",依陆本改。

〔一二〕 "盷盷",陆本作"盼盼",《唐诗纪事》卷七十八两存之。

阎 防

防,河中人。开元二十二年李琚榜及第。颜真卿甚敬爱之,欲荐于朝,不屈〔一〕。"为人好古博雅",诗语"真素"〔二〕,魂清魄爽,放旷山水,高情独诣。于终南山丰德寺,结茆茨读书,百丈溪是其隐处。题诗云:"浪迹弃人世,还山自幽独。始傍巢、由踪,吾其获心曲。"又云:"养闲度〔三〕人事,达命知止足。不学鲁国儒,俟时劳伐辐。"后信命不务进取,以此自终。有诗集行世〔四〕。

校记

〔一〕 阎防,两《唐书》无传,《唐诗纪事》卷二十六但云:"防在开元天宝间有文称,岑参、孟浩然、韦苏州有赠章,然不知得罪谪长沙之故也。"

颜真卿与之同年,"欲荐"之说疑无据。

〔二〕 此引用殷璠之语,见《河岳英灵集》卷下,四库本"为人"下有"好读书"三字,与殷璠不合。

〔三〕 "度",四库本作"废",《河岳英灵集》作"度"。

〔四〕《旧唐书·经籍志》、《新唐书·艺文志》、《郡斋读书志》、《直斋书录解题》等均未著录阎防诗集。《全唐诗》存诗五首,即《河岳英灵集》所选也。

李 颀

颀,东川人。开元二十三年贾季麟榜进士及第,调新乡县尉。性疏简,厌薄世务,慕神仙,服饵丹砂,期轻举之道。结好尘喧之外,一时名辈,莫不重之。工诗,"发调既清,修辞亦秀;杂歌咸善,玄理最长"。多为放浪之语,足可"震荡心神"。"惜其伟才,只到黄绶。故其论道家,往往高于众作。"〔一〕有集今传〔二〕。

校记

〔一〕 李颀,两《唐书》无传,《唐诗纪事》卷二十仅云:"颀,开元进士也。"《直斋书录解题》卷十九云:"开元二十三年进士。"本传主要取自《河岳英灵集》卷上之评。"道"字依陆本补,《唐诗纪事》引有"道"字:"故其论道家",《河岳英灵集》作"故论其数家"。

〔二〕《李颀诗集》今存,版本源流见《唐集叙录》。

张 諲

諲,永嘉人。初隐少室下〔一〕,闭门修肄,志甚勤苦,不及声利。后应举,官到刑部员外郎。明《易象》,善草隶,兼画山水,诗格高古。与李颀友善,事王维为兄,皆为诗酒丹青之契。维赠诗云:"屏风误点惑孙郎,团扇草书惊内史。"李颀赠曰:"小王破体闲支策,落月梨花空照壁。诗堪记室妒风流,画与将军作勍敌。"天宝中,谢官,归故山偃仰,不复来人间矣。有诗传世[二]。

校记

〔一〕 陆本"下"上有"山"字。

〔二〕 张諲,两《唐书》无传,本传主要取自《唐诗纪事》卷二十,其诗《全唐诗》亦未见。

孟浩然

浩然,襄阳人。少好节义,诗工五言。隐鹿门山,即汉庞公栖隐处也。四十游京师诸名士间。尝集秘省联句,浩然曰:"微云淡河汉,疏雨滴梧桐。"众钦服。张九龄、王维极称道之[一]。维待诏金銮,一旦私邀入,商校风雅。俄报玄宗临幸,浩然错愕,伏匿床下。维不敢隐,因奏闻。帝喜曰:"朕素闻其人而未见也。"诏出,再拜。帝问曰:"卿将诗来耶?"对曰:"偶不赍。"即命吟近作。诵至"不才明主弃,多病故人疏"之句,帝慨然曰:"卿不求仕,朕何尝弃卿,奈何诬我?"因命放还南山[二]。后张九龄署为从事。开元末,王昌龄游襄阳,时新病起,相见甚欢,浪情宴谑,食鲜动疾而终[三]。

古称"祢衡不遇,赵壹无禄","观浩然磬折谦退,才名日高,竟沦明代,终身白衣,良可悲夫[四]!其诗"文采丰茸[五],经纬绵密,半遵雅调,全削凡近[六]"。所著三卷,今传[七]。王维画浩然像于郢州,为浩然亭。咸通中,郑諴[八]谓贤者名不可斥,更名曰孟亭,今存焉。

校记

〔一〕 孟浩然，《旧唐书》卷一百九十下《文苑下》甚略，《新唐书》卷二百零三《艺文下》较详，本传多取《新唐书》及《唐诗纪事》卷二十三，以上主要取自《唐诗纪事》。本传未举诗句。源出王士源《孟浩然集序》。

〔二〕 此取自《新唐书》，出于《唐摭言》卷十一。《唐诗纪事》卷二十三云："明皇以张说之荐召浩然，令守诵所作，乃诵北阙休上书，南山归敝庐，不才明主弃……"《增修诗话总龟前集·诗累门》又言浩然谒李相，"一日明皇召李对，说及浩然事，对曰：'见在臣私第'，急召俾口进佳句……"盖一事而传闻异辞，以情理度之，次说为近。

〔三〕 "动"，原作"勤"，据王士源序"食鲜疾动"校改。

〔四〕 此本《河岳英灵集》卷中，文字小作变动。

〔五〕 "茸"，原作"葺"，据《河岳英灵集》校改。

〔六〕 "近"，前书作"体"，义长。

〔七〕 孟浩然《孟襄阳集》今存，版本源流见《唐集叙录》。

〔八〕 "諴"，原作"缄"，依陆本改。《新唐书》本传作"諴"。又《艺文志》著录《郑諴集》云"大中国子司业，郢、安二州刺史"。故当作"諴"，《皮子文薮》卷七、《文苑英华》卷八百二十六作"诚"，乃形近而讹。

丘 为

为，嘉兴人。初，累举不第，归山读书数年。天宝初，刘单榜进士。王维甚称许之，尝与唱和。初，事继母孝，有灵芝生堂下。累官太子右庶子。时年八十馀，母犹无恙，给俸禄之半。及居忧〔一〕，观察使韩滉以为致仕官给禄，所以惠养老臣，不可在丧为异，唯罢春秋羊酒。初还，县令谒之，为候门磬折，令坐，方拜里胥，立庭下；既出，乃敢坐。经县署，降马而过，举动有礼。卒年九十六。有集行世〔二〕。

校记

〔一〕 丘为,两《唐书》无传,此传除科举一事(《登科记考》作天宝二年)外,全取《唐诗纪事》卷十九,《纪事》本于《新唐书·艺文志》。"及居忧"三字原缺,据上两书校补,否则文意不完。

〔二〕 《新唐志》著录《丘为集》注"卷亡",《郡斋读书志》、《直斋书录解题》均未著录。《全唐诗》存诗十三首。

李 白

白,字太白,山东人〔一〕。母梦长庚星而诞,因以命之。十岁通《五经》,自梦笔头生花,后天才赡逸〔二〕。喜纵横击剑,为任侠,轻财好施。更客任城,与孔巢父、韩准、裴政、张叔明、陶沔居徂徕山中,日沉饮,号"竹溪六逸"。天宝初,自蜀至长安,道未振,以所业投贺知章。读至《蜀道难》,叹曰:"子,谪仙人也。"乃解金龟换酒,终日相乐。遂荐于玄宗,召见金銮殿,论时事,因奏颂一篇。帝喜,赐食,亲为调羹,诏供奉翰林。尝大醉,上前草诏,使高力士脱靴,力士耻之,摘其《清平调》中飞燕事以激怒贵妃。帝每欲与官,妃辄沮之。白益傲放,与贺知章、李适之、汝阳王琎、崔宗之、苏晋、张旭、焦遂为"饮酒八仙人"〔三〕。恳求还山,赐黄金,诏放归。白浮游四方,欲登华山,乘醉跨驴,经县治。宰不知,怒引至庭下,曰:"汝何人,敢无礼?"白供状,不书姓名,曰:"曾令龙巾拭吐,御手调羹,贵妃捧砚,力士脱靴。天子门前,尚容走马;华阴县里,不得骑驴!"宰惊愧,拜谢曰:"不知翰林至此。"白长笑而去〔四〕。尝乘舟,与崔宗之自采石至金陵,着宫锦袍坐,傍若无人。禄山反,明皇在蜀。永王璘节度东南,白时卧庐山,辟为僚佐。璘起兵反,白逃归彭泽。璘败,累系浔阳狱。初，白游并州，见郭子仪，奇之，曾救其死罪。至是，郭子仪请官以赎，诏长流夜郎[五]。白晚节好黄、老，度牛渚矶：乘酒捉月，沉水中。初，悦谢家青山，今墓在焉。有文集二十卷行世[六]。

或云：白，凉武昭王暠九世孙也。

校记

〔一〕 李白，《旧唐书》卷一百九十下《文苑下》、《新唐书》卷二百零二《艺文中》并有传。《旧唐书》云山东人，盖因杜甫《苏端薛复筵简薛华醉歌》云："近来海内为长句，汝与山东李白好。"此可理解为当时白居山东，非必指其籍贯。而元稹《唐故检校工部员外郎杜君墓系铭》径称"是时山东人李白亦以奇文取称"，《旧唐书》盖承此误。《南部新书·甲》："李白，山东人，父任城尉，因家焉……俗称蜀人，非也。今《任城令厅石记》，白之词也，尚存焉。"《新唐书》已知其非而云："兴圣皇帝九世孙。其先，隋末以罪徙西域，神龙初遁还，客巴西。辛氏多取《新唐书》而惟此据《旧唐》，而于篇末存疑，附范传正《唐左拾遗翰林学士李公新墓碑》之说焉。

〔二〕 此见《天宝遗事》，两《唐书》不取。

〔三〕 此取《新唐书》而加"饮"字，不如以《杜诗》有《饮中八仙歌》称"饮中八仙"也。

〔四〕 此出《古今事类合璧备要》，两《唐书》不取。

〔五〕 按此据《新唐书》，曾巩《李太白文集后序》以"白之诗书所自序可考者"断云："《旧史》称白山东人，为翰林待诏，又称永王璘节度扬州，白在宣城谒见，遂辟为从事；而《新书》又称白流夜郎，还浔阳坐事下狱，宋若思释之者，皆不合于白之自序，盖史误也。"《郡斋读书志》卷四上撮引曾说之后曰："予按：杜甫诗亦以白为山东人，而苏子瞻尝恨《白集》为庸俗所乱，则白之自序，亦未可尽信而以为史误。近蜀本又附入左绵邑人所裒曰白隐处少年所作六十篇尤为浅俗。白天才英丽，其辞逸荡隽伟，飘然有超世之心，非常人所及，读者自可别其真伪也。"

〔六〕 《李白集》今存，版本源流见《唐集叙录》。清王琦注较好。

杜　甫

甫，字子美，京兆人。审言生闲，闲生甫。贫，少不自振，客吴、越、齐、赵间。李邕奇其材，先往见之。举进士不中第，困长安。天宝三载[一]，玄宗朝献太清宫，飨庙及郊，甫奏赋三篇，帝奇之，使待诏集贤院。命宰相试文章，擢河西尉，不拜，改右卫率府胄曹参军。数上赋颂，高自称道，且言："先臣恕、预以来，卧儒守官十一世。迨审言以文章显。臣赖绪业，自七岁厉辞，且四十年。然衣不盖体，常寄食于人，窃恐转死沟壑，伏惟天子哀怜之。若令执先臣故事，拔泥涂久辱，则臣之述作，虽不足鼓吹《六经》，先鸣（疑为"鸣"之误）数子；至沉郁顿挫，随时敏给，扬雄、枚皋，可企及也。有臣如此，陛下其忍弃之？"会禄山乱，天子入蜀，甫避走三川。肃宗立，自鄜州羸服欲奔行在，为贼所得。至德二年，亡走凤翔，上谒，拜左拾遗。与房琯为布衣交，琯时败兵，又以琴客董廷兰之故罢相；甫上疏言罪细不宜免大臣，帝怒，诏三司杂问。宰相张镐曰："甫若抵罪，绝言者路。"帝解，不复问。时所在寇夺，甫家寓鄜，弥年艰窭，孺弱至饿死，因许甫自往省视[二]。从还京师，出为华州司功参军。关辅饥[三]，辄弃官去。客秦州，负薪拾橡栗自给。流落剑南，营草堂成都西郭浣花溪。召补京兆功曹参军，不至。会严武节度剑南西川，往依焉。武再帅剑南，表为参谋，检校工部员外郎。武以世旧，待甫甚善，亲诣其家，甫见之，或时不巾。而性褊躁傲诞，常醉登武床，瞪视曰："严挺之乃有此儿！"武中衔之。一日欲杀甫，集吏于门，武将出，冠钩于帘者三，左右走报其母，力救得止[四]。崔旰[五]等乱，甫往来梓、夔间。大历中，出瞿塘，泝沅、湘，以登衡山。因客耒阳[六]，游岳祠，大水暴至，涉旬不得食。县令具舟迎之，乃得还。为设牛炙、白酒，大醉，一昔卒[七]。年五十九。甫放旷不自检，好论天下大事，高而不切也。与李白齐名，时号"李杜"。数尝寇乱，挺节无所污。为歌诗，伤时挠弱，情不忘君，人皆怜之。坟在岳阳[八]。有集六十卷，及润州刺史樊晃纂《小集》，今传[九]。

能言者未必能行，能行者未必能言。观李、杜二公，崎岖板荡[一〇]之际，语语王霸，褒贬得失。忠孝之心，惊动千古；《骚》、《雅》之妙，双振当时。兼众善于无今，集大成于往作。历世之下，想见风尘。惜乎长辔未骋，奇才并屈，竹帛少色，徒列空言，呜呼哀哉！昔谓杜之典重，李之飘逸，神圣之际，二公造焉。"观于海者难为水，游李、杜之门者难为诗。"斯言信哉！

校记

〔一〕 杜甫，《旧唐书》卷一百九十下《文苑下》、《新唐书》卷二百一《艺文上》并有传。《旧唐书》云："天宝末献《三大礼赋》。"《新唐书》云："天宝十三载，玄宗朝献……"此传全取《新唐书》之文，"三"上夺"十"字，当据补。朱注以为献赋在十载。

〔二〕 此从《新唐书》。《旧唐书》云："肃宗怒，贬琯为刺史，出甫为华州司功参军。"按之杜诗，为华州司功参军乃收京以后事。《新唐书》亦有疏失，"入门闻号咷，幼子饥已卒"，乃甫《自京赴奉先县咏怀》中事。自往省视则《北征》所谓"顾惭恩私被，诏许归蓬荜"也。一在天宝十四载冬，一为至德二载闰八月。

〔三〕 "饥"（饑），原作"飢"，依陆本改，此指饥馑也。

〔四〕 此取《新唐书》，《旧唐书》云："武虽急暴，不以为忤。"以杜诗考之，《旧唐书》近是，《新书》多取小说家言，失之诬也。

〔五〕 "崔旰"，《新唐书》作"崔旴"，《旧唐书》云："是岁崔宁杀英义，杨子琳攻西川，蜀中大乱。"疑均指一事。

44

〔六〕 "耒",原作"来",依陆本改。

〔七〕 按牛肉白酒之说始自《明皇杂录》,两《唐书》因之,实为厚诬子美。元稹《唐故检校工部员外郎杜君墓系铭》云:"扁舟下荆、楚间,竟以寓卒。"杜诗题有《聂耒阳以仆阻水书致酒肉疗饥荒江诗得代怀兴尽本韵至县呈聂令陆路去方田驿四十里舟行一日时属江涨泊于方田》浦起龙注云:"公此行,为往郴依舅氏崔伟也。自衡如郴,必经耒阳之方田。缘阻水不得遽达郴境,暂泊于此。聂令闻之,致书馈食,当时情事可按,公非久于耒阳者,亦非与聂令有旧者,但审诗题,诗义自然了了。《新》、《旧书》以为先曾寓耒阳,非也。题又云至县,则是受馈成诗后,仍登岸至县呈令,《新》、《旧书》谓啖炙醉酒一昔而卒者,亦非也。"浦又云:"酒炙夕卒之说,二史取之《明皇杂录》。《录》叙此事,终之云今集中犹有耒阳诗。此正因'疗饥'守语文饰而成,伎俩毕露。黄生之论如此,可谓深中其款矣。"(《读杜心解》卷一之六)前人辨者甚众,举此以见一斑。

〔八〕 按元稹之文云:"适遇子美之孙嗣业启子美之柩,襄祔事于偃师,途次于荆……"铭文又云:"合窆我子美于首阳之山前。"《旧唐书》云:"归葬于偃师西北首阳山之前。"辛氏盖因元文"旅殡岳阳"致误。旅殡乃指浮厝,非葬也。

〔九〕《杜集》今传,唐人诗集中注家最伙。版本源流见《唐集叙录》。

〔一〇〕 "板",原作"版",依陆本改。

郑 虔

虔,郑州人,南士也。苏许公为宰相,申以忘年之契,荐为著作郎[一]。尝以当世事著书八十馀篇。有告虔私撰国史者,虔苍惶焚之,坐谪十年。玄宗爱其才,开元二十五年,为更置广文馆,虔为博士。广文博士自虔始。杜甫为交,有赠诗曰:"才名四十年，坐客寒无毡。惟有苏司业，时时与酒钱。"其穷饥坎坷，淡如也。好琴酒篇咏，善图山水。能书，苦无纸，于慈恩寺贮柿叶数屋，逐日就书殆遍。尝自写其诗并画表献之，玄宗大署其尾曰"郑虔三绝"。与李、杜为密友，多称郑广文。禄山反，伪授水部员外郎，托以疾，不夺。贼平，张通、王维并囚系，三人皆善画，崔圆使绘斋壁，因为析解，得贬台州司户，卒。有集行世〔二〕。

校记

〔一〕 郑虔，《新唐书》卷二百零二《艺文中》有传，本传下文全取自《新唐书》。惟此一事取自唐张彦远《历代名画记》。

〔二〕 《旧唐书·经籍志》、《新唐书·艺文志》、《郡斋读书志》、《直斋书录解题》等未著录《郑虔集》。《唐诗纪事》卷二十录其《闺情》一首五绝，《全唐诗》亦仅存此首。"有集行世"之说，未必有据也。

高　适

适，字达夫，一字仲武〔一〕，沧州人。少"性拓落，不拘小节，耻预常科，隐迹博徒，才名便远"〔二〕。后举有道，授封丘尉。未几，哥舒翰表掌书记。后擢谏议大夫，负气敢言，权近侧目。李辅国忌其才。蜀乱，出为蜀、彭二州刺史，迁西川节度使，还，为左散骑常侍。永泰初卒。适尚气节，语王霸，衮衮不厌。遭时多难，以功名自许。年五十始学为诗即工〔三〕，以气质自高，多胸臆间语。每一篇已，好事者辄传播吟玩。尝过汴州，与李白、杜甫会，酒酣登吹台，慷慨悲歌，临风怀古，人莫测也〔四〕。中间倡和颇多。今有诗文等二十卷，及所选至德迄大历述作者二十六人诗为《中兴间气集》二卷〔五〕，并传。

校记

〔一〕 高適,《旧唐书》卷一百一十一、《新唐书》卷一百四十一有传,并不言又字仲武,辛氏取《郡斋读书志》卷四上:"《高適集》十卷集外文二卷别诗一卷 右唐高適达夫也。又字仲武,渤海人,天宝八年举有道科中第……"

〔二〕 此数语取自《河岳英灵集》卷上。

〔三〕《旧唐书》云:"適年过五十,始留意诗什,数年之间,体格渐变,以气质自高。"非言五十始举为诗也。而《新唐书》遂言"年五十始为诗,即工"。以讹传讹,详见拙著《读常见书札记·高適五十学诗之谬说探源》。

〔四〕 此取自《新唐书·杜甫传》。

〔五〕 选《中兴间气集》者名仲武,非字仲武之高適。陆游《渭南文集》卷二十七《跋中兴间气集》已辨之,实则辛氏已云永泰初卒,如何选及大历之诗?此不待他求即可证其妄,辛氏每有此病。《高常侍集》今存,版本源流见《唐集叙录》。

沈千运

千运,吴兴人。工旧体诗,气格高古,当时士流,皆敬慕之,号为沈四山人。天宝中,数应举不第,时年齿已迈,遨游襄、邓间,干谒名公。来濮上,感怀赋诗曰:"圣朝优贤良,草泽无遗族。人生各有命,在余胡不淑?一生但区区,五十无寸禄。衰落当捐弃,贫贱招谤讟。"其时多艰,自知屯蹇,遂浩然有归欤之志,赋诗曰:"栖隐无别事,所愿离风尘。不来城邑游,礼乐拘束人。"又曰:"如何巢与由,天子不得臣?"遂释志,还山中别业。尝曰:"'衡门之下,可以栖迟。'有薄田园,儿稼女织。偃仰今古,自足此生。谁能作小吏走风尘下乎?"高適赋《还山吟》赠行曰：" 还山吟，天高日暮寒山深。送君还山识君心。人生老大须恣意。省[一]君解作一生事。山间偃仰无不至。石泉淙淙若风雨，桂花松子常满地。卖药囊中应有钱。还山服药又长年。白云劝[二]尽杯中物，明月相随何处眠？眠时忆同[三]醒时意，梦魂可以相周旋。"肃宗议备礼征致，会卒而罢。有集传世[四]。

校记

〔一〕 沈千运，两《唐书》无传，《唐诗纪事》卷二十二录其数诗及元结《箧中集序》等。"省"陆本作"看"。

〔二〕 "劝"，原作"勤"，依陆本改。

〔三〕 "同"，陆本作"问"。

〔四〕 两《唐志》、《郡斋读书志》、《直斋书录解题》均未见《沈集》。元结《箧中集叙》："已长逝者，遗文散失；方阻绝者，不见尽作。"沈千运压卷仅四首，《全唐诗》存五首。"有集传世"，漫语也。

孟云卿

云卿，关西人[一]。天宝间不第，气颇难平，志亦高尚，怀嘉遯之节。与薛据相友善。尝流寓荆州。杜工部多有与云卿赠答之作，甚爱重之。工诗，其体"祖述沈千运"，"渔猎陈拾遗"，词气伤怨。虽然模效"才得升堂，犹未入室，当时古调，无出其右，一时之英也"[二]。如："虎豹不相食，哀哉人食人。"又："朝亦常苦饥，暮亦尝苦饥。飘飘万里馀，贫贱多是非。少年莫远游，远游多不归。"皆为当代推服。韦应物过广陵，遇孟九，赠诗云："高文激颓波，四海靡不传。西施且一笑，众女安得妍？"其才名于此可见矣。仕终校书郎。集今传[三]。

云卿禀通济之才，沦吞噬之俗，栖栖南北，苦无所遇，何生之不辰也！身处江湖，心存魏阙，犹杞国之人忧天坠相率而逃者。匹夫之志，亦可念矣。

校记

〔一〕 孟云卿，两《唐书》无传。《唐诗纪事》卷二十五云："云卿，河南人。元次山《送孟校书往南海》云：'云卿与次山同州里，以辞学相友。'"疑辛氏误。

〔二〕《唐诗纪事》引高仲武云："孟君祖述沈千运，《贼中十首》又渔猎陈拾遗，词气伤苦，怨者之流。如'虎豹不相食，哀哉人食人'，方之《七哀》'路有饥妇人，抱子弃草间'，则云卿深矣。虽校之于陈、沈，才能升堂，犹未入室，然当今古调，无出其右者，一时之英也。"辛氏词意本此。"伤怨"四库本作"伤感"，"虽然"四库本作"虽能"，指海本"当时古调"上有"然"字。

〔三〕"集"上四库本有"有"字。《孟云卿集》两《唐志》、《郡斋读书志》、《直斋书录解题》等均未见著录。杜诗云："孟子论文更不疑……数篇今见古人诗。"张为《诗人主客图》推其为"高古奥逸主"，想必有集。《全唐诗》编诗一卷。

49

唐才子传校正卷第三

岑参

参,南阳人,文本之后。天宝三年赵岳榜第二人及第。累官左补阙、起居郎,出为嘉州刺史。杜鸿渐表置安西幕府[一],拜职方郎中,兼侍御史,辞罢。别业在杜陵山中。后终于蜀。参累佐戎幕,往来鞍马烽尘间十馀载,极征行离别之情,城障塞堡,无不经行。博览史籍,尤工缀文。属词清尚,用心良苦。诗调尤高,唐兴罕见此作。放情山水,故常怀逸念,奇造幽致,所得往往超拔孤秀,度越常情。与高适风骨颇同,读之令人慷慨怀感。每篇绝笔,人辄传咏[二]。至德中,裴休、杜甫等常荐其"识度清远,议论雅正,佳名早立,时辈所仰,可以备献替之官"。未及大用而谢世,岂不伤哉!有集十卷行于世,杜确为之序云[三]。

校记

〔一〕 岑参,两《唐书》无传。《郡斋读书志》卷四上:"《岑参集》十卷。"述其生平,为本传所本。晁氏云:"杜鸿渐表置幕府。"《唐诗纪事》卷二十三云:"出为嘉州刺史,副元帅杜鸿渐表公兼侍御史,列于幕府。"按此指《新唐书》卷一百二十六《杜鸿渐传》:代宗广德二年:"命鸿渐以宰相兼成都尹、山南西道剑南东川副元帅剑南西川节度副大使往镇抚之。"辛氏妄增"安西"二字,大误。

〔二〕 此均据晁氏所言,四库本"烽"作"风","清尚"作"清迥",皆与原出处不合。

〔三〕《岑嘉州集》今存,版本源流见《唐集叙录》。

王之奂〔一〕

之奂,蓟门人。少有侠气,所从游皆五陵少年,击剑悲歌,从禽纵酒。中〔二〕折节工文,十年名誉日振。耻困场屋,遂交谒名公。为诗情致雅畅,得齐、梁之风。每有作,乐工辄取以被声律。与王昌龄、高适、畅当忘形尔汝。尝共诣旗亭,有梨园名部继至。昌龄等曰:"我辈擅诗名,未定甲乙。可观诸伶讴诗,以多者为优。"一伶唱昌龄二绝句,一唱适一绝句。之奂曰:"乐人所唱皆下俚之词。"须臾,一佳妓唱曰:"黄沙远上白云间,一片孤城万仞山。羌笛何须怨杨柳,春风不度玉门关。"复唱二绝,皆之奂词〔三〕。三子大笑。曰:"田舍奴,吾岂妄哉!"诸伶竟不谕其故。拜曰:"肉眼不识神仙。"三子从之酣醉终日。其狂放如此云。有诗传于今〔四〕。

校记

〔一〕 当作王之涣,两《唐书》无传。岑仲勉先生《续贞石证史》发表靳能《唐故文安郡文安县太原王府君墓志铭并序》,其事迹始为人知,可参考今人傅璇琮《靳能所作王之涣墓志铭跋》,载《唐代诗人丛考》。兹不赘举。

〔二〕 "中",四库本作"后"。

〔三〕 此本薛用弱《集异记》卷二王之涣条,惟内容文字变动较多。

〔四〕 以《集异记》所记轶事,可证王之涣开元中诗名如此,必当有集,然未见著录,《全唐诗》仅存诗六首而已。

贺知章

知章,字季真,会稽人。少以文词知名,性旷夷,善谈论笑谑。证圣初,擢进士超拔群类科。陆象先在中书,引为太常博士。象先与知章最亲善,常曰:"季真清谈风韵,吾一日不见,则鄙吝生矣。"当时贤达,皆倾慕之。为太子宾客。开元十三年,迁礼部侍郎兼集贤院学士。晚年尤加纵诞,无复礼度,自号四明狂客,又称"秘书外监"。遨游里巷。又善草隶,每醉辄属辞,笔不停缀,咸有可观。每纸不过数十字,好事者共传宝之。天宝三年,因病,梦游帝居,及寤,表请为道士,求还乡里,即舍住宅为千秋观〔一〕。上许之,诏赐镜湖剡溪一曲,以给渔樵〔二〕。帝赋诗及太子百官祖饯。寿八十六。集今传〔三〕。

校记

〔一〕 贺知章,《旧唐书》卷一百九十中《文苑中》、《新唐书》卷一百九十六《隐逸》均有传。此传全取材于《新唐书》。《唐诗纪事》卷十七云:"知章年八十六,卧病,冥然无知,疾损,上表乞为道士还乡,明皇许之,舍宅为观,赐名千秋。"与《新唐书》小异。

〔二〕 四库本下有"后改为天长观"六字。

〔三〕 其集已佚,《全唐诗》编诗一卷。

包 何

何,字幼嗣,润州廷陵人,包融之子也。与弟佶俱以诗鸣,时称"二包"。天宝七年杨誉榜及第。曾师事孟浩然,授格法。与李嘉祐相友善。大历中,仕终起居舍人。诗传者可数。盖流离世故,卒多素辞,大播芳名,亦当时望族也〔一〕。

校记

〔一〕 包何,两《唐书》无传,《唐诗纪事》卷三十二亦甚略。其集今佚,《全唐诗》编诗一卷。

包 佶

佶,字幼正。天宝六年杨护榜进士。累迁秘书监。刘晏治财,奏为汴东两税使。及晏罢,以佶为诸道盐铁等使。未几,迁刑部侍郎、太常少卿,拜谏议大夫,御史中丞。居官谨确,所在有声。佶天才赡逸,气宇清深,心醉古经,神和大雅,诗家老斲轮〔一〕也。与刘长卿、窦叔向诸公皆莫逆之爱。晚岁沾风痹之疾,辞宠乐高,不及荣利。卒封丹阳郡公。有诗集行于世〔二〕。

校记

〔一〕 "轮"字依陆本补。

〔二〕 包佶,附见《新唐书》卷一百四十九《刘晏传》。甚略。《直斋书录解题》卷十九:"《包佶集》一卷 唐秘书监包佶撰。天宝六载进士,兄何后一年。"诗有《近获风痹之疾题寄所怀》,此末数语所本。集今未见单刻,《全唐诗》存诗一卷。

张 彪

彪,颍上人。初,赴举无所遇,适遭丧乱,奉老母避地,隐居嵩山,供养至谨。与孟云卿为中表,俱工古调诗。云卿有赠云:"善道居贫贱,洁服蒙尘埃。行行无定心,坎凜难归来。"性高

53

简,善草书,志在轻举〔一〕。《咏神仙》云:"五谷非长年,四气乃灵药。列子何必待,哥心满寥廓。"时与杜甫往还。尝寄张十二山人诗,云:"静者心多妙,先生艺绝伦。草书何太古,诗兴不无神。曹植休前辈,张芝更后身。数篇吟可老,一字买堪贫。"〔二〕观工部之作,可知其人矣。

校记

〔一〕 辛氏因《咏神仙》诗而云,实则不尽然,细绎自明。

〔二〕 此为杜甫三十韵排律。张彪《全唐诗》仅存《箧中集》四首,另《补遗》一首,《唐诗纪事》卷二十三亦收四诗及截《杜诗》之十韵,为此传所取材。

李嘉祐

嘉祐,字从一,赵州人。天宝七年杨誉榜进士。为秘书正字。以罪谪南荒。未几何,有诏量移为鄱阳宰,又为江阴令,后迁台、袁二州刺史。善为诗,绮丽婉靡,"与钱、郎别为一体,往往涉于齐、梁"时风,人拟为"吴均、何逊之敌"。"自振藻天朝,大收芳誉,中兴风流"〔一〕也。有集今传〔二〕。

校记

〔一〕 李嘉祐,两《唐书》无传,《唐诗纪事》卷二十一云:"字从一,上元中尝为台州刺史,大历间刺袁州……嘉祐有送从叔阳冰、寄从弟纾及侄端诗,盖三子之族也。"《郡斋读书志》卷四上云:"别名从一,赵州人,天宝七年进士,为秘书正字,袁、台二州刺史。"此传取自上二书,评论见《中兴间气集》卷上,计氏亦引之。"风流",《中兴间气集》作"高流"。

〔二〕 《李嘉祐集》今存,版本源流见《唐集叙录》。

贾 至

至,字幼几〔一〕,洛阳人,曾之子也。曾,开元间与苏晋同掌制诰,至,天宝十年明经擢第,累官起居舍人、知制诰。从幸西川,尝撰传位肃宗册文,既进藁,玄宗曰:"先天诰命,乃父所为;今兹大册,尔又为之。两朝盛典,出卿家父子,可谓继美矣。"大历初,迁京兆尹。以散骑常侍卒〔二〕。初,尝以事谪守巴陵,与李白相遇,日酣杯酒,追忆京华旧游,多见酬唱。白赠诗,有云:"圣主恩深汉文帝,怜君不遣到长沙。"至特工诗,俊逸之气,不减鲍照〔三〕、庾信,调亦清畅,且多素辞,盖厌于漂流沦落者也。有集三十馀卷,今传〔四〕。

校记

〔一〕 贾至,《旧唐书》卷一百九十中《文苑中》、《新唐书》卷一百一十九均有传。《新唐书》云"字幼邻"。《唐诗纪事》卷二十二同。而《郡斋读书志》卷四上、《直斋书录解题》卷十六并云"幼几",此传前半全取晁氏。后半取自《唐诗纪事》。

〔二〕《旧唐书》云:"大历初,改兵部侍郎,五年,转京兆尹兼御史大夫,卒。"《新唐书》云:"大历初,徙兵部。累封信都县伯,进京兆尹,七年,以右散骑常侍卒。"辛氏从之。

〔三〕 "照",原作"昭",依陆本改。唐人避武后讳,改"照"为"昭"。

〔四〕 其集今佚,《全唐诗》编诗一卷。

鲍 防

防,字子慎,天宝十二年杨儇榜进士,襄阳人也。善辞章,笃志于学,累官至太原尹、河东节度使。人乐其治,不减龚、黄,诏图形别殿。又历福建、江西观察使。丁乱，从幸奉天，除礼部侍郎，封东海公。又迁御史大夫[一]。贞元元年策贤良方正，得穆质、柳公绰等，皆位至台鼎，世美其知人。时比岁旱，质对：汉故事，免三公，烹弘羊。权近独孤恓欲下按治，防曰："使上闻所未闻，不亦善乎？"置质高第。帝见策，嘉之。授工部尚书，卒。防工于诗，兴思优足，风调严整。凡有感发，以讥切世弊，正国音之宗派也。与谢良[二]为诗友，时亦称"鲍、谢"云。有集今传[三]。

校记

[一] 鲍防，《旧唐书》卷一百四十六、《新唐书》卷一百五十九均有传。此传除及第年限外，皆取自《新唐书》，惟次序有异。彼书云："入为御史大夫，历福建、江西观察使，召拜左散骑常侍。从德宗幸奉天，进礼部侍郎，封东海郡公。"

[二] 《新唐书》、《唐诗纪事》卷四十七均作"谢良弼"。

[三] 《鲍防集》，两《唐志》、《郡斋读书志》、《直斋书录解题》等未见著录，《全唐诗》仅存诗八首。谢良弼仅有与严维、鲍防等联句一联。

殷　遥

遥，丹阳人。天宝间，常仕为忠王府仓曹参军。与王维结交，同慕禅寂，志趣高疏，多云岫之想，而苦家贫。死不能葬，一女才十岁，日哀号于亲爱，怜之者赙赠，埋骨石楼山中。工诗，词彩不群而多警句，杜甫尝称许之。有诗传于今[一]。

校记

[一] 殷遥，两《唐书》无传，《唐诗纪事》卷十七云："遥，丹阳人，天宝间，终于忠王府曹参军。"此传即据《纪事》所载王维哭遥诗等，《全唐诗》仅存遥诗五首。

张　继

继,字懿孙,襄州人。天宝十二年,礼部侍郎杨浚下及第。与皇甫冉有髫年之故,契逾昆玉。早振词名,初来长安,颇矜气节。有《感怀》诗云:"调与时人背,心将静者论。终年帝城里,不识五侯门。"尝佐镇戎军幕府,又为盐铁判官。大历间,入内侍。仕终检校祠部郎中。继博览有识,好谈论,知治体。亦尝领郡,辄有政声。诗情爽激,多金玉音。盖其"累代词伯,积袭弓裘,其于为文,不雕自饰","丰姿清迥,有道者风"〔一〕。集一卷,今传〔二〕。

校记

〔一〕 张继,两《唐书》无传,《唐诗纪事》卷二十五云:"继字懿孙,襄州人,登天宝进士第,大历末,检校祠部员外郎,分掌财赋于洪州。"评论本之《中兴间气集》卷下,"袭"作"习","丰姿"作"诗体"。"自饰"陆本作"不饰"。

〔二〕《新唐志》著录《张继诗》一卷,已佚。《全唐诗》编诗一卷。

元　结

结,字次山,武昌人〔一〕,鲁山令元紫芝族弟也。少不羁,弱冠,始折节读书。天宝十三年进士,礼部侍郎杨浚见其文,曰:"一第,恩子耳。"遂擢高品。后举制科。会天下乱,沉浮人间。苏源明荐于肃宗,授右金吾兵曹。累迁御史,参山南来瑱府,除容管经略使。始隐于商山中,称元子;逃难入猗玗洞,称猗玗子〔二〕;或称浪士、渔者,或称聱叟、酒徒漫叟。及为官,呼漫郎:

皆以命所著。性梗僻，深僧薄俗，有忧道闵世之心。《中兴颂》一文，灿烂金石，清夺湘流。作诗著辞，尚聱牙。天下皆知敬仰。复嗜酒，有句云："有时逢恶客。"自注："非酒徒即恶客也。"有文编十卷，及所集当时人诗为《箧中集》一卷，并传[三]。

校记

〔一〕 元结《自释》云："河南，元氏望也。"《直斋书录解题》卷十六亦称河南元结次山。黄庭坚《次韵子瞻武昌西山》诗首云："漫郎江南酒隐处，古木参天应手栽。"山谷盖据《自释》"既客樊上，漫遂显"而言，辛氏以为武昌人，误矣。

〔二〕 元结，《新唐书》卷一百四十三有传。传中录其《自释》作"猗玕"，《唐诗纪事》卷二十二同，当据改。然《新唐志·小说家》著录元结《猗犴子》一卷，又作"犴"。此传主要取自《新唐书》及《郡斋读书志》卷四上。《郡斋读书志》卷四上又作"《琦玕子》一卷"，盖以形近而易讹也。

〔三〕 《箧中集》今存，《元子文编》十卷，今存，版本源流见《唐集叙录》。今人孙望先生校点本《元次山集》较适用，前有《元结评传》（见《蜗叟杂稿》）。

郎士元

士元，字君胄，中山人也。天宝十五载卢庚榜进士。宝应初，选京畿县官。诏试政事中书，补渭南尉。历左拾遗，出为郢州刺史[一]。与员外郎钱起齐名。时朝廷自丞相以下，出牧奉使，无两君诗文祖饯，人以为愧，其珍重如此。"二公体调，大抵欲同，就中郎君稍更闲雅，逼近康乐"[二]，珠联玉映，不觉成编，"掩映时流"[三]，名不虚矣。有别业在半日吴村，王季友、钱起等皆见题咏，每夸胜绝。诗集今传于世[四]。

校记

〔一〕 郎士元,两《唐书》无传,《新唐志》《郎士元诗》一卷注云:"字君胄,中山人。宝应元年,选畿县官,诏试中书,补渭南尉,历拾遗,郢州刺史。"《郡斋读书志》卷四上、《直斋书录解题》卷十九并云天宝十五载进士。《唐诗纪事》卷四十三叙简历同《新唐书》,而多引其诗及高仲武评语。

〔二〕 此段取自《中兴间气集》卷下,"二公"作"两君";"郎君"作"郎公";"逼近"作"近于"。

〔三〕 此语亦引自《中兴间气集》,"时流",作"时辈"。

〔四〕《郎士元集》已佚,《全唐诗》编诗一卷。

道人灵一

一公,剡中人。童子出家,缾钵之外,馀无有[一]。天性超颖,追踪谢客。隐麻源第三谷中,结茅读书。后白业精进,居若耶溪云门寺,从学者四方而至矣。尤工诗,气质淳和,格律清畅。两浙名山,暨衡、庐诸甲刹,悉所经行。与皇甫昆季、严少府、朱山人、彻上人等为诗友,酬赠甚多。刻意声调,苦心不倦,骋誉丛林。后顺寂于岑山。集今传世。

论曰:自齐、梁以来,方外工文者,如支遁、道遒[二]、惠休、宝月之俦,驰骤文苑,沉淫藻思,奇章伟什,绮错星陈,不为寡矣。厥后丧乱,兵革相寻,缁素亦已狼藉,罕有复入其流者。至唐,累朝雅道大振,古风再作,卒皆崇衷像教,驻念津梁,龙象相望,金碧交映。虽寂寥之山阿[三],实威仪之渊薮。宠光优渥,无逾此时。故有颠顿文场之人,憔悴江海之客,往往裂冠裳,拨缯缴,杳然高迈,云集萧斋。一食自甘,方袍便足。灵台澄皎,无事相干。三馀有简牍之期,六时分吟讽之隙。青峰瞰门,绿水周舍。长廊步屟，幽径寻真。景变序迁，荡人冥思。凡此数者，皆达人雅士，夙所钦怀。虽则心侔迹殊，所趣无间。会稽传孙、许之玄谈，庐阜接谢、陶于白社。宜其日锻月炼，志弥厉而道弥精；佳句纵横，不废禅定；岩穴相迹，更唱迭酬；苦于三峡猿，清同九皋鹤：不其伟欤！与夫迷津畏途，埋玉世虑，蓄愤于心，发在篇咏者，未可同年而论矣。然道或浅深，价有轻重，未能悉采。其乔松于灌莽，野鹤于鸡群者，有灵一、灵彻、皎然、清塞〔四〕、无可、虚中、齐己、贯休八人，皆东南产秀，共出一时，已为录实。其或虽以多而寡称，或著少而增价者，如惟审、护国、文益、可止、清江、法照、广宣、无本〔五〕、修睦、无闷、太易、景云、法振、栖白、隐峦、处默、卿云、栖一、淡交、良乂、若虚、云表、昙域、子兰、僧鸾、怀素、惠标、可朋、怀浦、慕幽、善生、亚齐、尚颜、栖蟾、理莹、归仁、玄宝、惠侃、法宣、文秀、僧泚、清尚、智遇、沧浩、不特等四十五人，名既隐僻，事且微冥〔六〕，今不复喋喋云尔〔七〕。

校记

〔一〕 此七字四库本作"瓶钵外，无所有"。

〔二〕 "逎"，当作"猷"。

〔三〕 "阿"，原作"河"。依陆本改。

〔四〕 按，清塞后返初，即周贺，不当复列僧中。

〔五〕 "无本"即贾岛。亦不当列入。

〔六〕 四十五人中如广宣、怀素等不得概云"名既隐僻，事且微冥"。此盖据《弘秀集》，而惠侃梁朝，惠标陈朝，应删，见《唐音癸签》卷三十。

〔七〕 灵一，《唐诗纪事》卷七十二云"大历、贞元间僧也"。《直斋书录解题》卷十九："《灵一集》一卷 唐僧，与皇甫曾同时。"《中兴间气集》卷下："自齐、梁以来，道人工文多矣，罕有入其流者。一公乃能刻意精妙，与士大夫更唱迭和，不其伟欤！如'泉涌阶前地，云生户外峰'，则道猷、宝月，曾何及此！"为本篇议论之源。《灵一集》今无单刻，《全唐诗》存诗一卷。

皇甫冉

冉,字茂政,安定人,避地来寓丹阳,耕山钓湖,放适闲淡,或云秘书少监彬之侄也。十岁能属文,张九龄一见,叹以[一]清才。天宝十五年[二]卢庚榜进士。调无锡尉,营别墅阳羡山中。大历初,王缙为河南节度,辟掌书记,后入为左金吾卫兵曹参军,仕终拾遗左补阙。公"自擢桂礼闱,便称高格,往以世道艰虞,遂心[三]江外",故多飘薄之叹。"每文章一到朝廷,而作者变色"[四]。当年才子,悉愿缔交,推为宗伯[五]。至其造语玄微,端可平揖沈、谢,雄视潘、张。惜乎"长辔未骋,芳兰早凋",良可痛哉!有诗集三卷,独孤及为序,今传[六]。

校记

〔一〕"以",四库本作"为"。按皇甫冉,《新唐书》卷二百零二《艺文中》有传甚略,《唐诗纪事》卷二十七引高仲武之评,独孤及之序,为此传议论所祖。

〔二〕"年",当作"载",此承《郡斋读书志》卷四上之说。

〔三〕"遂心",四库本作"避地",与《纪事》同。

〔四〕《唐诗纪事》引高仲武语,《中兴间气集》卷上无。辛氏增一"而"字。

〔五〕《唐诗纪事》引高仲武云:"皇甫冉补阙自擢桂礼闱,遂为高格。往以世道艰虞,避地江外,每文章一到朝廷,作者变色。于词场居先辈,推钱、郎为伯仲。谁家胜负,或逐鹿中原。如……可以雄视潘、张,平揖沈、谢。又《巫山诗》终篇皆丽,自宋、齐、梁、陈、周、隋以来,采掇者无数,而补阙独获骊珠,使前贤失步,后辈却立,自非天假,何以追斯!恨长辔未聘而芳蘭早凋,悲夫!"独孤及序称:"沈、宋既没,而崔司勋颢,王右丞维复崛起于开元、天宝之间,得其门而入者,当代不过数人,补阙其一也。"足见推重。

〔六〕 其集今存,版本源流见《唐集叙录》。

皇甫曾

曾,字孝常,冉之弟也。天宝十二年杨儇榜进士[一]。善诗,出王维之门,与兄名望相亚,当时以比张氏景阳、孟阳,协居上品,载处下流。侍御,补阙,文词亦然。体制清紧,华不胜文,为士林所尚[二]。仕历侍御史,后坐事贬舒州司马,量移阳翟令。有诗一卷,传于世[三]。

校记

〔一〕 "二",原作"七",天宝止于十五载,《直斋书录解题》卷十九:"《皇甫曾集》一卷　唐侍御史皇甫曾孝常撰,天宝十二载进士,兄冉,后曾三载登第。"本卷《鲍防传》云:"天宝十二年杨儇榜进士。"故据校改,"年"当作"载"。

〔二〕 "当时"以下,据《中兴间气集》卷下。皇甫冉,《新唐书》卷二百零二《艺文中》有传极略,《唐诗纪事》卷二十七录诗及评语外,于经历仅云"为殿中侍御史"及"与刘长卿友善"而已。

〔三〕 其集附《皇甫冉集》后,版本源流见《唐集叙录》。

独孤及

及,字至之,河南人。卯角时诵《孝经》,父试之曰:"尔志何语?"曰:"'立身行道,扬名于后世。'"天宝末,以道举高第。代宗召为左拾遗,迁礼部员外郎,历濠、舒、常三州刺史[一]。及性孝友,喜鉴拔。为文必彰明善恶,长于议论。工诗,格调高古,风尘迥绝,得大名当时。有集传世[二]。

尝读《选》中沈、谢诸公诗,有题《新安江水至清,浅深见底,贻京邑游好》,及《石门新营所住,四面高山,回溪石濑茂林修竹》,及《田南树园激流植援》、《斋中读书》、《南楼中望所迟客》、《晚登三山还望京邑》等数端,皆奇崛精当,冠绝古今,无曾[三]发其韫奥者。逮盛唐,沈、宋[四]、独孤及、李嘉祐、韦应物[五]等,诸才子集中,往往各有数题,片言不苟,皆不减其风度,此则无传之妙。逮元和以下,佳题尚罕,况于诗乎?立题乃诗家切要,贵在卓绝清新,言简而意足,句之所到,题必尽之,中无失节,外无馀语,此可与知者商榷云。因举而论之。

校记

〔一〕 独孤及,《旧唐书》卷一百六十八附子郁传,甚略。此传全取《新唐书》卷一百六十二《独孤及传》。《郡斋读书志》卷四上云:"天宝十三年举洞晓玄经科。"此略。"舒",原作"馆",据史改。

〔二〕 其集称《毗陵集》,今存,版本源流见《唐集叙录》。

〔三〕 "无曾",四库本作"曾无"。

〔四〕 "沈、宋",当入初唐。

〔五〕 此数人习惯入中唐。

刘方平

方平,河南人。白皙,美容仪。二十工词赋,与元鲁山交善。隐居颍阳大谷,尚高不仕。皇甫冉、李颀等相与赠答,有云:"篱边颍阳道,竹外少姨峰。"神意淡泊,善画山水,墨妙无前。汧国公李勉延致斋中,甚敬爱之。欲荐于朝,不忍屈,辞还旧隐。工诗,多悠远之思,陶写性灵,默会风雅,故能脱略世故,超然物外。

区区斗筲,何足以系刘先生哉?有集,今传〔一〕。

校记

〔一〕 刘方平,两《唐书》无传。《唐诗纪事》卷二十八云:"方平与元鲁山善,不仕,盖邢襄公政会之后也。萧颖士云:'山东茂异有河南刘方平。'"令孤楚编《御览诗》以刘方平为压卷。《新唐志》著录《刘方平诗》一卷。《全唐诗》存诗一卷,共二十六首。

秦　系

系,字公绪,会稽人。天宝末,避乱剡溪,自称东海钓客〔一〕。北都留守薛兼训奏为仓曹参军,不就。客泉州南安九日山中,有大松百馀章,俗传东晋时所植。系结庐其上,穴石为研,注《老子》,弥年不出。时姜公辅以直言罢为泉州别驾,见系,辄穷日不能去,筑室与相近,遂忘流落之苦。公辅卒,妻子在远,系为营葬山下。每〔二〕好义如此。张建封闻系不可致,请就加校书郎。与刘长卿、韦应物善,多以诗相赠答。权德舆曰:"长卿自以为五言长城,系用偏师攻之。虽老益壮。"年八十馀卒。南安人思之,号其山为高士峰,今有丽句亭在焉。集一卷,今传〔三〕。

校记

〔一〕 秦系,见《新唐书》卷一百九十六《隐逸传》,本篇主要取材于彼,惟东海钓客一号取自《唐诗纪事》卷二十八。

〔二〕 "每",陆本作"其"。

〔三〕 秦系之《秦隐君诗集》今存,版本源流见《唐集叙录》。

张众甫

众甫,京口人〔一〕。隐居不务进取,与皇甫御史〔二〕友善,精庐接近。后各游四方,曾寄处士[三]诗云:"伏腊同鸡黍,柴门闭雪天。"时官亦有征辟者,守死善道,卒不就。"众甫诗婉媚绮错,巧用文字,工于兴喻","文流中佳士也"[四]。

同在一时者,有赵微明、于逖、蒋涣、元季川[五],俱山颠水涯,苦学贞士。名同兰茝之芳,志非银黄之术[六]。吟咏性灵,陶陈[七]衷素,皆有佳篇,不能湮落。惜其行藏之大概,不见于记录,故缺其考详焉[八]。

校记

〔一〕 张众甫,两《唐书》无传。《唐诗纪事》卷二十九云:"众甫,字千初,清河人。年过耳顺,方脱章甫,冠惠文。为太常寺太祝,尉河南寿安县,罢秩,侨居云阳。时以缘情比兴,疏导心术。志之所之,辄诣绝境。后拜监察御史,为淮宁军从事。建中三年卒。权载之志其墓。"辛氏未取,不知何故。

〔二〕 四库本"史"下有"曾"字。

〔三〕 四库本"处士"上有"张"字。

〔四〕 此见《唐诗纪事》引高仲武语。《中兴间气集》卷上映。

〔五〕 赵微明,《全唐诗》作"赵徵明",于逖见《唐诗纪事》卷二十七,蒋涣、元季川见《唐诗纪事》卷三十二。辛氏失采。

〔六〕 "术",陆本作"慕"。

〔七〕 "陈",陆本作"炼"。

〔八〕 辛氏未见《唐诗纪事》中上举诸人之记载,而下此断语,非是。《全唐诗》张众甫存诗三首。赵徵明存三首,于逖存二首,元季川存四首。蒋涣存诗五首。

严　维

维,字正文,越州人。初隐居桐庐,慕子陵之高风。至德二年，江淮选补使侍郎崔涣下以词藻宏丽进士及第，以家贫亲老，不能远离。授诸暨尉，时已四十馀。后历秘书郎。严中丞节度河南，辟佐幕府。迁馀姚令。仕终右补阙[一]。维少无宦情，怀家山之乐，以业素[二]从升斗之禄，聊代耕耳。诗情雅重，挹魏、晋之风，锻炼铿锵，庶少遗恨。一时名辈，孰匪金兰？诗集一卷，今传[三]。

校记

〔一〕《直斋书录解题》卷十九："唐秘书郎山阴严维正文撰。至德二载辞藻宏丽科。"严维，两《唐书》无传。《唐诗纪事》卷四十七载钱起《送维尉河南》有"少年趋府下蓬莱"句。又云："维终校书郎"与辛氏所言不合。《纪事》云"与刘长卿善"，多录酬赠之作。

〔二〕"业素"，四库本作"儒素"。

〔三〕《新唐志》："《严维诗》一卷。字正文，越州人，秘书郎。"其集今无单刻，《全唐诗》存诗一卷，《补遗》一首。

于良史

良史，至德中仕为侍御史[一]，诗体"清雅，工于形似"[二]，又多警句。盖其珪璋特达，早步清朝，兴致不群，词苑增价。虽平生似昧，而篇什多传[三]。

校记

〔一〕于良史，两《唐书》无传，其集亦未见著录。《唐诗纪事》卷四十三云："良史为张徐州建封从事，每自吟曰：'出身三十年，发白衣犹碧。日暮倚朱门，从朱污袍赤。'公因为奏章服焉。"按《旧唐书》卷一百四十《张建封传》，建封贞元四年为徐州刺史至十六年薨，上距至德三四十年，疑此云"至德"误。

〔二〕见《中兴间气集》卷上，《纪事》亦引之。

〔三〕《全唐诗》存诗七首。

灵澈上人

灵澈,姓汤氏,字澄源,会稽人。自童子辞父兄入净,戒行果洁。方便读书,便觉勤苦。受诗法于严维[一],遂籍籍有声。及维卒,乃抵吴兴,与皎然居何山游讲,因以书荐于包侍郎佶,佶得之大喜;又以书致于李侍郎纾:时二公又以文章风韵为世宗。贞元中,西游京师,名振辇下。缁流疾之。遂造飞语,激动中贵,因诬奏,得罪徙汀州。会赦,归东越。时吴、楚间诸侯,各宾礼招延之。元和十一年。终于宣州开元寺,年七十有一。门人迁归,建塔于山阴天柱峰下。上人诗多警句,能备众体。如《芙蓉寺》云:"经来白马寺,僧到赤乌年。"《谪汀州》云:"青蝇为予客[二],黄耳寄家书。"性巧逸,居沃州寺,尝取桐叶[三]剪刻制器,为莲花漏,置盆水之上,穿细孔漏水,半之则沉,每昼夜十二沉,为行道之节[四]。初居嵩阳兰若,后来住匡庐东林寺。如天目、四明、栖霞,及衡、湘诸名山,行锡几遍。尝与灵一上人约老天台,未得遂志。虽结念云壑,而才名拘牵,馨息经微,吟讽无已。所谓拔乎其萃,游方之外者也。有集十卷,及录大历至元和中名人《酬唱集》十卷,今传[五]。

校记

〔一〕 "受",原作"授"依陆本改。此传多取《唐诗纪事》卷七十二,此事《纪事》未言,但云"与吴兴诗僧皎然游"。

〔二〕 "予",陆本作"吊",与《虞翻传》合。

〔三〕 "叶",原作"弃",依陆本改。

〔四〕 此事出《国史补》卷中:"越僧灵澈,得莲花漏于庐山,传江西观察使韦丹。初，惠远以山中不知更漏，乃取铜叶制器，状如莲花，置盆水之上，底孔漏水，半之则沉，每昼夜十二沉，为行道之节，虽冬夏短长，云阴月黑，亦无差也。"辛氏乃以为灵澈所制，误。又"桐"当依《国史补》作"铜"。

〔五〕《新唐志》著录"《僧灵彻诗集》十卷"，"僧灵彻《酬唱集》十卷大历至元和中名人"。其集已亡，《全唐诗》存诗十六首。

陆　羽

羽，字鸿渐，不知所生。初，竟陵禅师智积得婴儿于水滨，育为弟子。及长，耻从削发，以《易》自筮，得《蹇》之《渐》曰："鸿渐于陆，其羽可用为仪。"始为姓名。有学，愧一事不尽其妙。性恢谐。少年匿优人中，撰《谈笑》〔一〕万言。天宝间，署羽伶师，后遁去。古人谓洁其行而秽其迹者也。上元初，结庐苕溪上，闭门读书。各僧高士，谈燕终日。貌寝，口吃〔二〕而辩，闻人善〔三〕若在己，与人期，虽阻虎狼不避也。自称桑苎翁，又号东岗子〔四〕。工古调歌诗。兴极闲雅，著书甚多。扁舟往来〔五〕山寺，唯纱巾、藤鞋、短褐、犊鼻，击林木，弄流水。或行旷野中，诵古诗，裴回至月黑，兴尽恸哭而返。当时以比接舆也。与皎然上人为忘言之交。有诏拜太子文学。羽嗜茶，造妙理，著《茶经》三卷，言茶之原、之法、之具，时号"茶仙"。天下益知饮茶矣。鬻茶家以瓷陶羽形，祀为神，买十茶器，得一鸿渐。初，御史大夫李季卿宣慰江南，喜茶，知羽，召之；羽野服挈具〔六〕而入。李曰："陆君善茶，天下所知。扬子中泠，水又殊绝。今二妙千载一遇，山人不可轻失也。"茶毕，命奴子与钱，羽愧之，更著《毁茶论》〔七〕。与皇甫补阙善，时鲍尚书防在越，羽往依焉。冉送以序曰:"君子究[八]孔、释之名理,穷歌诗之丽则。远墅[九]孤岛,通舟必行;鱼梁钓矶,随意而往。夫越地称山水之乡,辕门当节钺之重。鲍侯知子爱子者,将解衣推食,岂徒尝镜水之鱼,宿耶溪之月而已!"集并《茶经》今传[一〇]。

校记

〔一〕 陆羽事始见于《国史补》卷中《陆羽得姓氏》条,《新唐书》卷一百九十六《隐逸传》取之。本传基本取《新唐书》,"谈笑"陆本作"笑谈",《新唐书》作"作诙谐数千言",《新唐志·小说》未见著录,疑非书名。

〔二〕 "吃",原作"乞",依陆本改。

〔三〕 "闻"字据《新唐书》校补。

〔四〕 《国史补》云:"羽于江湖称竟陵子,于南越称桑苎翁。与颜鲁公厚善,及玄真子张志和为友。"并未言"东岗子"之名,不知辛氏何据。

〔五〕 "来"字依陆本补。

〔六〕 "挈具",四库本作"黄冠",《新唐书》作"挈具"。

〔七〕 此据《新唐书》,《太平广记》卷三百九十九与此说异,可参看。

〔八〕 "究",原作"穷",依陆本改。

〔九〕 "墅",陆本作"屿"。

〔一〇〕 《新唐志》仅于《小说家类》著录《茶经》三卷,集部未录陆羽之作。《全唐诗》存诗仅二首。《唐诗纪事》卷四十标为"陆鸿渐",首云"太子文学陆鸿渐名羽"。

顾　况

况,字逋翁,苏州人。至德二年,天子幸蜀,江东侍郎李希言下进士。善为歌诗,性恢谐[一],不修检操,工画山水。初为韩晋江南判官。德宗时,柳浑辅政,荐为秘书郎。况素善于李泌,遂师事之,得其服气之法,能终日不食。及泌相,自谓当得达官。

久之,迁著作郎。及泌卒,作《海鸥咏》,嘲诮权贵,大为所嫉,被宪劾贬饶州司户,作诗曰:"万里飞来为客鸟,曾蒙丹凤借枝柯。一朝凤去梧桐死[二],满目鸱鸢奈尔何!"遂全家去,隐茅山,炼金拜斗,身轻如羽。况暮年一子,即亡[三],追悼哀切,吟曰:'老人丧爱子,日暮泣成血。老人年七十,不作多时别。"其年又生一子,名非熊。三岁,始言在冥漠中,闻父吟苦,不忍,乃来复生。非熊后及第,自长安归庆,已不知况所在。或云:得长生诀仙去矣[四]。今有集二十卷传世,皇甫湜为之序[五]。

校记

〔一〕《郡斋读书志》卷四上:"唐顾况字逋公,苏州人,至德二年江东进士。善为歌诗,性诙谐……"《旧唐书》卷一百三十有传,较略,本传取自《旧唐书》外,采《唐诗纪事》卷二十八及《酉阳杂俎》、《唐摭言》、《北梦琐言》等。

〔二〕"死",四库本作"老"。

〔三〕"即",四库本作"暴"。此事见《酉阳杂俎》卷十三、《北梦琐言》卷八。

〔四〕此据《唐摭言》卷八《入道》。

〔五〕顾况《华阳集》今存,版本源流见《唐集叙录》。

张南史

南史,字季直,幽州人。工弈棋,神算无敌,游心太极。尝幅巾藜杖,出入王侯之宅十年,高谈阔视[一],慷慨奇士也。"中自感激",始"苦节学文",无希世苟合之意。"数年间,稍入诗境"[二],体调超闲,情致兼美,如"并、燕老将,气韵沉雄"[三],时少及之者。肃宗时,庙堂奖拔,仕为左卫仓曹参军。后避乱寓居扬州扬子。难平再召,未及赴而卒。有诗一卷,今传[四]。

校记

〔一〕 张南史,两《唐书》无传。《唐诗纪事》卷四十一云:"南史好弈棋,其后折节读书,遂入诗境。"又云:"南史,字季直,幽州人,以试参军避乱居扬州,再召未赴而卒。""阔",原作"润",依陆本改。

〔二〕 见《中兴间气集》卷下,"自"作"岁","年"作"载"。《纪事》亦引之。

〔三〕 此为敖陶孙《臞翁诗评》评曹操之语,辛氏借用。《臞翁诗评》"并"作"幽"。

〔四〕 《新唐志》:"《张南史诗》一卷字季直,幽州人。以试参军避乱居扬州扬子,再召之,未赴,卒。"其集今佚。《全唐诗》存诗一卷。

戎 昱

昱,荆南人〔一〕。美风度,能谈。少举进士,不上〔二〕,乃放游名部。虽贫士,而轩昂,气不消沮。爱湖、湘山水,来客。时李夔廉察桂林,寓官舍,月夜,闻邻居行吟之音清丽,迟明访之,乃昱也,即延为幕宾,待之甚厚〔三〕。崔中丞亦在湖南,爱之,有女国色,欲以妻昱,而不喜其姓戎,能改则订议。昱闻之,以诗谢云:"千金未必能移姓,一诺从来许杀身。"〔四〕自谓李大夫恩私至深,无任感激。初事颜平原,尝佐其征南幕,亦累荐之〔五〕。卫伯玉镇荆南,辟为从事。历虔州刺史。至德中,以罪谪为辰州刺史〔六〕。后客剑南,寄家陇西数载。宪宗时。边烽累急,大臣议和亲。上曰:"比闻一诗人姓名稍僻者为谁?"宰相对以泠朝阳、包子虚,皆非。帝举其诗,对曰:"戎昱也。"上曰:"尝记其《咏史》云:'汉家青史上,拙计是和亲。社稷依明主,安危托妇人。岂能将玉貌,便拟净沙尘?地下千年骨,谁为辅佐臣!'"因笑曰:"魏绛何其懦也!此人如在,可与武陵,桃花源足称其清咏。"士林荣之。昱诗在盛唐格气稍劣,中间有绝似晚作。然风流绮丽,不亏政化,当时赏音,喧传翰苑,固不诬矣。有集今传[七]。

校记

〔一〕 《直斋书录解题》卷十六:"《戎昱集》五卷 唐虔州刺史扶风戎昱撰。其侄孙为序言弱寇谒杜甫于渚宫,一见礼遇,集中有哭甫诗,世所传'在家贫亦好'之句,昱诗也。"作荆南人,误。

〔二〕 "上",四库本作"第"。

〔三〕 取自《郡斋读书志》卷四中。

〔四〕 《云溪友议》卷下《和戎讽》云京兆尹李銮,《唐诗纪事》卷二十八同。此云崔中丞,疑误。

〔五〕 按《旧唐书》卷一百二十八颜真卿传,未尝为征南将军,此必误。

〔六〕 《唐诗纪事》云:"昱登进士第,卫伯玉镇荆南辟为从事,后为辰、虔二州刺史。"《旧唐书》卷一百十五《卫伯玉传》镇荆南乃广德以后事,此段辛氏叙述径先颠倒,不可信。

〔七〕 《新唐书·戎昱集》五卷。今佚,《全唐诗》编诗二卷。

古之奇

之奇,宝应二年礼部侍郎洪源下及第,与耿㳫同时[一]。尝为安西幕府书记,与李司马端有金兰之好[二]。工古调,足幽闲淡泊之思,婉而成章,得名艺囿,不泛然矣。诗集传于世[三]。

校记

〔一〕 古之奇,两《唐书》无传,《唐诗纪事》卷二十八云:"之奇登宝应进士第。"卷三十:"耿㳫,宝应中进士。"

〔二〕 李端《送之奇赴泾州幕》云:"畴昔十年兄,相逢五校营。今宵举杯酒,陇月见军城。"可证。

〔三〕 其集未见著录,《全唐诗》仅存诗一首。

苏 涣

涣,广德二年杨栖梧榜进士。"本不平者"〔一〕,往来剽盗,善用白弩,巴宾商人苦之,称曰"白跖"。"后自知非,折节从学",遂成名。累迁侍御史。湖南崔中丞瓘辟为从事。瓘遇害,继走交、广,扇动哥舒晃跋扈,如"蛟龙见血,本质彰矣"。居无何,伏诛。初,尝为变律诗十九首上广州节度李勉,"其文意长〔二〕于讽刺,亦有陈拾遗一鳞半甲",故加待之。或曰:"此子羽翼嬖臣,侵败王略,今尚其文,可欤?"勉曰〔三〕:"汉策载蒯通说辞,皇史录祖君檄草〔四〕,此大容细者。善恶必书,《春秋》至训;明言不废,《孟子》格谈〔五〕:涣其庶乎?岂但存雕虫小技,亦以深惩贼子也。'〔六〕时以为名言。杜甫有与赠答之诗,今悉传〔七〕。

校记

〔一〕 苏涣,两《唐书》无传,《唐诗纪事》卷二十六全录《中兴间气集》卷上之语,此传从之。此四字四库本作"少好奸利",非。

〔二〕 陆本无"长"字。

〔三〕 《中兴间气集》"勉"作"答"。

〔四〕 《中兴间气集》、《唐诗纪事》并作"祖君彦檄草"。按,祖君彦,《隋书》卷七十六、《新唐书》卷八十四有传。此脱"彦"字,非是。

〔五〕 此八字,四库本作"有言不废,孔子格谈"。

〔六〕 《纪事》作"亦以深惩戒馀子也"。此段与《唐诗纪事》引高仲武语及《中兴间气集》载高仲武语,文字有小异。

〔七〕 四库本下有:"诗云:再闻诵新作,突遇黄初诗。今晨新镜里,胜食斋房芝。"《旧唐书》著录《苏涣诗》一卷,下注简历。今佚。《全唐诗》

仅存四首,其中《变律诗》三首,即《中兴间气集》所选者。

朱 湾

湾,字巨川,大历时隐君也,号沧洲子。率履贞素,潜辉不曜〔一〕,逍遥云山琴酒之间,放浪形骸绳检之外。郡国交征,不应。工诗,格体幽远,兴用弘深。写意因词,穷理尽性,尤精咏物〔二〕,必含比兴,多敏捷之奇。及李勉镇永平,嘉其风操,厚币邀来,署为府中从事,日相谈燕,分逾骨肉,久之。尝谒湖州崔使君,不得志,临发以书别之曰:"湾闻蓬莱山,藏杳冥间,行可到;贵人门,无媒通,不可到。骊龙珠,潜混瀇之渊,或可识;贵人颜,无因而前,不可识。自假道路,问津主人。一身孤云,两度圆月;载请执事,三趋戟门。信知庭之与堂,不啻千里。况寄食漂母,夜眠鱼舟,门如龙而难登,食如玉而难得?食如玉之粟,登如龙之门,实无机心,翻成机事。汉阴丈人闻之,岂不大笑?属溪上风便,囊中金贫,望甘棠而叹,自引分而退。湾白。"〔三〕遂归会稽山阴别墅。其耿介类如此也。有集四卷,今传〔四〕。

校记

〔一〕 朱湾,两《唐书》无传。《中兴间气集》卷上录其诗八首并有评介,《唐诗纪事》卷四十五取之。本传全据《纪事》而加润饰。《中兴间气集》、《唐诗纪事》均作"潜耀不起"。

〔二〕 自"格体"至此,取自《中兴间气集》,文字稍有异同。

〔三〕 此书见《唐摭言》卷十一,《唐诗纪事》全录之。

〔四〕 《旧唐书》:"《朱湾诗集》四卷李勉永平从事。"今佚。《全唐诗》存诗一卷。

张志和

志和,字子同,婺州人。初名龟龄,诏改之。十六擢明经,尝以策干肃宗,特见赏重,命待诏翰林。以亲丧辞去,不复仕。居江湖,性迈不束,自称烟波钓徒。撰《玄真子》二卷,又为号焉。兄鹤龄,恐其遁世,为筑室越州东郭,茅茨数椽,花竹掩映。尝豹席楼属,沿溪垂钓,每不投饵,志不在鱼也。观察使陈少游频往候问。帝尝赐奴婢各一人,志和配为夫妇,号渔童、樵青。与陆羽尝为颜平原食客。平原初来刺湖州,志和造谒,颜请以舟敝,欲为更之。曰:"倾为浮家泛宅,往来苕、霅间足矣。"善画山水,酒酣或击鼓吹笛,舐笔辄就,曲尽天真。自撰《渔歌》,便复画之。兴趣高远,人不能及。宪宗闻之,诏写真求访,并其歌诗,不能致。后传一旦忽乘云鹤而去。李德裕称以为:"渔父贤而名隐,鸱夷智而功高,未若玄真隐而名彰,方而无事,不穷而达,其严光之比欤!"〔一〕

校记

〔一〕 张志和见《新唐书》卷一百九十六《隐逸传》,本传取材于彼。惟"乘云鹤而去"事见《太平广记》卷二十七引《续仙传》,小说无稽之谈,史家不取,辛氏著一"传"字,意亦有保留也。张志和著作以《渔歌子》五首为最著名,或称《渔父词》。《全唐诗》存诗九首。

唐才子传校正卷第四

卢 纶

纶,字允言,河中人。避天宝乱,来客鄱阳。大历初,数举进士不入第。元载素赏重,取其文进之,补阌乡尉,累迁检校户部郎中、监察御史。称疾去。浑瑊镇河中,就家礼起为元帅判官。初,舅韦渠牟〔一〕得幸德宗,因表其才,召见禁中。帝有所作,趣赓和。至是,帝忽问渠牟:"卢纶、李益何在?"对曰:"纶从浑瑊在河中。"诏令驿召之,会卒。

纶与吉中孚、韩翃、耿湋、钱起、司空曙、苗发、崔峒、夏侯审、李端,联藻文林,银黄相望,且同臭味,契分俱深,时号"大历十才子"〔二〕。唐之文体,至此一变矣。纶所作特胜,不减盛时,如"三河少年,风流自赏"〔三〕。文宗雅爱其诗,问宰相:"纶没后,文章几何?亦有子否?"李德裕对〔四〕:"纶四子皆擢进士,仕在台阁。"帝遣中使悉索其巾笥〔五〕,得诗五百首进之。有别业在终南山中。集十卷,今传〔六〕。

校记

〔一〕 卢纶,《旧唐书》卷一百六十三附子《卢简辞传》,《新唐书》卷二零三《艺文下》有传,此传主要取《新唐书》。"韦",原作"常",依陆本改。

〔二〕 此取《新唐书》之说,《郡斋读书志》卷四上、《直斋书录解题》卷十九亦皆从之。《唐诗纪事》卷三十卢纶条缺耿湋仅录九人,而于李益条云:"大历十才子,《唐书》不见人数,卢纶、钱起、郎士元、司空曙、李端、李益、苗发、皇甫曾、耿湋、李嘉祐。又云吉顼、夏侯审亦是。或云钱起、卢纶、司空曙、皇甫曾、李嘉祐、吉中孚、苗发、郎士元、李益、耿湋、李端。"按《卢纶传》明标十人,计云"不见人数"非是,特以钱、郎并称,《卢纶传》有钱而无郎,似未安,故计氏更列数说也。

〔三〕 此借用敖陶孙《诗评》评曹子建语。

〔四〕 《新唐书》"对"下有"曰"字。

〔五〕 "巾笥",当从《新唐书》作"家笥"。

〔六〕 《卢纶诗集》今存,版本源流见《唐集叙录》。

吉中孚

中孚,楚州人,居鄱阳最久〔一〕。初为道士,山阿寂寥,后还俗。李端赠诗云:"旧山连药卖,孤鹤带云归。"卢纶送诗云:"旧箓藏云穴〔二〕,新诗满帝乡。"来长安谒宰相。有荐于天子,日与王侯高会,名动京师。无几何,第进士,授万年尉,除校书郎。又登宏辞科,为翰林学士,历谏议大夫,户部侍郎判度支事。贞元初卒〔三〕。初拜官后,以亲垂白在堂,归养至孝,终丧复仕。中孚神骨清虚,吟咏高雅,若神仙中人也。集一卷,今传〔四〕。

校记

〔一〕 吉中孚,《新唐书》卷二百零三《艺文下》附于《卢纶传》云:"中孚,鄱阳人。官户部侍郎。"《艺文志》:"《吉中孚诗》一卷。楚州人,始为道士,后官校书郎,登宏辞,谏议大夫、翰林学士、户部侍郎,判度支。贞元初卒。"此从《艺文志》。

〔二〕 "穴",陆本作"窟"。

〔三〕 《唐诗纪事》卷三十云:"贞元中,吉中孚为翰林学士,荐纶于朝,会丁家艰,而中孚卒……至贞元末,钱李诸公凋落,纶为《怀旧诗》五十韵。"此云贞元初卒,疑误。

〔四〕 《吉中孚诗集》已佚,《全唐诗》仅存一首。

韩 翃

翃,字君平,南阳人。天宝十三载杨纮榜进士。侯希逸素重其才,至是,表佐淄青幕府。罢,闲居十年。及李勉在宣武,复辟之。德宗时,制诰阙人,中书两进除目,御笔不点。再请之,批曰:"与韩翃。"时有同姓名者为江淮刺史,宰相请孰与,上复批曰:"'春城无处不飞花'韩翃也。"俄以驾部郎中知制诰〔一〕,终中书舍人。翃工诗,"兴致繁富",如"芙蓉出水","一篇一咏,朝士珍之"。比讽深于文房,筋节成于茂政〔二〕,当时盛称焉。有诗集五卷,行于世〔三〕。

校记

〔一〕 韩翃,《新唐书》卷二百零三《艺文下》附《卢纶传》甚略。此事详见《本事诗·情感》,《唐诗纪事》卷三十截取较详,辛氏从之。

〔二〕 此见《中兴间气集》卷上。

〔三〕 《韩君平诗集》今存,版本源流见《唐集叙录》。

耿 湋

湋,河东人也。宝应二年洪源榜进士〔一〕,与古之奇为莫逆之交。初,为大理司法,充括图书使来江、淮,穷山水之胜。仕终左拾遗。诗才俊爽,意思不群。似沣等辈,不可多得。诗集二卷,今传[二]。

校记

〔一〕《郡斋读书志》卷四上:"《耿纬诗》二卷　右唐耿纬,宝应元年进士,为左拾遗。"《直斋书录解题》卷十九:"《耿沣集》二卷　唐右拾遗河东耿沣撰,宝应二年进士,《登科记》一作纬。"

〔二〕《新唐书》、《郡斋读书志》、《直斋书录解题》均著录《耿沣诗集》二卷(《郡斋》作"纬"),今佚。《全唐诗》存诗二卷。《补遗》一首。

钱　起

起,字仲文,吴兴人。天宝十年李巨卿榜及第。少聪敏,承乡曲之誉。初,从计吏,至京口客舍,月夜闲步,闻户外有行吟声,哦曰:"曲终人不见,江上数峰青。"凡再三往来,起遽从之,无所见矣[一]。尝怪异之[二]。及就试粉闱,诗题乃《湘灵鼓瑟》,起缀[三]就,即以鬼谣十字为落句,主文李昕[四]深嘉美,击节吟味久之,曰:"是必有神助之耳。"遂擢置高第,释褐授校书郎。尝采箭竹,奉使入蜀,除考功郎中。大历中为太清官使、翰林学士[五]。起诗"体制新奇,理致清赡","芟宋、齐之浮游,削梁、陈之嫚靡,迥然独立"也[六]。王右丞"许以高格"。与郎士元齐名,士林语曰:"前有沈、宋,后有钱、郎[七]。"集十卷,今传[八]。子徽能诗,外甥怀素[九]善书,一门之中,艺名森出,可尚矣。

凡唐人燕集祖送,必探题分诅赋诗,于众中推一人擅场者。刘相巡察江、淮,诗人满座,而起擅场。郭暧尚主盛会,李端擅场[一〇]。缅怀盛时,往往文会,群贤毕集,觥筹乱飞。过江山之佳丽,继欢好于畴昔。良辰美景,赏心乐事,于此能并矣。况宾无绝缨之嫌，主无投辖之困。歌阑舞作，微闻香泽。冗长之礼，豁略去之。王公不觉其大，韦布不觉其小。忘形尔汝，促席谈谐。吟咏继来，挥毫惊座，乐哉！古人有秉烛夜游，所谓非浅。同宴一室，无及于乱，岂不盛也！至若残杯冷炙，一献百拜，察喜怒于眉睫之间者，可以休矣。

校记

〔一〕 钱起，《新唐书》卷二百零三《艺文下》有传甚略。《旧唐书》卷一百六十八《钱徽传》附见略详，此传多取《旧唐书》。惟《旧唐书》及《唐诗纪事》卷三十言鬼谣事，但泛言江湖，无京口之名，不知辛氏何据。

〔二〕 陆本无"异"字。

〔三〕 "缀"，原作"辍"，依陆本改。

〔四〕 此从《旧唐书》及《郡斋读书志》卷四上之说，《唐诗纪事》作崔沔。《登科记考》卷九以《永乐大典》引《苏州府志》"天宝十载，侍郎李麟知举"，以为当作李麟。

〔五〕 此将钱珝之官误为钱起。见《新唐书》卷一百七十七。《极玄集》于钱起注云："历校书郎，终尚书郎、太清宫使。"未为中书舍人也。

〔六〕 见《中兴间气集》卷上，"体制"作"体格"，"宋齐"作"齐宋"，"嫚靡"作"靡嫚"。

〔七〕 见《新唐书》卷二百零三《艺文下》。

〔八〕 钱起《钱考功集》今存，版本源流见《唐集叙录》。

〔九〕 按，怀素通称姓钱。《自叙帖》中亦未言为钱起外甥。时代不后于起，不知辛氏何据而云然。

〔一〇〕 据《国史补》卷上《李端诗擅场》条。

司空曙

曙，字文明，广平人也〔一〕。磊落有奇才，韦皋节度创南，辟致幕府。授洛阳主簿,未几,迁长林县丞。累官左拾遗,终水部郎中。与李约员外至交。性耿介,不干权要,家无甔石,晏如也。尝病中不给,遣其爱姬,亦自流寓长沙。迁谪江右,多结契双林,暗伤流景。《寄崃上人诗》云:"欲就东林寄一身,尚怜儿女未成人。柴门客去残阳在,药圃虫喧秋雨频。近水方同梅市隐,曝衣多笑阮家贫。深山兰若何时到?羡与闲云作四邻。"闲园即事,高兴可知。属调幽闲,终篇调畅。如新华笑日,不容熏染。锵锵美誉,不亦宜哉!有诗集二卷,今传[二]。

校记

〔一〕 《直斋书录解题》卷十九:"《司空文明集》二卷　唐虞部郎中京兆司空曙文明撰,别本一卷,才数篇。"《新唐书》卷二百零三《艺文下》:"曙,字文初,广平人。从韦皋于剑南,终虞部郎中。"《唐诗纪事》卷三十:"曙字文明,广平人。登进士第,从韦皋于剑南,贞元中为水部郎中,终虞部。"

〔二〕 其集已佚,《全唐诗》编诗一卷。

苗　发

发,潞州人也。晋卿长子。初为乐平令。授兵部员外,迁驾部员外郎,仕终都官郎中。虽名齿才子,少见诗篇。当时名士,咸与赠答云[一]。

校记

〔一〕 《新唐书》卷一百四十《苗晋卿传》:"苗晋卿,字元辅,潞州壶关人……十子发、丕、坚、粲……"卷二百零三《艺文下》:"发,晋卿子,终都官员外郎。"《唐诗纪事》卷三十同。《全唐诗》存诗二首。

崔 峒

峒,博陵人。工文,有声[一]。初辟潞府功曹,后历左拾遗,终右补阙[二]。"词彩炳然,意思方雅"。时人称其句为"披沙拣金,往往见宝"[三]。诗集一卷,今行于世[四]。

校记

[一] "声",原作"价",依陆本改。
[二] 《新唐书·艺文下》仅云"峒终右补阙"。《唐诗纪事》卷三十云:"峒登进士第,为拾遗。入集贤为学士,后终州刺史,或云终玄武令。"
[三] 见《中兴间气集》卷下,"词彩"作"文彩"。
[四] 《新唐书》著录《崔峒诗》一卷,今佚。《全唐诗》存诗一卷。

夏侯审

审,建中元年礼部侍郎令狐峘下试军谋越众科第一。释褐校书郎,又为参军。仕终侍御史[一]。初,于华山下多买田园为别墅,水木幽阒[二],云烟浩渺。晚岁退居其下,讽吟[三]颇多。今稍零落,时见一二,皆锦制也[四]。

校记

[一] 夏侯审,《新唐书·艺文下》仅云"审,侍御史"。
[二] "阒",四库本作"闲"。
[三] "讽吟",陆本作"吟讽"。
[四] 夏侯审诗未见著录,《全唐诗》仅存诗一首。

李 端

端,赵州人,嘉祐之侄也[一]。少时居庐山,依皎然读书,意况清虚,酷慕禅侣。大历五年李抟榜进士及第,授秘书省校书郎。以清羸多病,辞官,居终南山草堂寺。未几,起为杭州司马。牒诉敲扑,心甚厌之。买田园在虎丘下。为耽深癖,泉石少幽,移家来隐衡山,自号衡岳幽人。弹琴读《易》,登高望远,神意泊然,初无宦情,怀箕、颍之志。尝曰:"余少尚神仙,且未能去。友人畅当以禅门见导,余心知必是。未得其门。"[二]诗更高雅,于才子中,名响铮铮。与处士京兆柳中庸、大理评事江东张芬友善唱酬。初来长安,诗名大振。时令公子郭暧尚升平公主,贤明有才,延纳俊士,端等皆在馆中。暧尝进官,大宴,酒酣,主属端赋诗,顷刻而就,曰:"青春都尉最风流,二十功成便拜侯。金距斗鸡过上苑,玉鞭骑马出长楸。熏香荀令偏怜小,傅粉何郎不解愁。日暮吹箫杨柳陌,路人遥指凤凰楼。"主甚喜,一座赏叹。钱起曰:"此必端宿制,请以起姓为韵。"端立献一章曰:"方塘似镜草芊芊,初月如钩未上弦。新开金埒看调马,旧赐铜山许铸钱。杨柳入楼吹玉笛,芙蓉出水妒花钿。今朝都尉如相顾,愿脱长裾逐少年。"作者惊服[三]。主厚赐金帛,终身以荣。其工捷类此。集三卷。今传于世[四]。

校记

〔一〕 李端,《旧唐书》卷一百六十三《李虞仲传》:"李虞仲,字见之,赵郡人。祖震,大理丞。父端,登进士第,工诗。大历中,与韩翃、钱起、卢纶等文咏唱和,驰名都下,号'大历十才子'。时郭尚父少子暧尚代宗女升平公主,贤明有才思,尤喜诗人,而端等十人,多在暧之门下……起等始服。端自校书郎移疾江南,授杭州司马而卒。"《新唐书·艺文下》尤略。《唐诗纪事》卷二十一李嘉祐:"有送从叔阳冰寄从弟纾及侄端诗,盖三子之族也。"姚合《极玄集》卷上:"李端,字正己。赵郡人。大历五年进士。与卢纶……唱和,号'十才子',历校书郎,终杭州司马。"傅璇琮《唐代诗人丛考·李端考》可参看。

〔二〕 见李端《赠畅当诗并序》。

〔三〕 "服",原作"伏",依陆本改。事见《国史补》,《郡斋读书志》卷四上未录诗。《唐诗纪事》卷三十先录诗,后纪其事。

〔四〕 《李端诗集》今存,版本源流见《唐集叙录》。

窦叔向

叔向,字遗直,扶风平陵人也〔一〕。有卓绝之行,登第于大历初,远振佳名,为文物冠冕。诗法谨严,又非常格。一流〔二〕才子,多仰飙尘。少与常衮同灯火,及衮相,引擢左拾遗,内供奉;及坐贬,亦出为溧水令。卒,赠工部尚书。五子常、牟、群、庠、巩,俱能诗,咄咄有跨灶之誉〔三〕,当时羡之。《艺文志》〔四〕载《叔向集》七卷,今存诗甚寡,盖零落之矣〔五〕。

校记

〔一〕 《旧唐书》卷一百五十五《窦群传》"扶风平陵人",此辛氏所本。《唐诗纪事》卷三十一从《新唐书》卷一百七十五作"京兆人"(《窦群传》"京兆金城人")。

〔二〕 "一",陆本作"风",《考异》又作"名"。

〔三〕 "誉",原作"兴",依陆本改。

〔四〕 "文",上原无"艺"字,据《新唐书·艺文志》校补。

〔五〕 "之",陆本作"久",《全唐诗》存诗九首,《补遗》一首。

康 洽

洽,酒泉人,黄须美丈夫也。盛时携琴剑来长安,谒当道,气度豪爽。工乐府诗篇,宫女梨园,皆写于声律。玄宗亦知名,尝叹美之。所出入皆王侯贵主之宅,从游与宴,虽骏马苍头,如其已有。观服玩之光,令人归欲烧物,怜才乃能如是也〔一〕。后遭天宝乱离,飘蓬江表。至大历间,年已七十馀,龙钟衰老,谈及开元繁盛,流涕无从。往来两京,故候馆谷空,咸阳一布衣耳。于时文士愿与论交,李端逢之,赠诗云:"声名常压鲍参军,班位不过杨执戟。"又云:"同时献赋人皆尽,共壁题诗君独在。"后卒杜陵山中,文章不得见矣〔二〕。

校记

〔一〕 "烧",四库本作"惜",《考异》云:"二句文有脱误。"

〔二〕 《全唐诗》未见康洽。"杨",陆本作"扬"。

李 益

益,字君虞,陇西姑臧人〔一〕。大历四年齐映榜进士。调郑县尉。同辈行稍进达,益久不升,郁郁去,游燕、赵间。幽州节度刘济辟为从事,未几,又佐邠宁幕府。风流有辞藻,与宗人贺相埒。每一篇就,乐工赂求之,被于雅乐,供奉天子。如《征人早行篇》,天下皆施绘画。二十三受策秩,从军十年,运筹决胜,尤其所长。"往往鞍马间为文,横槊赋诗"〔二〕。故多抑扬激励悲离之作,高适、岑参之流也。宪宗雅闻其名,召为秘书少监、集贤殿学士。自负其才,凌轹士众,有不能堪。谏官因暴其诗"不上望京楼"等句,以为〔三〕涉怨望,诏降职。俄复旧,除侍御史,遥礼部尚书致仕。大和初卒。益少有僻疾,多猜忌,防闲妻妾,过为苛酷,有散灰扃户之谈,时称为"妒痴尚书李十郎"〔四〕。有同姓名者,为太子庶子,皆在朝,人恐莫辨,谓君虞为"文章李益",庶子为"门户李益云"〔五〕。有集今传〔六〕。

校记

〔一〕 李益，《旧唐书》卷一百三十七、《新唐书》卷二百零三《艺文下》均云李揆族子。《旧唐书》卷一百二十三《李揆传》："陇西成纪人，而家于郑州。"《新唐书》卷一百五十《李揆传》云："系出陇西，为冠族，去客荥阳。"《唐诗纪事》卷三十云："益，姑臧人。字君虞，大历四年登第。"此传主要取两《唐书》及《纪事》等。

〔二〕 此元稹《唐故工部员外郎杜君墓系铭并序》评曹氏父子语，辛氏借用。《元氏长庆集》卷五十六作："曹氏父子鞍马间为文，往往横槊赋诗。"《旧唐书》卷一百九十下《杜甫传》亦引之。

〔三〕 "为"字依陆本补。《郡斋读书志》卷四上云："今集有从军诗五十篇而无此诗，惜其放佚多矣。"然此诗《纪事》有全篇。

〔四〕 此取两《唐书》之说，《霍小玉传》乃演此者。

〔五〕 此见《因话录》卷二。

〔六〕 《李益集》今存，版本源流见《唐集叙录》。

冷朝阳

朝阳，金陵人。大历四年齐映榜进士及第，不待调官，言归省觐。自状元以下，一时名士大夫[一]及诗人李嘉祐、李端、韩翃、钱起等，大会，赋诗攀饯。以一布衣[二]，才名如此，人皆羡之。朝阳工诗，在大历诸才子，法度稍弱，字韵清越不减也。有集传世[三]。

校记

〔一〕 "大"字依陆本补。冷朝阳，两《唐书》无传。《唐诗纪事》卷三十云："朝阳登大历进士第，为薛嵩幕府"，此传取材于《纪事》。

〔二〕 "布衣"，原作"衣布"，依陆本乙。

〔三〕 冷朝阳集未见著录，《全唐诗》存诗十一首。

章八元

八元,睦州桐庐人。少喜为诗,尝于邮亭偶题数语,盖激楚之音也。宗匠严维到驿,见而异之,问八元曰:"尔能从我授格乎?"曰:"素所愿也。"少顷遂发,八元已辞亲矣。维大器之,亲为指谕,数岁间,诗赋精绝[一]。大历六年王滶榜第三人进士。居京既久,床头金尽,归江南,访韦苏州,待赠甚厚。复来都应制科。贞元中调句容主簿,况薄辞归。时有清江上人,善诗,与八元为兄弟之好。初,长安慈恩寺浮图,前后名流诗版甚多。八元亦题,有云:"却怪鸟飞平地上,自惊人语半天中。"后元微之、白乐天至塔下遍览,因悉除去,惟存八元版在,吟咏久之,曰:"名下无虚士也。"[二]其警[三]策称是。有诗集传于世,一卷[四]。

校记

[一] 章八元,两《唐书》无传。本传取材于《唐诗纪事》卷二十六,此事为高仲武语,《中兴间气集》脱此评,赖《纪事》存之。

[二] 事详见何光远《鉴诫录》卷七《四公会》条。

[三] "警",原作"惊",依陆本改。

[四] 《新唐书》著录:"《章八元诗》一卷睦州人,大历进士第。"今佚,《全唐诗》存诗六首。

畅 当

当,河东人。大历七年张式榜及第。当少谙武事,生乱离间,盘马弯弓,抟沙写陈,人曾伏之。时山东有寇,以子弟被召参军[一]。贞元初为太常博士,仕终果州刺史[二]。与李司马、司空郎中有胶漆之契。多往来嵩、华间,结念方外,颇参禅道,故多松桂之兴,深存不死之志。词名藉甚,表表凌云。有诗二卷传于世。同时有郑常〔三〕,亦鸣诗。集一卷,今行。

尝观建安初,陈琳、阮瑀数子,从戎管书记之任,所得经奇,英气逼人也。承平则文墨议论,警急则橐鞬矢石;金羁角逐,球符相照;草檄于盾鼻,勒铭于山头:此磊磊落落,通方之士,皆古书生也。容有郁志窗下,抱膝呻吟,而曰"时不我与"、"人不我知"耶?大道无窒,徒自为老夫耳。唐间,如此特达甚多,光烈垂远,慨然不能不以之兴怀也。

校记

〔一〕 此据韦苏州寄畅当诗及自注,见《唐诗纪事》卷二十七,《纪事》云:"当,河东人,贞元初为太常博士,后以果州刺史卒。与弟诸皆有诗名。"

〔二〕 《新唐书》卷二百《畅当传》:"畅当,河东人。父璀,左散骑常侍……终户部尚书。当进士擢第,贞元初为太常博士(下文全引为昭德皇后丧服之论辩)。当以果州刺史卒。"《纪事》盖本此。

〔三〕 《新唐志》著录二卷、《郑常诗》一卷。两集均佚。郑常见《中兴间气集》卷下,《纪事》卷三十一,《全唐诗》存诗五首,畅当存诗一卷。

王季友

季友,河南人〔一〕。暗〔二〕诵书万卷,论必引经。家贫卖履,好事者多携酒就之。其妻柳氏,疾季友穷丑,遣去,来客鄱城。洪州刺史李公,一见倾敬,即引佐幕府〔三〕。工诗,性磊浪不羁,"爱奇务险,远出常性之外","白首短褐"〔四〕。崎岖士林,伤哉贫也!尝有诗云:"山中谁余密?白发日相亲。雀鼠昼夜无,知我厨廪贫。"[五]又:"自耕自刈食为天,如鹿如麋饮野泉。亦知世上公卿贵,且养丘中草木年。"[六]观其笃志山水,可谓远性风疏,逸情云上矣。有集,传于世[七]。

校记

[一]　《直斋书录解题》卷十九:"《王季友集》一卷　唐王季友撰。"元结《箧中集》有季友诗二首,今此集有七篇而《箧中》二首不在焉。《杜诗》所谓"鄞城客子王季友"者,意即其人也耶?

[二]　"暗",陆本作"也",属上读。

[三]　此据杜甫《可叹行》,《唐诗纪事》卷二十六引之。

[四]　此引用《河岳英灵集》卷上,"性"陆本作"情","浪"陆本作"落"。《河岳英灵集》"性"作"情"。

[五]　此诗《河岳英灵集》作《山中赠十四秘书山兄》,《纪事》作《寄韦子春》。

[六]　《河岳英灵集》题为《酬李十六岐》。

[七]　其集今佚,《全唐诗》存诗十一首,《补遗》二首。

张　谓

谓,字正言,河内人也。少读书嵩山,清才拔萃,泛览流观,不屈于权势。自矜奇骨,必谈笑封侯。二十四受辟,从戎营、朔十载,亭障间稍立功勋。以将军得罪,流滞蓟门,有以非辜雪之者。累官为礼部侍郎。无几何,出为潭州刺史。性嗜酒,简淡,乐意湖山。工诗,格度严密,语致精深,多击节之音。今有集传于世[一]。

校记

[一]　张谓,两《唐书》无传。《唐诗纪事》卷二十五云:"谓登天宝二年进士第。奉使长沙,作《长沙风土记》云:'巨唐八叶,玄圣六载,正言待

罪湘东。'""谓大历间为礼部侍郎,典七年、八年、九年贡举。"与此不同,辛氏盖据张谓《同孙构免官后登蓟楼》诗内容(见《河岳英灵集》卷上)而敷绎。张谓集未见,《全唐诗》存诗一卷,《补遗》一首。

于 鹄

鹄,初买山于汉阳高隐,三十犹未成名。大历中,尝应荐历诸府从事。出塞入塞,驰逐风沙,有诗甚工。长短间作,时出度外,纵横放逸,而不陷于疏远,且多警策云。集一卷,今传[一]。

校记

〔一〕 于鹄,两《唐书》无传,《唐诗纪事》卷二十九云:"鹄,大历、贞元间诗人也。为诸府从事,居江湖间,有《卜居汉阳》及《荆南陪樊尚书赏花》诗。其自述曰:'三十无名客,空山独卧秋。'岂以诗穷者耶?"《直斋书录解题》卷十九著录《于鹄诗》一卷。今佚,《全唐诗》存诗一卷。

王 建

建,字仲初,颍川人。大历十年丁泽榜第二人及第[一],释褐授渭南尉,调昭应县丞。诸司历荐,迁大府寺丞、秘书丞、侍御史。大和中,出为陕州司马。从军塞上,弓剑不离身。数年后归,卜居咸阳原上。初,游韩吏部门墙,为忘年之友,与张籍契厚,唱答尤多。工为乐府歌行,格幽思远。二公之体,同变时流。建性耽酒,放浪无拘。宫词特妙前古。建初与枢密使王守澄有宗人之分,守澄以弟呼之。谈间故多知禁掖事,作《宫词》百篇。后因过燕饮,以相讥谑,守澄深衔之,忽曰:"吾弟所作《宫词》,内庭深邃,何由知之?明当奏上。"建作诗以谢,末句云:"不是姓同亲说向,九重争得外人知?"守澄恐累己,事遂寝[二]。建才赡,有作皆工。盖尝跋涉畏途,甘分穷苦。其自伤诗云:"衰门海内几多人,满眼公卿总不亲。四授官资元七品,再经婚娶尚单身。图书亦为频移尽,兄弟还因子散贫。独自在家常似客,黄昏哭向野田春。"又于征戍遭谪,行旅离别,幽居官况之作,俱能感动神思,道人所不能道也。集十卷,今传于世[三]。

校记

〔一〕 王建,两《唐书》无传,《唐诗纪事》卷四十四录其《宫词》百首云:"建,大历进士,为昭应丞,太府寺丞,终于司马。"《郡斋读书志》卷四上云:"大历十年进士,为昭应县丞、太府寺丞。大和中,陕州司马,尤长宫词。"《直斋书录解题》卷十九:"《王建集》十卷 唐陕州司马王建仲和撰,建长于乐府,与张籍相上下。"(下同晁氏)

〔二〕 此事见《云溪友议》卷下《琅琊忤》条。《苕溪渔隐丛话前集》卷二十二引《旧跋》云云。按王守澄《旧唐书》卷一百八十四《宦官传》、《新唐书》卷二百零八《宦者下》均有传,未言此事。胡震亨《唐音癸签》卷二十九云:"说者谓王建作《宫词》,为王守澄所持,献诗末句有'不是当家频向说,九重争得外人知'句,守澄惧而止。今观诗全篇并叙枢密内庭恩宠秘密事,故以是结之,益致艳诧意,言非自向人说,人那得知耳。此岂挟制语哉? 唐时诗人于宫禁事皆尽说无忌,杨阿环、孟才人尚入篇咏,建词有何嫌,必制人以自全也?"颇为有理。可参看。

〔三〕 《王建诗集》今存,版本源流见《唐集叙录》。

韦应物

应物,京兆人也。尚侠,初,以三卫郎事玄宗,及崩,始悔,折节读书。为性高洁,鲜食寡欲。所居必焚香扫地而坐,冥心象外。天宝时,扈从游幸。永泰中,任洛阳丞,迁京兆府功曹。大历十四年,自鄠县令制除栎阳令,以疾辞归,寓善福寺精舍。建中二年,由前资除比部员外郎[一],出为滁州刺史。居顷之,改江州刺史,追赴阙[二],改左司郎中。或媢其进,媒蘖之。贞元初,又出为苏州刺史[三]。大和中,以太仆少卿兼御史中丞,为诸道盐铁转运江淮留后[四],罢居永定,斋心屏除人事。初,公豪纵不羁,晚岁逢杨开府,赠诗言事曰:"少事武皇帝,无赖恃恩私。身作里中横,家藏亡命儿。朝持樗蒲局,暮窃东邻姬。司隶不敢捕,立在白玉墀。骊山风雪夜,长杨羽猎时。一字都不识,饮酒肆顽痴。武皇升仙去,憔悴被人欺。读书事已晚,把笔学题诗。两府始收迹,南宫谬见推。非才果不容,出守抚茕嫠。忽逢杨开府,论旧涕俱垂。坐客[五]何由识?唯有故人知。"足见古人真率之妙也。

论曰[六]:诗律自沈、宋之下,日益靡嫚,镂章刻句,揣合浮切;音韵婉谐,属对藻密:而闲雅平淡之气不存矣。独应物驰骤建安以还,各有风韵,自成一家之体。清深雅丽,虽诗人之盛,亦罕其伦,甚为时论所右,而风情不能自已。如赠米嘉荣、杜韦娘等作[七],皆杯酒之间,见少年故态,无足怪矣。有集十卷,今传于世[八]。

校记

〔一〕 韦应物,两《唐书》无传,此传前半叙资历本于《郡斋读书志》卷四上。晁云"授比部郎中"非员外郎。《唐诗纪事》卷二十六云:"建中三年,由比部员外郎出刺滁州,改刺江州,追赴阙,改左司郎中。贞元初,历苏州,罢守,寓苏台永定精舍。"又云:"应物仕宦本末,似止于苏。按白傅苏州答刘禹锡诗云'敢有文章替左司',谓应物也。官称亦如此。"孙望先生《蜗叟杂稿·韦应物事迹考述》一文纠正辛氏谬误较实,可参看。

〔二〕 "阙",原作"关"(關),依陆本改。

〔三〕 依《孙考》当为贞元五年。
〔四〕 误见前文,此盖同姓名者。
〔五〕 "客",原作"容",据《全唐诗》校改。
〔六〕 "曰",原作"云",依陆本改从一律。
〔七〕 此见《本事诗·情感》,皆刘禹锡事而误属韦应物,盖刘亦为苏州刺史而误。《苕溪渔隐丛话后集》卷九亦载此诗,云出《唐宋遗史》。盖信以为韦作,疑辛氏所本。
〔八〕 《韦苏州集》今存,版本源流见《唐集叙录》。《考异》云:"按目录附丘丹,传不载丹事,当有脱误。"

皎然上人

皎然,字清昼,吴兴人。俗姓谢,宋灵运之十世孙也。初入道,肄业杼山,与灵彻、陆羽同居妙喜寺。羽于寺旁创亭,以癸丑岁癸卯朔癸亥日落成,湖州刺史颜真卿名以"三癸",皎然赋诗,时称"三绝"。真卿尝于郡斋集文士撰《韵海镜源》〔一〕,预其论著,至是,声价藉甚。贞元中,集贤御书院取高僧集,得〔二〕上人文十卷藏之,刺史于頔为之序〔三〕。李端在匡岳,依止称门生。一时名公,俱相友善,题云昼上人是也。时韦应物以古淡矫俗,公尝拟其格,得数解为贽,韦心疑之。明日,又录旧制以见,始被领略,曰:"人各有长,盖自天分。子而为我,失故步矣。但以所谐自名可也。"公心服之〔四〕。往时住西林寺,定馀多暇,因撰序作诗体式,兼评古今人诗,为《昼公诗式》五卷,及撰《诗评》三卷〔五〕。皆议论精当,取舍从公,整顿狂澜,出色《骚》、《雅》。公性放逸,不缚于常律。初,房太尉琯早岁隐终南,峻壁之下,往往闻湫中龙吟,声清而静,涤人邪想。时有僧潜戛三金以写之,惟铜酷似。房公往来,他日至山寺,闻林岭间有声,因命僧出其器,叹曰:"此真龙吟也。"大历间,有秦僧传至桐江,皎然戛铜椀效之,以警深寂。缁人有献讥者,公曰:"此达僧之事,可以嬉禅。尔曹何凝滞于物,而以琐行自拘耶?"时人高之。公外学超然,诗兴闲适,居第一流,第二流不过也[六]。诗集十卷[七]。

校记

〔一〕 "镜",原作"敬",依陆本改。"三癸亭"见《颜鲁公集》卷七《湖州乌程县杼山妙喜寺碑铭》。

〔二〕 "得"字据四库本补。

〔三〕 《唐诗纪事》卷七十三:"姓谢,字清昼,灵运十世孙,居杼山。颜真卿为刺史,集文士撰《韵海》,皎然预其论著。贞元中,集贤院取其集藏之,于頔为序。"

〔四〕 此事始见《因话录》卷四,《唐诗纪事》亦言之。"谐"疑为"诣",上二书作"人各有所得"。

〔五〕 两书均著录于《旧唐书》。《诗式》今存,《诗评》一名《诗议》,《唐音癸签》著录一卷。

〔六〕 此六字四库本作"不疑也"三字。

〔七〕 《皎然集》今存,版本源流见《唐集叙录》。

武元衡

元衡,字伯苍,河南人。建中四年薛展榜进士。元和三年,以门下侍郎平章事出为剑南节度使,后秉政。明年早朝,遇盗从暗中射杀之[一]。元衡工诗,虽时见雕镂,不动机构,要非高硎之所深忌,每好事者传之,被于丝竹。尝夏夜作诗曰:"夜久喧暂息,池台唯月明。无因驻清景,日出事还生。"翌日遇害,诗盖其谶也[二]。议者谓工诗而宦达者惟高适,达宦而诗工者唯元衡。今有《临淮集》十卷,传于世[三]。

校记

〔一〕 武元衡,《旧唐书》卷一百五十八、《新唐书》卷一百五十二并有传。元和八年召还,明年遇害(《新书》,《宰相表》十年)。此处叙述不清。

〔二〕 见《唐诗纪事》卷三十三。

〔三〕 其集已佚,《全唐诗》编诗二卷。

窦　常

常,字中行,叔向之子也,京兆人。大历十四年王储榜及第。初历从事,累官水部员外郎。连除阆[一]、夔、江、抚四州刺史,后入为国子祭酒而终。

常兄弟五人,联芳比藻,词价霭然,法度风流,相距不远。且俱陈力王事,膺宠清流。岂怀玉迷津区区之比哉! 后人集所著诗通一百首为五卷,名《窦氏联珠集》,谓若五星然。常集十八卷,及撰韩翃至皎然三十人诗合三百五十篇为《南熏集》,各系以赞为三卷。今并传[二]。

校记

〔一〕 窦常等均附见《窦群传》(《旧书》卷一百五十五、《新书》卷一百七十五),"阆"当作"朗"。又见《唐诗纪事》卷三十一。

〔二〕 其集今佚,《全唐诗》存诗二十六首。

窦　牟

牟,字贻周,贞元二年张正甫榜进士。初,学问于江东。家居孝谨,善事继母,奇文具行。闻于京师。舅给事中袁高,当时专重名,甄拔甚多,而牟未尝干谒,竟捷文场。始佐六府五公,八迁至检校虞部。元和五年,拜尚书虞部郎中,转洛阳令、都官郎中,出为泽州刺史,仕终国子司业。牟晚从昭义卢从史,从史寖骄,牟度不可谏,即移疾归[一],居东都别业。长庆二年卒,昌黎韩先生为之墓志云[二]。

校记

〔一〕 "寖",原作"寝"据《新唐书》校改。"疾",原作"舟",依陆本改。

〔二〕 其集今佚,《全唐诗》存诗二十一首。

窦群

群,字丹列。初隐毗陵,称处士。性至孝,定省无少怠。及母卒,哀踊不已,啮一指置棺中,结庐墓次。终丧,苏州刺史韦夏卿荐之,举孝廉,德宗擢为左拾遗。宪宗立,转吏部郎中[一],出为唐州刺史。节度使于頔奇之,表以自副。武元衡辅政,荐为御史中丞。群引吕温、羊士谔为御史,宰相李吉甫不可。群等怨,遂捃摭吉甫阴事告之;帝面覆多诳,大怒,欲杀群等,吉甫又为力救得解。出为黔南观察使,迁容管经略使,卒官所[二]。家无馀财,惟图书万轴耳[三]。

校记

〔一〕 两《唐书》皆云"转膳部员外郎"。

〔二〕 两《唐书》均谓卒于途中。本传取两《唐书》,而多舛误。

〔三〕 其集已佚,《全唐诗》存诗二十三首。

窦庠

庠,字胄卿。尝应辟,三佐大府,调奉先令,迁东都留守判官,拜户部员外郎。贞元中,出为婺、登二州刺史〔一〕。平生工文甚苦,著述亦多,今并传之〔二〕。

校记

〔一〕 《旧唐书》云:"迁泽州刺史。又为宣歙副使,除奉天令、登州刺史、东都留守判官,历信、婺二州刺史。"

〔二〕 其集已佚,《全唐诗》存诗二十一首。

窦 巩

巩,字友封。状貌瑰伟,少博览,无不通,性宏放,好谈古今,所居多长者车辙。时诸兄已达。巩尚来场屋间,颇抑初志,作《放鱼》诗云:"黄金赎得免刀痕,闻道禽鱼亦感恩。好去长江千万里,不须辛苦上龙门。"人知其述怀也。元和二年王源中榜进士,佐淄青幕府〔一〕,累迁秘书少监,拜御史中丞,仕终武昌观察副使。巩平居与人言不出口,时号为"嗫嚅翁"云〔二〕。

校记

〔一〕 《旧唐书》云:"元和二年登进士第。袁滋镇滑州,辟为从事。滋改荆、襄二镇。皆从之掌管记之任。平卢薛平又辟为副使。"混言佐淄青幕府。不确。

〔二〕 其集已佚,《全唐诗》存诗三十九首。

刘言史

言史,赵州人也。少尚气节,不举进士。工诗,美丽恢赡,世少其伦。与李贺、孟郊同时为友。冀镇节度使王武俊颇好词艺,言史造之,特加敬异。武俊尝猎,有双鸭起蒲稗间,一矢联之,遂于马上草《射鸭歌》以献。因表荐请官,诏授枣强令,辞疾不就,当时重之。故相国陇西公李夷简为汉南节度,与言史少同游习,因遗以襄阳髹器千事赂武俊请之,由是为汉南幕宾[一],日与谈宴,歌诗唱答,大播清才。问言史所欲为,曰:"司空橡甚闲,或可承阙。"遂署。虽居官曹,敬待埒诸从事。岁馀奏升秩,诏下之日,不悫而终。公初以言史相薄,不欲贵,以惜其寿。至是,恸哭之,曰:"果然微禄杀吾爱客也!"厚葬于襄城。皮日休称其赋"雕金篆玉,牢奇笼怪,百锻为字,千炼成句",真佳作也[二]。有歌诗六卷,今传[三]。

校记

〔一〕 此传全取自皮日休《刘枣强碑》。此事以时考之,实不足信。王武俊卒于贞元十七年(801,见《新唐书》卷二百一十一《藩镇镇冀王武俊传》),而李夷简元和时始为"检校礼部尚书、山南东道节度使"(《新唐书》卷一百三十一《李夷简传》)。详见拙著《读常见书札记》。

〔二〕 见皮日休《刘枣强碑》,"千炼"作"千锻"。

〔三〕 《旧唐书》著录《刘言史歌诗》六卷,皮日休言"所有歌诗千首,其美丽恢赡,自贺外世莫能比",今大半已佚,《全唐诗》编诗一卷而已。

刘 商

商,字子夏,徐州彭城人[一]。擢进士第。贞元中,累官比部员外郎,改虞部员外郎[二]。数年,迁检校兵部郎中[三],后出为汴州观察判官,辞疾挂印,归旧业。商性好酒,苦家贫,尝对花临月,悠然独酌,亢音长谣,放适自遂。赋诗曰:"春草秋风老此身,一瓢长醉任家贫。醒来还爱浮萍车,飘寄官河不属人。"乐府歌诗,高雅殊绝。拟蔡琰《胡笳曲》,脍炙[四]当时。仍工画山水树石,初师吴郡张璪,后自造真。张贬衡州司马,有《惆怅》之诗。好神仙,炼金骨。后隐义兴胡父渚,结侣幽人,世传冲虚而去,可谓江海冥灭,山林长往者矣。有集十卷,今传,武元衡序之云〔五〕。

校记

〔一〕 刘商两《唐书》无传。《直斋书录解题》卷十六:"《刘虞部集》十卷 唐虞部郎中刘商子夏撰。武元衡为之序。集中有《送弟归怀州旧业序》,言高祖当武德经纶,勋在王府。案武德功臣有刘文静、弘基、政会史皆有传。文静之后诛绝,弘基、政会传后无所考,未详何人之后也。《胡笳十八拍》行于世。"《新唐书》:"《刘商诗集十卷》贞元比部郎中。"

〔二〕 原作"员郎外",依日本正保本乙。

〔三〕 《唐诗纪事》卷三十二云"检校礼部郎中"。

〔四〕 "脍",原作"鲙",依陆本改。

〔五〕 其集已佚,《全唐诗》编诗二卷。

唐才子传校正卷第五

卢 仝

仝,范阳人。初隐少室山,号玉川子。家甚贫,惟图书堆积。后卜居洛城,破屋数间而已。"一奴长须不裹头,一婢赤脚老无齿。"〔一〕终日苦哦,邻僧送米。朝廷知其清介之节,凡两备礼征为谏议大夫,不起。时韩愈为河南令,爱其操,敬待之。尝为恶少所恐,诉于愈,方为申理,仝复虑盗憎主人,愿罢之,愈益服其度量。元和间月蚀,仝赋诗,意切当时逆党,愈极称工,余人稍恨之。时王涯秉政。胥怨于人。及祸起,仝偶与诸客会食涯书馆中,因留宿,吏卒掩捕,仝曰:"我卢山人也,于众无怨,何罪之有?"吏曰:"既云山人,来宰相宅,容非罪乎?"苍忙不能自理,竟同甘露之祸。仝老无发,奄人于脑后加钉。先是,生子名添丁,人以为谶云〔二〕。仝性高古介僻,所见不凡近。唐诗体无遗,而仝之所作特异,自成一家,语尚奇谲,读者难解,识者易知。后来仿效比拟,遂为一格宗师。有集一卷,今传〔三〕。

古诗云:"枯鱼过河泣,何时悔复及。作书与鲂□,相戒慎出入。"〔四〕斯所以防前之覆辙也。仝志怀霜雪,操拟松柏,深造括囊之高,夫何户庭之失!噫!一蹈非地,旋踵逮殃,玉石俱烂,可不痛哉!

校记

〔一〕 此为韩愈《寄卢仝》诗中语,下文亦用退之诗意。

〔二〕 此当出《甘露野史》及《乙卯记》,两书已佚。《南部新书·丙》云:"小说中言十家事起者,即太和(当为大和)九年冬甘露事也,凡灭十家。"同书《壬》云:"玉川先生,卢仝也。仝亦涯客,性僻面黑,常闭于一室中,凿壁穴以送食。大和九年十一月二十日夜,偶宿涯馆。明日,左军屠涯家族,随而遭戮。"《许彦周诗话》云:"玉川子在王涯书院中会食,不能自别,枉陷于祸,哀哉!"(引自《苕溪渔隐丛话后集》卷十一)邵博《邵氏闻见后录》卷九记添丁之谶云张芸叟为安信之言"旧见《唐野史》一书"云云,可参。

〔三〕 其集今存,版本源流见《唐集叙录》。

〔四〕 乐府古辞也,见《乐府诗集》卷七十四,"戒"作"教"。

马 异

异,睦州人也〔一〕。兴元元年礼部侍郎鲍防下进士第二人。少与皇甫湜同砚席,赋性高疏,词调怪涩。雕风骨棱棱,不免枯瘠。卢仝闻之,颇合己志,愿与结交,遂立同异之论,以诗赠答,有云:"昨日仝不同,异自异,是谓大同而小异。今日仝自同,异不异,是谓同不往而异不至。"斯亦怪之甚也。后不知所终。集今传世〔二〕。

校记

〔一〕 按《唐诗纪事》卷四十云:"异,河南人。"马异《答卢仝结交诗》云:"有鸟自南翔,口衔一书札。达我山之维。"似以南方为是。

〔二〕 《马异集》,两《唐书》未见著录。《全唐诗》仅据《唐诗纪事》卷四十录其诗四首。

刘　叉

　　叉，河、朔间人〔一〕，一节士也。少尚义行侠，傍观切齿，因被酒，杀人亡命，会赦乃出。更改志从学，能博览，工为歌诗。酷好卢仝、孟郊之体，造语幽蹇，议论多出于正。《冰柱》、《雪车》二篇，含畜风刺，出二公之右矣。时樊宗师文亦尚怪，见而独拜之。恃故时所负，自顾俯仰，不能与世合，常破履穿结，筑环堵而居休焉。闻韩吏部接天下贫士，步而归之，出入门馆无间。时韩碑铭独唱，润笔之货盈缶，因持案上金数斤而去，曰："此谀墓中人所得耳，不若与刘君为寿。"不能止。其旷达至此〔二〕。初，玉川子履道守正，反关著述，《春秋》之学，尤所精心，时人不得见其书，惟叉悒愿，曾授之以奥旨，后无所传〔三〕。叉刚直，能面白人短长，其服义则又弥缝若亲属然。后以争语不能下宾〔四〕客，去游齐、鲁，不知所终。诗二十七篇，今传〔五〕。

校记

〔一〕　《新唐书》卷一百七十六、《唐诗纪事》卷三十五并未言其籍贯。叉自问诗云："自问彭城子，何人接汝颠？"彭城或其祖籍及郡望。

〔二〕　以上均据《新唐书》，《唐诗纪事》同。陆本"不"上有"韩"字。

〔三〕　卢仝精研《春秋》，韩愈赠诗云："《春秋》五传束高阁，独抱遗经究终始。"惟此云传于刘叉，未知出处，现存叉诗中亦无踪迹可寻。《郡斋读书志》卷一下有卢仝《春秋摘微》四卷，以前未见著录。

〔四〕　"宾"字依陆本补。

〔五〕　《全唐诗》编诗一卷。

李 贺

贺,字长吉,郑王之孙也。七岁能辞章,名动京邑[一]。韩愈、皇甫湜览其作,奇之,而未信,曰:"若是古人,吾曹或不知;是今人,岂有不识之理!"遂相过其家,使赋诗。贺总角荷衣而出,欣然承命,旁若无人,援笔题曰《高轩过》。二公大惊,以所乘马命联镳而还,亲为束发。贺父名晋肃,不得举进士,公为著《讳辩》[二]一篇。后官至太常寺奉礼郎[三]。贺为人纤瘦,通眉,长指爪,能疾书。旦日出,骑弱马,从平头小奴子,背古锦囊,遇有所得,书置囊里。凡诗不先命题。及暮归,太夫人使婢探囊中,见书多,即怒曰:"是儿要呕出心乃已耳。"上灯,与食,即从婢取书,研墨叠纸,足成之。非大醉吊丧,率如此[四]。贺诗稍尚奇诡,组织花草,片片成文,所得皆惊迈,绝去翰墨畦径,时无能效者。乐府诸诗,云韶众工,谐于律吕。尝叹曰:"我年二十不得意,一生愁心谢如梧叶矣。"[五]忽疾笃,恍惚昼见人绯衣驾赤虬腾下,持一板书,若太古雷文,曰:"上帝新作白玉楼成,立召君作记也。"贺扣头辞,谓母老病,其人曰:"天上比人间差乐,不苦也。"居顷之,窗中勃勃烟气,闻车声甚速,遂绝[六]。死时才二十七,莫不怜之。李藩缀集其歌诗,因托贺表兄访所遗失,并加点窜,付以成本,弥年绝迹。及诘之,曰:"每恨其傲忽,其文已焚之矣。"[七]今存十之四五,杜牧为序者五卷,今传。

老子曰:"其进锐者,其退速。"信然。贺天才俊拔,弱冠而有极名。天夺之速,岂吝也耶?若少假行年,涵养盛德,观其才,不在古人下矣。今兹惜哉!

校记

〔一〕 李贺,《旧唐书》卷一百三十七、《新唐书》卷二百零三《艺文下》并有传,而李商隐作《李贺小传》,杜牧作《李长吉歌诗序》,《唐诗纪事》卷四十三、《唐摭言》等均有所记,本传杂取之。"京邑",《唐摭言》卷十作"京华"。《太平广记》卷二百六十五但云"以歌诗著名"。《新唐书》亦取此说。但据孙望先生《漫谈李贺及其与韩愈的关系》一文,李见韩时已十八岁。七岁为《高轩过》说不可信。见《蜗叟杂稿》。

〔二〕 此取《唐摭言》卷十而略去其诗。"《讳辩》"或作"《辩讳》"。

〔三〕 "郎",原作"部",依陆本改。

〔四〕 此见李商隐《李贺小传》。

〔五〕 李贺《开愁歌》:"我当二十不得意,一心愁谢如枯兰。"为辛氏所本。

〔六〕 见《李贺小传》。

〔七〕 此说始于张固《幽闲鼓吹》。《太平广记》卷二百六十五取之,实不足信。杜牧《李长吉歌诗序》引沈子明书云:"贺且死,尝授我平生所著歌诗,离为四编,凡二百三十三首。数年来东西南北,良为已失去。今夕醉解,不复得寐,即阅理箧帙,忽得贺诗前所授我者……贺死后凡十有五年,京兆杜牧为其叙。"今日贺诗俱存,实贺所自定。参看王琦《李长吉歌诗汇解》首卷。《贺集》版本源流见《唐集叙录》。上海古籍出版社《李贺诗歌集注》较适用。

李 涉

涉,洛阳人,渤之仲兄也〔一〕,自号清溪子。早岁客梁园,数逢乱兵,避地南来,乐佳山水,卜隐匡庐香炉峰下石洞间。尝养一白鹿,甚驯狎,因名所居〔二〕白鹿洞。与弟〔三〕渤、崔膺昆季茅舍相接。后徙居终南。偶从陈许辟命从事行军,未几,以罪谪夷陵宰。十年蹭蹬峡中,病疟成痼,自伤羁逐。头颅又复如许。后遇赦得还,赋诗云:"荷蓑不是人间事,归去沧江有钓舟。"遂放船,重来访吴、楚旧游,登天台石桥,望海。得风水之便,挂席浮潇、湘、岳阳。逢张祜话故〔四〕,因盘桓归洛下,营草堂,隐少室。身自耕耘,妾能织纴,稚子供渔樵,拓落生计,伶俜酒乡,罕交人事。大和中,宰相累荐,征起为太学博士,卒致仕〔五〕,妻亦入道。涉工为诗,词意卓荦,不群世俗。长篇叙事,如行云流水,无可牵制,才名一时钦动。初,尝过九江皖口,遇夜客,方跧伏,问:"何人?"曰:"李山人。"豪首曰:"若是,勿用剽夺。久闻诗名,愿题一篇足矣。"涉欣然书曰:"暮雨潇潇江上村,绿林豪客夜知闻。他时不用藏名姓,世上如今半是君。"大喜〔六〕,因以牛酒厚遗,再拜送之。

夫以跅、躠之辈,犹曰怜才,而至宝横道,君子不顾,忍哉!诗集一卷,今传〔七〕。

校记

〔一〕 此依《郡斋读书志》卷四中,《直斋书录解题》卷十九:"《李涉集》一卷　唐国子太学博士李涉撰,渤之弟也。"《新唐书》卷一百一十八《李渤传》"与仲兄涉偕隐庐山",此晁氏所本。《唐诗纪事》卷四十六:"涉,渤之兄也。"

〔二〕 "居"下当补"曰"字。

〔三〕 "弟",原作"兄",依陆本改。

〔四〕 据李涉《岳阳别张祜》诗及《唐诗纪事》。

〔五〕 陆本作"致仕卒"。

〔六〕 见《云溪友议》卷下《江客仁》条。

〔七〕 其集今未见单行。《全唐诗》编诗一卷。

朱　昼

昼，广陵人〔一〕。贞元间，慕孟郊之名，为诗格范相似，曾不远千里而访之，不厌勤苦。体尚奇涩。与李涉友善，相酬唱。昼《古镜诗》云："我有古时镜，初自坏陵得。蛟龙犹泥蟠，魑魅幸月蚀。磨久见菱蕊，青于蓝水色。赠君将照心，无使心受惑。"凡如此警策稍多〔二〕，今传于世〔三〕。

校记

〔一〕　按《唐诗纪事》卷四十一云："昼，元和间进士。"此未记。

〔二〕　"稍多"，四库本作"者颇多"，义似长。

〔三〕　《全唐诗》存诗三首。

贾　岛

岛，字阆仙，范阳人也。初，连败文场，囊箧空甚，遂为浮屠，名无本〔一〕。来东都，旋往京，居青龙寺。时禁僧午后不得出，为诗自伤〔二〕。元和中，元、白变尚轻浅，岛独按格入僻，以矫浮艳。当冥搜之际，前有王公贵人皆不觉，游心万仞，虑入无穷。自称碣石山人〔三〕。尝叹曰："知余素心者，惟终南紫阁、白阁诸峰隐者耳。"嵩丘有草庐，欲归未得，逗留长安。虽行坐寝食，苦吟不辍。尝跨蹇驴张盖，横截天衢，时秋风正厉，黄叶可扫，遂吟曰："落叶满长安。"方思属联，杳不可得，忽以"秋风吹渭水"为对，喜不自胜，因唐突大京兆刘栖楚，被系一夕，旦释之〔四〕。后复乘闲策蹇访李馀〔五〕幽居，得句云："鸟宿池中树，僧推月下门。"又欲作"僧敲"，炼之未定，吟哦，引手作推敲之势，旁观亦讶。时韩退之尹京兆，车骑方出，不觉冲王第三节，左右拥到马前；岛具实对未定"推敲"，神游象外，不知回避。韩驻〔六〕久之，曰："敲字佳。"遂并辔归，共论诗道，结为布衣交，遂授以文法，去浮屠，举进士〔七〕。愈赠诗云："孟郊死葬北邙山，日月风云顿觉闲。天恐文章浑断绝，再生贾岛在人间。"〔八〕自此名著。时新及第，寓居法乾无可精舍，姚合、王建、张籍、雍陶，皆琴樽之好。一日，宣宗微行至寺，闻钟楼上有吟声，遂登，于岛案上取卷览之，岛不识，因作色，攘臂睨而夺取之曰："郎君鲜醲自足，何会此耶？"帝下楼去。既而觉之，大恐，伏阙待罪，上讶之。他日，有中旨令与一清官谪去者〔九〕，乃授遂州长江主簿，后稍迁普州司仓。临死之日，家无一钱，惟病驴、古琴而已。当时谁不爱其才而惜其命薄。岛貌清意雅，谈玄抱佛，所交悉尘外之人。况味萧条，生计峾峿。自题曰："二句三年得，一吟双泪流。知音如不赏，归卧故山秋。"每至除夕，必取一岁所作置几上，焚香再拜，酹酒祝曰："此吾终年苦心也。"痛饮长谣而罢。今集十卷，并《诗格》一卷传于世〔一〇〕。

校记

〔一〕 《新唐书》卷一百七十六《韩愈传》附《贾岛传》云："初为浮屠，名无本。"《唐诗纪事》卷四十从之，疑辛说误。

〔二〕 见本传。

〔三〕 贾岛《题青龙寺》(《诗集》卷十)："碣石山人一轴诗，终南山北数人知。"辛氏所本。

〔四〕 此据《唐摭言》卷十一。

〔五〕 "李馀"，陆本作"李凝"，与《诗集》卷四合，《唐诗纪事》作"李款"，李嘉言《长江集新校》以为当从《纪事》。

〔六〕 "驻"下四库本有"马"字。本传云："当其苦吟，虽逢值公卿贵人，皆不之觉也。一日见京兆尹，跨驴不避，呼诘之，久乃得释。"辛氏取

《刘宾客嘉话》之说及《鉴诫录》卷八《贾怍旨》条。指韩愈。疑此本一事，《摭言》云刘栖楚，《嘉话》云韩愈。《唐诗纪事》亦以为一事，用"或曰"以表异文。《苕溪渔隐丛话前集》卷十九引《缃素杂记》可参看。

〔七〕 此从本传之说，与篇首自相矛盾。

〔八〕 此诗不见《韩集》，苏轼谓"世俗无知者所托"。钱仲联《韩昌黎诗系年集释》卷十二有辨正。《唐诗纪事》亦注"或曰非退之诗"。

〔九〕 "者"上四库本有"主"字，属下为句。此事本传云"文宗时，坐飞谤"，《唐摭言》云武宗，辛氏从《嘉话录》之说。参见《鉴诫录》卷八《贾怍旨》条。

〔一〇〕 其集今存，版本源流见《唐集叙录》。李嘉言新校本较好。

庄南杰

南杰，与贾岛同时，曾从受学。工乐府杂歌，诗体似长吉，气虽壮逷，语过镌凿，盖其天资本劣，未免按抑，不出自然，亦一好奇尚僻之士耳。集二卷，今行〔一〕。

校记

〔一〕 《庄南杰集》见《直斋书录解题》卷十九，今佚。《全唐诗》及《补遗》诗共九首，李嘉言《全唐诗辨证》又考出十五首。

张 碧

碧，字太碧，贞元间举进士，累不第〔一〕，便觉三山跬步，云汉咫尺。初，慕李翰林之高躅，一杯一咏，必见清风，故其名字。皆亦逼似，如司马长卿希蔺相如为人也。天才卓绝，气韵不凡。委兴山水投闲吟酌，言多野意，俱状难摹之景焉。有《歌行集》二卷传世。子瀛。

校记

〔一〕 按,本书卷十张碧子瀛"事广南刘氏,官至曹郎"(又见《诗话总龟》卷十一引《雅言系述》)。《直斋书录解题》卷十九云其"集中有《览贯休上人诗》",碧当为晚唐人。辛氏盖依《新唐书·艺文志》注"贞元人"三字推想当然,不足为据。其诗集已佚,仅《全唐诗》存诗十六首。可参见拙著《读常见书札记》。《唐诗纪事》卷四十五引孟东野《读张碧集》,又引张碧自序其诗云"碧常读《李长吉集》"云云,孟郊卒于元和九年,《李贺诗集》编成于大和五年,其间相去三十八年,其非韩愈同时之孟郊,自不待辩矣。

朱　放

放,字长通,南阳人〔一〕也。初居临汉水,遭岁馑,南来卜隐剡溪、镜湖间,排青紫之念,结庐云卧,钓水樵山。尝着白接䍦,鹿裘笋屦,盘桓酒家。时江、浙名士如林,风流儒雅,俱从高义。如皇甫兄弟,皎、彻上人,皆山人良友也。大历中,嗣曹王皋镇江西,辟为节度参谋,有《别同志》曰:"潺湲寒溪上,自此成离别。回首望归人,移舟逢暮雪。频行识草树,渐老伤年发。唯有白云心,为向东山月。"未几,不乐鞅掌,扁舟告还。贞元二年,诏举韬晦奇才,诏下〔二〕聘礼,拜左拾遗,不就,表谢之。忘怀得失,以此自终。放工诗,风度清越,神情〔三〕萧散,非寻常之比。集二卷,今行于世〔四〕。

校记

〔一〕《唐诗纪事》卷二十六据《新唐志》云"襄州人"。《郡斋读书志》作"仿"。

〔二〕 "诏下",四库本作"特下",义长。事据《新唐志》。

〔三〕 "神情",原作"神精",依陆本改。

〔四〕 其集今佚，《全唐诗》编诗一卷。

羊士谔

士谔，贞元元年礼部侍郎鲍防下进士。顺宗时，累至宣歙巡官。王叔文所恶[一]，贬汀州宁化尉。元和初，宰相李吉甫知奖，擢为监察御史，掌制诰。后以与窦群、吕温等诬论宰执，出为资州刺史。士谔工诗，造妙《梁选》，作皆典重。早岁尝游女几山，有卜筑之志。勋名相迫，不遂初心。有诗集行于世[二]。

校记

〔一〕 "王"上四库本有"为"字，义较显豁。《唐诗纪事》卷四十三："《顺宗实录》云：元年六月，贬宣歙巡官羊士谔为汀州宁化县尉，士谔性倾险，时以公事至京，遇叔文用事，朋党相煽，颇不能平。公言其非。叔文闻之，怒，欲下诏斩之。执谊不可；则令杖杀之，又不可；遂贬焉。由是叔文始大恶执谊。士谔受知李吉甫，又最善吕温，荐为御史，终为资州刺史。"此传基本据《郡斋读书志》卷四上。

〔二〕 其集单行已佚，《全唐诗》编诗一卷。

姚 系

系，河中人。贞元元年进士。与韦应物同时[一]。有诗名，工古调，善弹琴，好游名山，希踪谢、郭，终身不言禄，禄亦不及之也。乃[二]林栖谷隐之士，往还酬酢，兴趣超然。弟伦，诗亦清丽，有集并传[三]。

校记

〔一〕 《唐诗纪事》卷二十七录有韦苏州《送系还河中》诗。此处与韦同时说当即据韦诗为证。《纪事》仅录姚诗五首及韦赠诗一首，未言其中进士事,此处未知何据。

〔二〕 "乃",四库本作"与"义长。

〔三〕 姚系、姚伦集未见著录,《全唐诗》存诗系十首,伦二首。

曲信陵

信陵,贞元元年郑全济榜及第,仕为舒州望江县令卒[一]。工诗,有集一卷,今传[二]。

校记

〔一〕 《唐诗纪事》卷三十五录白居易《感遇》诗云:"我闻望江县。曲令抚惸嫠。在官有仁政。名不闻京师。身殁欲归葬,百姓遮路歧。攀辕不得去,留葬此江湄。至今道其名,男女涕皆垂。无人立碑碣,唯有邑人知。"可知其为循吏,惜史未立传。此传用《郡斋读书志》卷四上之文。洪迈《容斋五笔》卷七《书曲信陵事》,可参阅。

〔二〕 其集已佚,《全唐诗》存诗六首。

张 登

登,初隐居,性刚洁,幅巾短褐,交友名公。后就辟,历卫府参谋,迁廷尉平[一]。久之,拜监[二]御史。贞元中,改河南士曹掾,迁殿中侍御史,潭州刺史[三]退居告老。尝晚春乘轻车出南熏门,抵暮,诣宜春门入,关吏捧牌请书官位,登醉题曰:"闲游灵沼送春回,关吏何须苦见猜!八十老翁无品秩,三曾身到凤池来。"[四]其狷迁[五]如此。数年,坐公累被劾,吏议捃摭,不堪,感疾而卒。有集六卷,权德舆为序云[六]。

校记

〔一〕 "廷尉平",原作"延尉平",依日本正保本改。按此传首尾取自权德舆《唐故漳州刺史张君集序》(《权载之文集》卷三十三):"清河张登刚洁介特。不趋和从俗,循性属词,发为英华;秉直好静,居多隐约　始以中褐辟,历街佐、廷尉平、监察御史。罢去家居,以荐延改河南士曹掾,满岁,计相表为殿中侍御史,董赋于江南,无何,授漳州刺史。居七年,坐公事受刻,吏议侵诬,胸臆约结,感疾不起。悲夫!""廷尉平","大理寺"之古称。

〔二〕 "监"下四库本有"察"字,是。

〔三〕 "潭",四库本作"漳",《新唐书·艺文志》亦作"漳州"。陆本作"漳州",当从。此传至此全用《郡斋读书志》卷四中之文,晁亦作漳州。

〔四〕 按此为宋退傅张士逊诗,辛氏误。盖因《增修诗话总龟》卷十七引《古今诗话》或误为"退傅张登",辛氏不察而致误,张士逊亦称张邓公,转抄脱误。"诣",原作"指",依陆本改。

〔五〕 "迁",原作"迫",依陆本改。

〔六〕 《张登集》六卷,《新唐书》、《郡斋读书志》均著录,今佚,《全唐诗》存诗七首。

令狐楚

楚,字悫士,敦煌人也〔一〕。五岁能文章。贞元七年尹枢榜进士及第。时李说、严绶、郑儋继领太原,高其才行,引在幕府,由掌书记至判官。德宗喜文,每省太原奏疏,必能辨楚所为,数称美之。宪宗时,累擢知制诰。皇甫镈荐为翰林学士,迁中书舍人,拜中书侍郎同平章事。楚工诗,当时与白居易元稹、刘禹锡唱和甚多。有《漆奁集》一百三十卷行于世。自称曰白云孺子〔二〕。

校记

〔一〕 按《旧唐书》卷一百七十二本传云:"自言国初十八学士德棻

之裔。"《新唐书》卷一百六十六直云"德棻之裔",《唐诗纪事》卷四十二从之。楚之行历,详见《唐书》本传。

〔二〕 其集今佚,《全唐诗》编诗一卷。

杨巨源

巨源,字景山,蒲中人。贞元五年刘太真下第二人及第。初为张弘靖从事,拜虞部员外郎,后迁太常博士、国子祭酒。大和中为河中少尹,入拜礼部郎中。巨源才雄学富,用意声律,细抱得无穷之源,缓有愈隽永之味。长篇刻琢,绝句清泠,盖得于此而失于彼者矣。有诗一卷,行于世[一]。

校记

〔一〕 杨巨源,两《唐书》无传,《唐诗纪事》卷三十五录其诗多首,但云:"巨源字景山,大中(疑误)为河中少尹。""巨源后拜省郎,乐天复以诗贺。""巨源在元和时,诗韵不为新语,体律务实,工夫颇深,旦暮吟咏不辍,年老头摇,人言吟诗所致。"其集今佚,《全唐诗》编诗一卷。"清泠",陆本作"清泠"。《郡斋读书志》卷四上作"杨巨济"。

马 逢

逢,关中人。贞元五年卢顼榜进士,佐镇戎幕府。尝从军出塞,得诗名,篇篇警策。有集今传[一]。

校记

〔一〕 其集今佚,《全唐诗》仅存诗五首。

王 涯

涯,字广津。贞元八年贾棱榜及第。博学工文,尤多雅思。

梁肃异其才，荐于陆贽。又举宏辞。宪宗时，知制诰，翰林学士，俄拜中书侍郎平章事。长庆中，节度剑南，召为御史大夫，迁户部尚书，监盐铁使，进仆射。涯榷盐苛急，百姓怨之。及甘露祸起就诛，悉诟骂，投以瓦砾，须臾成堆。性啬，不蓄妓妾，家财累巨万，尝布衣蔬食。酷好前古名书名画，充积左右。有不可得，必百计倾陷以取之。及家破，往来人得卷轴，皆剔取衮盒金玉牙锦，馀弃道途，车马践踏，悉损污矣，惜哉！善为诗，风韵遒然，殊超意表。集十卷，今传〔一〕。

《否》、《泰》递复〔二〕，盈虚消息，乃理之常。夫物盛者，衰之渐也；散者，积之极也。有能终满而不覆者乎？况图书入变化之际，神物所深忌者焉。前修耽玩成癖，往往杀身，犹非剽剥而至也。王涯掊克聚敛，以邀穹爵；逼孤凌弱，以积珍奇。知己之利，忘人之害。至于天夺其魄，鬼瞰其家，一旦飘零，殊可长叹！孟子曰：盆成括死矣。传曰："货悖而入者，亦悖而出。"不亦宜哉！庶来者之少戒云。

校记

〔一〕 按，此传截自《旧唐书》卷一百六十九、《新唐书》一百七十九本传。《唐诗纪事》卷四十二录其诗较多。其集今佚。《全唐诗》编诗一卷。"衮盒"陆本作"衮轴"与"剔取"意合。

〔二〕 "递复"，四库本作"《姤》《复》"皆卦名。

韩　愈

愈，字退之，南阳人。早孤，依嫂读书，日记数千言。通百家。贞元八年，擢第。凡三诣光范上书。始得调。董晋表署宣武节度推官。汴军乱，去依张建封，辟府推官。迁监察御史，上疏论宫市。德宗怒，贬阳山令。有善政，改江陵法曹参军。元和中，为国子博士，河南令。愈才高难容。累下迁，乃作《进学解》以自谕。执政奇其才，转考功，知制诰，进中书舍人。裴度宣慰淮西，奏为行军司马，贼平，迁刑部侍郎。宪宗遣使迎佛骨入禁中，因上表极谏。帝大怒，欲杀，裴度、崔群力救，乃贬潮州刺史。任后上表[一]，陈情哀切，诏量移袁州刺史。召拜国子祭酒，转兵部侍郎，京兆尹兼御史大夫。长庆四年卒[二]。

公英伟间生，才名冠世。继道德之统，明列圣之心，独济狂澜，词彩灿烂。齐、梁绮艳，毫发都捐。有冠冕佩玉之气，宫商金石之音，为一代文宗，使颓纲复振，岂易言也哉！固无辞足以赞述云。至若歌诗累百篇，而驱驾气势，若掀雷走电，撑决于天地之垠。词锋学浪[三]，先有定价也。时功曹张署亦工诗，与公同为御史，又同迁谪，唱答见于集中。有诗赋杂文等四十卷，行于世[四]。

校记

〔一〕《旧唐书》云："愈至潮阳上表曰"，《新唐书》云："既至潮以表哀谢"，句上当前补一"至"或"到"字。

〔二〕 此传载自《旧唐书》卷一百六十、《新唐书》卷一百七十六，而未取两书之评论。《唐诗纪事》卷三十四列有简略之年谱，足见推重。

〔三〕 "浪"，四库本作"殖"。

〔四〕 《韩集》版本流传可参考《唐集叙录》。韩诗以钱仲联《韩昌黎诗系年集释》为详悉。

柳宗元

宗元，字子厚，河东人。贞元九年苑论榜第进士，又试博学宏辞,授校书郎。调蓝田县尉。累迁监察御史里行。与王叔文、韦执谊善,二人引之谋事,擢礼部员外郎,欲大用。值叔文败,贬邵州刺史,半道,有诏贬永州司马。遍贻朝士书言情,众忌其才,无为用心者[一]。元和十年,徙柳州刺史。时刘禹锡同谪,得播州。宗元以播非人所居,且禹锡母老,具奏以柳州让禹锡而自往播;会大臣亦有为请者,遂改连州。宗元在柳,多惠政。及卒,百姓追慕,立祠享祀,血食至今。公天才绝伦,文章卓伟,一时辈行,咸推仰之。工诗,语意深切,"发纤秾于简古,寄至味于澹泊,非馀子所及也"[二]。司空图论之曰:"梅止于酸,盐止于咸,饮食不可无,而其美常在于酸咸之外。"[三]"可以一唱而三叹也。子厚诗在陶渊明下,韦应物上。退之豪放奇险则过之,而温厉靖深不及也。"今诗赋杂文等三十卷传于世[四]。

校记

〔一〕 以上截自《新唐书》卷一百六十八本传,《旧唐书》卷一百六十及《唐诗纪事》卷四十三均较略。

〔二〕 此段议论取自《苕溪渔隐丛话前集》卷十九,可参阅。

〔三〕 司空图语见《唐诗纪事》卷六十三引《与李生论诗》。非专论柳者,辛氏截取其大概,而改用"之"字,易生误会。

〔四〕 柳集版本见《唐集叙录》。

陈 羽

羽,江东人。贞元八年,礼部侍郎陆贽下第二人登科,与韩愈、王涯等共为龙虎榜。后仕历东宫卫佐。羽工吟,与灵一上人交游唱答。"写难状之景,了了目前;含不尽之意,皎皎言外(言)"[一]。如《自遣诗》云:"稚子新能编笋笠,山妻旧解补荷衣。秋山隔岸清猿叫,湖水当门白海飞。"此景何处无之,前后谁能道者?二十八字,一片画图,非造次之谓也。警句甚多,有集传于世[二]。

校记

〔一〕 此梅圣俞论诗之语也,载欧阳修《六一诗话》,原文作"状难写之景,如在目前;含不尽之意,见于言外",辛氏本之。

〔二〕 按陈羽,两《唐书》无传,《唐诗纪事》卷三十五仅言其与韩愈同榜,且录其《送戴端公赴容州》诗,戴叔伦贞元初赴容州,陈羽有诗送,计其年稍长于韩愈。羽《酬幽居闲上人喜及第后见赠诗》云"四十年间岂足惊",则及第年已四十,可证长于韩也。《陈集》今不传,《全唐诗》编诗一卷。

刘禹锡

禹锡,字梦得,中山人。贞元九年进士,又中博学宏词科,工文章。时王叔文得幸,禹锡与之交,尝称其有宰相器。朝廷大议,多引禹锡及柳宗元与议禁中[一]。判度支盐铁案,凭借其势,多中伤人。御史窦群劾云挟邪乱政,即日罢。宪宗立,叔文败,斥朗州司马。州接夜郎,俗信巫鬼,每祀,歌《竹枝》,鼓吹俄延,其声伧儜。禹锡谓屈原居沅、湘间作《九歌》,使楚人以迎送神,乃倚声作《竹枝辞》十篇,武陵人悉歌之[二]。始坐叔文贬者,虽赦不原。宰相哀其才且困,将澡濯[三]用之,乃悉诏补远州刺史,谏官奏罢之。时久落魄,郁郁不自抑,其吐辞多讽,托远意,感权臣,而憾不释。久之召还,欲任南省郎[四],而作《玄都观看花君子诗》,语讥忿,当路不喜,又谪守播州,中丞裴度言"播猿狖所宅,且其母年八十馀,与子死决,恐伤陛下孝治",请稍内迁,乃易连州,又徙夔州。后由和州刺史,入为主客郎中。至京后,游玄都,咏诗,且言:"始谪十年还辇下,道士种桃,其盛若霞;又十四年而来,无复一存,唯兔葵燕麦动摇春风耳。"权近闻者,益薄其行。裴度荐为翰林学士,俄分司东都,迁太子宾客。会昌时,加检校礼部尚书卒。公恃才而放,心不能平,行年益晏,偃蹇寡合,乃以文章自适。善诗,精绝。与白居易酬唱颇多,尝推为"诗豪",曰:刘君诗,在处有神物护持。有集四十卷,今传[五]。

校记

〔一〕 按《旧唐书》卷一百六十、《新唐书》卷一百六十八此处有"转(《新书》作擢)屯田员外郎"一官,当补。《唐诗纪事》卷三十九作"擢度支员外郎",《刘宾客文集·外集》卷九《子刘子自传》作"改屯田员外郎"。

〔二〕 此说据两《唐书》,然实未审《竹枝词》本文及序末所云"后之聆《巴渝》知变风之自焉"一语。盖《竹枝词》实为夔州时作,故首句即云"白帝城头春草生"也。

〔三〕 "擢"字依陆本补。

〔四〕 "欲"上当依《唐书》及《纪事》补"宰相"二字,非欲任刘为南省郎,刘诗盖讽宰相任私人也。

〔五〕 《刘集》版本见《唐集叙录》。

孟 郊

郊,字东野,洛阳人[一]。初隐嵩山,称处士。性介不谐合,韩愈一见为忘形交,与唱和于诗酒间。贞元十二年李程榜进士,时年五十矣,调溧阳尉。县有投金濑、平陵城,林薄蓊翳,下有积水。郊间往坐水傍,命酒挥琴,裴回赋诗终日,而曹务多废。县令白府,以假尉代之,分其半俸[二]。辞官家居,李翱分司洛中,日与谈燕,荐于兴元节度使郑馀庆,遂奏为参谋,试大理评事〔三〕,馀庆给钱数万营葬,仍赡其妻子者累年;张籍谥为贞曜先生,门人远赴心丧。郊拙于生事,一贫彻骨,裘褐县结,未尝俛眉为可怜之色。然好义者更遗之。工诗,大有理致,韩吏部极称之。多伤不遇。年迈家空,思苦奇涩,读之每令人不惧,如:"借车载家具,家具少于车。"如《谢炭》〔四〕云:"吹霞弄日光不定,暖得曲身成直身。"如:"愁人独有夜烛见,一纸乡书泪滴穿。"如《下第》云"弃置复弃置,情如刀剑伤"之类,皆哀怨清切,穷入冥搜。其《初登第》〔五〕吟曰:"昔日龌龊不足嗟,今朝旷荡恩无涯。春风得意马蹄疾,一日看尽长安花。"当时议者亦见其气度窘促,卒飘沦薄宦,诗谶信有之矣。"天实为之,谓之何哉!"李观论其诗曰"高处在古无上,平处下顾二谢"〔六〕云。时陆长源工诗,相与来往,篇什稍多。亦佳作也。有《咸池集》十卷,行于世〔七〕。

校记

〔一〕 《旧唐书》卷一百六十未言籍贯,《新唐书》卷一百七十六云"湖州武康人",《唐诗纪事》卷三十五、《郡斋读书志》卷四上亦云"湖州人"。《孟东野诗集》卷三有《湖州取解述情》,当以湖州为是,此云洛阳人,不知何据。《诗集》署"平昌孟郊",平昌指的是孟氏郡望。

〔二〕 此用《新唐书》,"不谐合"陆本依《新唐书》改为"少谐合"。

〔三〕 《新唐书》、《旧唐书》、《唐诗纪事》均不言"试大理评事"一职,惟《诗集》署"山南西道节度参谋试大理评事平昌孟郊"。《诗集》为宋敏求所编定,想必有据。

〔四〕 《诗集》卷九题为《答友人赠炭》。

〔五〕 《诗集》卷三题为《登科后》,此诗前人(见《苕溪诗话》卷七)多疑为伪作,或以为宋人郑獬诗。

〔六〕 见《唐摭言》卷六李翱《荐所知于徐州张仆射书》。

〔七〕 《孟集》版本见《唐集叙录》。

戴叔伦

叔伦,字幼公,润州金坛人。师事萧颖士为门生[一]。赋性温雅,善举止,能清谈,无贤不肖,相接尽心。工诗。贞元十六年陈权榜进士[二]。尝在租庸幕下数年,夕惕匪怠。吏部尚书刘公与祠部员外郎张继书博访选材,日揖宾客,叔伦投刺,一见称心,遂就荐[三]。累迁抚州刺史,政议[四]龚、黄,民乐其治。园扉寂然,鞫为茂草。诏书褒美,封谯县[五]男,加金紫。后迁容管经略使,威名益振,治亦清明,仁恕多方,所至称最。德宗赋《中和节诗》,遣使者宠赐,世以为荣。还,上表请为道士,未几卒[六]。叔伦初以淮、汴寇乱,鱼肉江上,携亲族避地来鄱阳。肄业勤苦,志乐清虚,闭门却扫,与处士张众甫、朱放素厚,范、张之期,曾不虚月。诗兴悠远,每作惊人。有《述稿》十卷,今传于世[七]。

校记

〔一〕《新唐书》卷一百四十三、《唐诗纪事》卷二十九均作"为门人冠",当从。

〔二〕 按《文苑英华》卷九百五十二权德舆《朝散大夫容州刺史戴公墓志铭》云载叔伦卒于贞元五年。此云贞元十六年登第大误。《登科记考》卷十四仍而不察,可怪也。

〔三〕 按《唐诗纪事》卷二十九引高仲武之言云:"吏部尚书刘公《与祠部员外张继书》云:'山博访选材,揖对宾客,如戴叔伦',其见推如此。"与此异。

〔四〕 "议",陆本作"拟",似胜。

〔五〕 "县",原作"郡",依陆本改。

〔六〕 按《新唐书》云:"代还,卒于道。"《墓志铭》云:"以疾受代……次于清远峡而薨。"均与此异。《唐摭言》卷八"入道"云:"戴叔伦贞元中罢容管都督,上表请度为道士。"《郡斋读书志》卷四中云:"代还请为道士,未几卒。"辛氏盖据此。

〔七〕 《新唐书·艺文志》著录"戴叔伦《述稿》十卷",然其集今佚,《全唐诗》编诗二卷。

张仲素

仲素,字绘之〔一〕。贞元十四年李随榜进士,与李翱、吕温同年。以中朝无援,不调,潜耀久之。复中博学鸿辞,始任武康军从事。贞元二十年,迁司勋员外郎,除翰林学士。时宪宗求卢纶诗文遗草,勅仲素编集进之。后拜中书舍人。仲素能属文,法度严确。魏文帝有云:文以意为主,以气为辅,以词为卫〔二〕。此言得之矣。其每词未达而意先备也。善诗,多警句。尤精乐府,往往和在宫商,古人有未能虑者。集一卷,及《赋枢》三卷,今传〔三〕。

校记

〔一〕 按,张仲素两《唐书》均无传。《唐诗纪事》卷四十二云:"仲素字绘之,建封主子。宪宗以仲素、段文昌为翰林学士。韦贯之曰:'学士所以备顾问,不宜专取辞艺。'罢之,后终中书舍人。"《唐书·张建封传》仅云有子名愔,不知计氏何据而云,辛氏不取此说,是。

〔二〕 查《全魏文》未见此语。杜牧《樊川集》卷十三《答庄充书》云:"凡为文以意为主,以气为辅,以辞彩章句为之兵卫。"《后山诗话》曰:"魏文帝曰:'文以意为主,以气为辅,以辞为卫。'"误以杜牧语为曹丕,辛氏仍之。

〔三〕 按其集今亡,《全唐诗》编诗一卷,仅存三十九首。

吕 温

温,字和叔,河中人。初从陆贽治《春秋》,梁肃为文章。贞元十四年李随榜及第〔一〕。中宏辞。与王叔文厚善,骤迁左拾遗,除侍御史。使吐蕃,留不得遣弥年。温在绝域,常自悲惋。元和元年还,进户部员外郎。与窦群、羊士谔相爱。群为中丞,荐温为御史,宰相李吉甫持久不报。会吉甫病,夜召术士,群等因奏之,事见《群传》。上怒,贬均州,再贬道州刺史,诏徙衡州,卒官所〔二〕。温藻翰精赡,一时流辈咸推尚。性险躁谲怪而好利。今有集十卷,行于世〔三〕。

校记

〔一〕《旧唐书》卷一百三十七:"温字化光,贞元末登进士第。"《新唐书》卷一百六十:"温字和叔,一字化光。从陆质治《春秋》,梁肃为文章。贞元末,擢进士第。"按两《唐书·陆贽传》并不言贽治《春秋》。而《陆质传》:"吴郡人,本名淳,避宪宗名改之。质有经学,尤深于《春秋》,少师事杨匡,匡师啖助。"(卷一百八十九下)《新唐书》云:"陆质字伯冲……世居吴。明《春秋》,师事赵匡,匡师啖助,质尽传二家学……宪宗为太子,诏侍读。质本名淳,避太子名,故改。"《新唐书·艺文志》著录"陆质集注《春秋》二十卷,又集传《春秋纂例》十卷。《春秋微旨》二卷、《春秋辨疑》七卷"。《四库全书总目经部·春秋类》一著录陆淳"《春秋集传纂例》十卷、《春秋微旨》三卷、《春秋集传辨疑》十卷"。故知传《春秋》者当为陆质(即陆淳)而非陆贽。辛氏致误之由,当因刘禹锡《唐故衡州刺史吕君集纪》(《刘宾客文集》卷十九)有"又师吴郡陆贽通《春秋》"之语,《文苑英华》卷七〇五同,惟于陆贽下注"《文粹》作李质"(中华书局影印本三六三六页)。陆贽为苏州嘉兴人,而陆质原名陆淳,改名为质,非若陆贽之有名,因未细考而致误也。陆本径依《唐书》改为"质"。吕温登第之年,两《唐书》言"贞元末",按之本传行历,扞格难通。《郡斋读书志》卷四上云"贞元十四年进士",为辛氏所本。《唐诗纪事》卷四十三云"字和叔,一字化光。礼部侍郎渭之子。贞元中,连中两科。德宗召为集贤校书。后为治书侍御史。坐王叔文,贬道州,改衡州。年四十而殁,有子安衡。"其言及第在贞元中,与辛氏合。

〔二〕 吕温之贬,辛氏据两《唐书》为可信。《唐诗纪事》以为坐王叔文党乃想当然之词,不足为据。"均",原作"筠",依陆本改。

〔三〕 《吕和叔文集》今存,版本源流见《唐集叙录》。

张　籍

籍,字文昌,和州乌江人也[一]。贞元十五年,封孟绅榜及第。授秘书郎,历太祝,除水部员外郎。初至长安,谒韩愈,一会如平生欢。才名相许,论心结契。愈力荐,为国子博士。然性狷直,多所责讽于愈,愈亦不忌之。时朝野名士皆与游[二],如王建、贾岛、于鹄、孟郊诸公集中,多所赠答,情爱深厚。皆别家千里,游宦四方,瘦马羸童,青衫乌帽,故每邂近于风尘,必多殷勤之思,衔杯命素[三]又况于同志者乎?声调相似,况味颇同。公于乐府古风,与王司马自成机轴,绝世独立。自李、杜之后,《风雅》道丧。至元和中,暨元、白歌诗,为海内宗匠,谓之元和体,病格稍振,无愧洪河砥柱也[四]。乐天赠诗曰:"张公何为者?业文三十春。尤工乐府词,举代少其伦。"仕终国子司业。有集七卷,传于世[五]。

校记

〔一〕 《新唐书》卷一百七十六:"张籍者,字文昌,和州乌江人。"为辛氏所本。《旧唐书》卷一百六十未言籍贯。《唐诗纪事》卷三十四云:"籍,字文昌,和州人。历水部员外郎,终主客郎中。"韩愈《张中丞传后序》称"吴郡张籍",王安石《题张司业集》亦称"苏州司业",疑其祖贯为苏州,后为和州乌江人。

〔二〕 以上内容约取材于《新唐书》。登第年依《郡斋读书志》卷四上。"欢",原作"叹"依正保本改。

〔三〕 "命素",四库本作"酬唱"。

〔四〕 元和体之名始见唐李肇《国史补》卷下:"元和已后,为文笔则学奇诡于韩愈,学苦涩于樊宗师;歌行则学流荡于张籍;诗章则学矫激于孟郊,学浅切于白居易,学淫靡于元稹:俱名为元和体。"李肇以元和体为贬义,辛氏则大加褒扬,盖本于《旧唐书》卷一百六十六《元稹白居易传》:"稹聪慧绝人,年少有才名,与太原白居易友善。工为诗,善状咏风态物色,当时言诗者称元白焉。自衣冠士子,至闾阎下俚,悉传讽之,号为元和体。""赞曰:文章新体,建安、永明。沈、谢既往,元、白挺生。""暨"陆本作"叶"。

〔五〕 张籍仕终国子司业,两《唐书》均然,故集亦称《张司业集》,而《唐诗纪事》谓"终主客郎中",不知何据。张籍集今存,版本源流见《唐集叙录》。

雍裕之

裕之,蜀人,有诗名。贞元后,数举进士不第,飘零〔一〕四方。为乐府,极有情致。集一卷,今传〔二〕。

校记

〔一〕 "飘零",四库本作"飘蓬",似胜。

〔二〕 雍裕之,两《唐书》无传,《唐诗纪事》卷五十二仅云:"贞元后诗人也。"《直斋书录解题》卷十九云"未详何时人"。集今不传,《全唐诗》编诗一卷。

权德舆

德舆,字载之,秦州人〔一〕。未冠,以文章称诸儒间。韩洄黜陟河南,辟置幕府。复从江西观察使李兼府为判官。德宗闻其材,召为太常博士,改左补阙[二]。中间累上书直言,迁起居舍人。贞元十五年,知制诰,进中书舍人[三]。宪宗初,历兵部侍郎、太子宾客。以陈说谋略多中,元和五年,自太常卿拜礼部尚书同中书门下平章事。德舆善辩论,开陈古今,觉悟人主。为辅相,尚宽,不甚察察。封扶风郡公。德舆能赋诗,工古调乐府,极多情致;积思经术,无不贯综,手不释卷。虽动止无外饰,其蕴藉风流,自然可慕。贞元、元和间为荐绅羽仪[四]。有文集,今传,杨嗣复为序[五]。

校记

〔一〕《旧唐书》卷一百四十八云"天水略阳人"。《新唐书》卷一百九十四《权皋传》(德舆父)云:"权皋字士繇,秦州略阳人,徙润州丹徒。"则德舆实长于江南而非西北。

〔二〕 以上全节取《新唐书》卷一百六十五《权德舆传》。

〔三〕《旧唐书》云:"十年,迁起居舍人,岁中兼知制诰。"《新唐书》未书何年。《唐诗纪事》卷三十一但云"元和中为相",未言贞元间官历。此云"贞元十五年",不知何据。

〔四〕 此数语亦节自《新唐书》。

〔五〕 其集今存,版本源流见《唐集叙录》。

长孙佐辅

佐辅,朔方人。举进士下第,放怀不羁。弟公辅,贞元间为吉州刺史,遂往依焉。后卒不宦,隐居以求志。然风流酝藉,一代名儒。诗格词情,繁缛不杂,卓然有英迈之气。每见其拟古乐府数篇,极怨慕伤感之心,"如水中月,如镜中相,言可尽而理无穷也"[一]。集今传[二]。

校记

〔一〕 此严羽《沧浪诗话·诗辨》论盛唐诗之语,原文作"如空中之音,相中之色,水中之月,镜中之象,言有尽而意无穷"。辛氏出此。

〔二〕 长孙佐辅,两《唐书》无传,《唐诗纪事》卷四十仅云:"佐辅,德宗时人,弟公辅为吉州刺史,往依焉。"《直斋书录解题》卷十九引此前冠"《百家诗选》云"后云"当必有据也"。其诗集名《古调集》,今佚。《全唐诗》仅存诗十七首。

杨　衡

衡,字中师,雩人。天宝间避地西来,与符载、李群、李渤同隐庐山〔一〕,结草堂于五老峰下,号"山中四友"。日以琴酒寓意,云月遣怀。衡诗工苦于声韵奇拔,非常格敢窥其涯涘。尝吟罢,自赏其作,抵掌大笑,长谣曰:"一一鹤声飞上天!"谓其响彻如此,人亦叹伏。试大理评事。往来多山僧道士,为方外之期。诗一卷,今传于世〔二〕。

校记

〔一〕 杨衡,两《唐书》无传。李渤生于大历六年,此云"天宝间"同隐,必误。《唐诗纪事》卷五十一仅云:"衡与符载、崔群隐庐山,号'山中四友'。"又于符载条云:"符载字厚之,蜀人,有奇才,始于杨衡、宋济习业青城山,衡擢第。""或云:载始隐庐山,不为章句学,贞元中,李巽为江西观察,荐其材。"其时代略与韩愈同。《唐摭言》卷二:"合淝李郎中群,始与杨衡、符载等同隐庐山。号'山中四友'。"而李群时代与符载等不相及,故陆本依《唐诗纪事》作崔群。

〔二〕 其集今佚,《全唐诗》编诗一卷。

唐才子传校正卷第六

白居易

居易，字乐天，太原下邽人[一]。弱冠，名未振，观光上国，谒顾况。况，吴人，恃才，少所推可，因谑之曰："长安百物皆贵，居大不易！"及览诗卷，至"离离原上草，一岁一枯荣，野火烧不尽，春风吹又生"，乃叹曰："有句如此，居天下亦不难，老夫前言戏之尔。"[二]贞元十六年，中书舍人高郢下进士、拔萃皆中[三]，补校书郎。元和元年，作乐府及诗百馀篇，规讽时事，流闻禁中，上悦之，召拜翰林学士[四]，历左拾遗。时盗杀宰相[五]，京师汹汹，居易首上疏，请亟捕贼。权臣有嫌其出位，怒[六]，俄有言居易母堕井死而赋《新井篇》，言既浮华，行不可用，贬江州司马。初以勋庸暴露不宜，实无他肠，怫怒奸党，遂失志，亦能顺[七]所遇，托浮屠死生说忘形骸者。久之，转中书舍人，知制诰。河朔乱，兵出无功，又言事不见听，乞外除为杭州刺史[八]。文宗立，召迁刑部侍郎。会昌初，致仕，卒。居易累以忠鲠遭摈，乃放纵诗酒。既复用，又皆幼君，仕情顿尔索寞，卜居履道里，与香山僧如满等结净社，疏沼种树，构石楼[九]，凿八节滩，为游赏之乐，茶铛酒杓不相离。尝科头箕踞,谈禅咏古,晏如也。自号醉吟先生,作传。酷好佛,亦经月不荤,称香山居士。与胡杲、吉旼、郑据、刘真、卢贞、张浑、如满、李文爽〔一〇〕燕集,皆高生不仕,日相招致,时人慕之,绘《九老图》。公诗以六义为主,不尚艰难。每成篇,必令其家老妪读之,问解则录〔一一〕。后人评白诗如"山东父老课农桑,言言皆宾"者也〔一二〕。鸡林国行贾售于其国相,率篇百金,伪者即能辨之〔一三〕。与元稹极善胶漆,音韵亦同。天下曰"元白"。元卒,与刘宾客齐名,曰"刘白"云。公好神仙,自制飞云履,焚香振足,如拨烟雾,冉冉生云〔一四〕。初来九江,居庐阜峯下,作草堂烧丹,今尚存。有《白氏长庆集》七十五卷,及所撰古今事实为《六帖》,及述作诗格法,欲自除其病,名《白氏金针集》三卷,并行于世〔一五〕。

校记

〔一〕 《旧唐书》卷一百六十六作"太原人",其祖温"徙于下邽,今为下邽人焉"。《新唐书》卷一百一十九云:"其先盖太原人。北齐五兵尚书建,有功于时,赐田韩城,子孙家焉。又徙下邽。"辛氏合而一之,实误,下邽非太原属邑也。

〔二〕 此据《唐摭言》卷七。

〔三〕 《旧唐书》云:"贞元十四年,始以进士就试。礼部侍郎高郢擢升甲科,吏部判入等,授秘书省校书郎。"《新唐书》但云"贞元中,擢进士、拔萃皆中"。《唐诗纪事》卷三十八有其简谱云:"德宗贞元十六年己卯,中书舍人高郢下及第第四人……时年二十八……十七年庚辰,试中书判拔萃,补校书郎。"辛氏合二年叙之,易致讹误。

〔四〕 《新唐书》、《唐诗纪事》皆言元年,《旧唐书》云:"二年十一月,召入为翰林学士。"

〔五〕 按盗杀武元衡为元和十年。《新唐书》叙此事于"以母丧解,还,拜左赞善大夫"后云:"是时,盗杀武元衡",辛氏删去中间数年事,而径用"时"字,使读者误以为元年事,此"时"字当删。

〔六〕 四库本"怒"下有"之"字,胜。

〔七〕 陆本"顺"下有"适"字。

〔八〕 此据《新唐书》,《旧唐书》及《唐诗纪事》明书为长庆二年七月事。

〔九〕 "石楼",原作"石栖",依陆本改。

〔一〇〕 此名据《白香山诗集补遗》卷下《七老会诗九老图诗》"吉敁"作"吉皎",《新唐书》无如满、李文爽而有狄兼谟、卢真,汪立名以《新唐书》为误,见一隅草堂本《白香山诗集》。"胡杲",原作"胡果",依陆本改。

〔一一〕 此出《冷斋夜话》,后人多疑其妄。

〔一二〕 此敖陶孙《诗评》语见《诗人玉屑》卷二。

〔一三〕 此见元稹为白作之《长庆集序》,《旧唐书》、《唐诗纪事》均型《元序》,《新唐书》亦采此说。元白同时,当可信。"率",原作"卒",依陆本改。

〔一四〕 此见《云仙散录》,白氏自云:"吾学空门不学仙……归即应归兜率天。"故辛氏所采之说不可信。参看《太平广记》卷四十八引《逸史》。

〔一五〕 《白集》今存,版本源流见《唐集叙录》。所谓《白氏金针集》又名《金针诗格》,前人已断其为伪托。

元　稹

稹,字微之,河南人[一]。九岁工属文,十五擢明经,书判入等,补校书郎[二]。元和初,对策第一,拜左拾遗。数上书言利害,当路恶之,出为河南尉。后拜监察御史,按狱东川。还次敷水驿。中人仇士良夜至,稹不让邸,仇怒,击稹败面[三]。宰相以稹年少轻威[四]，失宪臣体，贬江陵士曹参军。李绛等论其枉。元和末，召拜膳部员外郎。稹诗变体，往往宫中乐色皆诵之，呼为才子。然缀属虽广，乐府专其警策也。初在江陵，与监军崔潭峻善。长庆中，崔进其歌诗数千百篇，帝大悦，问："今安在？"曰："为南宫散郎。"擢祠部郎中，知制诰。俄迁中书舍人、翰林承旨，后拜同中书门下平章事。初以瑕衅，举动浮薄，朝野杂笑，未几罢。然素无检望轻，不为公议所右，除武昌节度使，卒。在越时，辟窦巩。巩工诗。日酬和，故镜湖、秦望之奇益传，时号"兰亭绝唱"[五]。微之与白乐天最密，虽骨肉未至，爱慕之情，可欺金石。千里神交，若合符契[六]。唱和之多，毋逾二公者。有《元氏长庆集》一百卷及小集十卷，今传[七]。

夫松柏饱风霜，而后胜梁栋之任；人必劳饿空乏，而后无充诎之态。誉早必气锐，气锐则志骄，志骄则敛怨。先达者未足喜，晚成者或可贺。况庆吊相望于门间不可测哉！人评元诗"如李龟年说天宝遗事，貌悴而神不伤"[八]。况尤物移人，侈俗迁性，足见其举止，斐薄丰茸，仍且不容胜已。至登庸成忝，贻笑于多士，其来尚矣。不矜细行，终累大德。岂不闻"言行君子之枢机，荣辱之主"耶？古人不耻能治而无位，耻有位而不能治也。

校记

〔一〕 此从《旧唐书》卷一百六十六，《新唐书》卷一百七十四作"河南河内人"。《唐诗纪事》卷三十七未言籍贯。

〔二〕 此从《新唐书》，《旧唐书》云："十五两经擢第。二十四调判入第四等，授秘书省校书郎。二十八应制举才识兼茂，明于体用科，登第者十八人，稹为第一，元和元年四月也。"较此为详明。

〔三〕 《旧唐书》作"内官刘士元"。此依《新唐书》，该书卷二百七

《仇士良传》亦记此事。

〔四〕《新唐书》"威"上有"树"字,义较显豁。四库本作"威轻",与下文龃龉,不可从。

〔五〕 以上均截取《新唐书》。

〔六〕 此见《本事诗·征异》。

〔七〕《元集》版本源流见《唐集叙录》。

〔八〕 此见敖陶孙《诗评》。

李 绅

绅,字公垂,亳州人〔一〕。元和元年武翊黄榜进士,与皇甫湜同年,补国子助教。穆宗召为翰林学士,累迁中书舍人。武宗即位,拜中书侍郎平章事。绅为人短小精悍,于诗特有名,号"短李"。与李德裕、元稹同时称"三俊"〔二〕。集名《追昔游》,多纪行之作。又批答一卷,皆传。初为寿州刺史,有秀才郁浑,年甫弱冠,应百篇科,绅命题试之,未昏而就,警句佳意甚多,亦有集,今传〔三〕。

校记

〔一〕 按《旧唐书》卷一百七十三:"李绅,字公垂,润州无锡人。"《新唐书》卷一百八十:"李绅,字公垂,中书令敬玄曾孙。世宦南方,客润州。"《新唐书》卷二百六:"李敬玄,亳州谯人。"此云"亳州"盖本此。

〔二〕《新唐书》云:"穆宗召为右拾遗、翰林学士,与李德裕、元稹同时,号'三俊'。"《唐诗纪事》卷三十九亦云:"穆宗召为翰林学士。与李德裕、元稹同时,号'三俊'。"此叙于为相之后,因述其诗而然,易生错觉。《新唐书》云"元和初擢第",《郡斋读书志》卷四中明言"元年"。

〔三〕 两《唐书》未言绅为寿州刺史,《追昔游》题有云:"转寿春守。大和庚戌(四年)岁二月祗命寿阳。"至大和七年罢郡,前后凡四年。《追昔游》诗三卷今存，《全唐诗》另编杂诗一卷。郁浑无考，其集未见两《唐书》著录。

鲍 溶

溶，字德源。元和四年韦瓘榜第进士，在杨汝士一时。与李端公益少战友，为尔汝交。初隐江南，山中避地，家苦贫，劲气不扰。羁旅四方，登临怀昔，皆古今绝唱。过陇头古天山大阪，泉水鸣咽，分流四下，赋诗曰："陇头水，千古不堪闻。生归苏属国，死别李将军。细响风凋草，清哀雁入云。"其警绝大概如此。古诗乐府，可称独步。盖其气力宏赡，博识清度，雅正高古，众才无不备具云。卒飘蓬薄宦，客死三川。有集五卷，今传[一]。

校记

〔一〕 鲍溶，两《唐书》无传，《唐诗纪事》卷四十二云："溶登元和进士第，与韩愈、李正封、孟郊友善。"《郡斋读书志》卷四中云"元和四年进士"。其集今传。版本源流见《唐集叙录》。

张又新

又新，字孔昭，深州人也[一]。初，应宏辞第一，又为京兆解头。元和九年，礼部侍郎韦贯之下状元及第，时号为张三头[二]。应辟为广陵从事，历补阙。为性倾邪，谄事宰相李逢吉，为之鹰犬，名在"八关十六子"之目[三]。逢吉领山南节度，表为司马，坐田伓事贬官。李训专政，又新复见用。后竟坐事谪远州刺史，任终左司郎中[四]。善为诗，恃才，多辎藉。其淫荡之行，卒见于篇。尝曰："我少年擅美名，意不欲仕宦，惟得美妻，平生足矣。"

娶杨虔州女,有德无色,殊怏怏[五]。后过淮南,李绅筵上得一歌姬,与之偕老[六]。其狂斐类此。喜嗜茶,恨在陆羽后,自著《煎茶水记》一卷,及诗文等行于世[七]。

校记

〔一〕 《旧唐书》卷一百四十九《张荐传》:"深州陆泽人……子又新……"《新唐书》卷一百六十一同。《旧唐书》张又新附其父荐传后,《新唐书》卷一百七十五又新自有传。

〔二〕 见《唐摭言》卷二及《唐诗纪事》卷四十、《全唐诗话》卷三。

〔三〕 事详《旧唐书》卷一百六十七、《新唐书》卷一百七十四《李逢吉传》,《又新传》亦载,人名较略。

〔四〕 以上均截自《新唐书》。

〔五〕 见《诗话总龟前集》(月窗本)卷四十二及《唐诗纪事》卷四十。

〔六〕 见《唐诗纪事》。此两事源出《本事诗·情感》,叙述较繁。

〔七〕 《全唐诗》存诗十七首,《文苑英华》卷八百六收文一篇,《煎茶水记》全文见《全唐文》卷七百二十一。

殷尧藩

尧藩,秀州人。为性[一]简静,眉目如画。工诗文,耽丘壑之趣。尝曰:"吾一日不见山水,与俗人谈,便觉胸次尘土堆积,急呼浊醪浇之,聊解秽耳!"元和九年韦贯之发榜,尧藩落第,杨尚书大为称屈料理,因擢追士[二]。数年,为永乐县令。一舸之官,弹琴不下堂,而人不忍欺。雍陶寄诗曰:"古县萧条秋景晚,昔时陶令亦如君。头巾漉酒临黄菊,手板支颐向白云。百里岂能容骥足,九霄终自别鸡群。相思不恨书来少,佳句多从阙下闻。"及与沈亚之、马戴为诗友,赠答甚多。后仕终侍御史。尧藩初游韦应物门墙,分契莫逆。及来长沙,尚书李翱席上有舞

《柘枝》者，容语凄恻，因感而赋诗以赠曰："姑苏太守青娥女，流落长沙舞《柘枝》。满座绣衣皆不识，可怜红粉泪双垂。"众客惊问之，果韦公爱姬所生女也。相与吁叹，翱即命削丹书，于宾馆中攉士嫁之〔三〕。今有集一卷传世，皆铿锵蕴藉之作也〔四〕。

校记

〔一〕 "为性"，四库本作"天性"。

〔二〕 殷尧藩，两《唐书》无传，此见《唐摭言》卷八及《唐诗纪事》卷五十一。《直斋书录解题》卷十九作"元和元年"，疑误。

〔三〕 按事见《云溪友识》卷上《舞娥异》条。此韦公乃韦夏卿，非韦应物，疑上文"分契莫逆"云云皆因误为应物而生，非有实也。"攉"四库本作"择"，《云溪友议》作"遂于宾榻中选士而嫁之"。

〔四〕 其集不传，《全唐诗》编诗一卷。

清 塞

清塞，字南乡，居庐岳为浮屠，客南徐亦久，后来少室、终南间。俗姓周名贺〔一〕。工为近体诗，格调清雅，与贾岛、无可齐名。宝历中，姚合守钱塘，因携书投刺以丐品第。合延待甚异。见其哭僧诗云："冻须亡夜剃，遗偈病中书。"大爱之，因加以冠巾，使复姓字。时夏腊已高，荣望落落，竟往依名山诸尊宿自终〔二〕。诗一卷，今传〔三〕。

校记

〔一〕 按《唐诗纪事》卷七十六云："师，东洛人，姓周氏，少从浮屠学，遇姚合而返，易名贺。初与贾长江、无可齐名。"《唐摭言》卷十："周贺，少从浮图，遇姚合而返初。"为计氏所本。与此小异。"南乡"陆本作"南卿"，与晁公武合。

〔二〕 晁公武《郡斋读书志》卷四中《清塞诗集》云："清塞，字南卿，诗格清雅,与贾岛、无可齐名。宝历中,姚合莅杭。因携书投谒。合闻其哭僧诗云:'冻须亡夜剃(据正文改),遗偈病中书。'大爱之,因加以冠巾为周贺云。"与此亦有异。计、晁二氏皆以清塞因姚合而返初,辛氏以为依名山高僧自终。又按本书卷八"李郢传"亦有"时塞还俗"之语,是辛氏亦前后矛盾。《新唐书·艺文志》著录《周贺诗》一卷,似终返初,而《崇文总目》著录《清塞诗集》又若以浮屠自终,疑未能明。又《四库全书总目》卷一百八十七《集部·总集类》二《唐僧弘秀集》十卷云"周朴始为浮屠名清塞",实误,《新唐书·艺文志》著录《周贺诗》一卷、《周朴诗》二卷,明非一人。余嘉锡先生《四库提要辨证》卷二十四有辨证,可参阅。

〔三〕 其集今存,版本源流见《唐集叙录·周贺诗集》条。

无 可

无可,长安人,高僧也[一]。工诗,多为五言。初,贾岛弃俗,时同居青龙寺,呼岛为从兄[二]。与马戴、姚合、厉玄多有酬唱,律调谨严,属兴清越,比物以意,谓之象外句。如曰:"听雨寒更尽,开门落叶深。"又曰:"微阳下乔木,远烧入秋山。"凡此等新奇,当时翕然称尚,妙在言用而不失其名耳[三]。今集一卷,相传[四]。

校记

〔一〕 "也",原作"世",依陆本改。

〔二〕 按《唐诗纪事》卷七十四仅录其诗乡首而未言生平。其《秋夜宿西林寄贾岛》末云:"亦是吾兄弟,迟回共至今。"《全唐诗》云:"无可,范阳人,姓贾氏,岛从弟,居天仙寺。"与此异。《直斋书录解题》卷十九:"无可集一卷 唐僧贾无可撰,岛弟也。"

〔三〕 按《苕溪渔隐丛话前集》卷三十六引《冷斋夜话》云:"用事琢句,妙在言其用而不言其名。"似即此语所本,"失",疑为"言"之误。

〔四〕 其集不单传，《全唐诗》一下"集一卷，今编为二卷"。

熊孺登

孺登，钟陵人。有诗名。元和中，为西川从事。与白舍人、刘宾客善，多赠答。亦祗役湘中数年。凡下笔，言语妙天下，如："江流如箭月如弓，行尽三湘数夜中。无奈子规知向蜀，一声声似怨春风。"又《经古墓》云："碑折松枯山火烧，夜台曾闭不曾朝。那将逝者比流水，流水东流逢上潮。"类此极多，有集今传〔一〕。

校记

〔一〕 熊孺登，两《唐书》无传。《唐诗纪事》卷四十三云："孺登，钟陵人。登进士第。终于藩镇从事。"其集今佚，《全唐诗》编诗一卷。《直斋书录解题》卷十九："《熊孺登集》一卷　唐西川从事熊孺登撰，元和中人，执易，其从侄也。"

李　约

约，字存博，汧公李勉之子也。元和中，仕为兵部员外郎，与主客员外张谂极相知。每单枕静言，达旦不寐。尝赠韦况曰："我有心中事，不向韦郎说。秋夜洛阳城，明月照张八。"〔一〕性清洁寡欲，一生不近粉黛，博古探奇。初，汧公海内名臣，多畜古今玩器。约愈好之，所居轩屏几案，必置古铜怪石，法书名画，皆历代所宝。坐间悉雅士，清谈终日，弹琴煮茗，心略不及尘事也。尝使江南，于海门山得双峰石及绿石琴荐，并为好事者传阅。然亦寓意，未尝戛然寡情，豪夺悭与。复嗜茶，与陆羽、张又新论水品特详。曾授客煎茶法曰:"茶须缓火炙,活火煎。当使汤无妄沸。始则鱼目散布,微微有声;中则四畔泉涌,累累然;终则腾波鼓浪,水气全消:此老汤之法。固须活火,香味俱真矣。"时知音者赏之。有诗集。后弃官终隐。又著《东杓引谱》一卷,今传〔二〕。

校记

〔一〕 李约,两《唐书》无传,《李勉传》亦未提及。事迹主要见《因话录》卷二,此传所本。《唐诗纪事》卷三十一题作《赠韦征君况》("韦郎"作"韦三"),《全唐诗话》卷二同。《全唐诗》作韦况。"单枕",四库本作"联枕"。

〔二〕 李约诗集不传,《全唐诗》仅收诗十首。

沈亚之

亚之,字下贤,吴兴人。初至长安,与李贺结交,举不第〔一〕,为歌以送归。元和十年,侍郎崔群下进士。泾原李汇辟为掌书记,为秘书省正字〔二〕。长庆中,补栎阳令〔三〕。四年,迁福建团练副使,事徐晦。后累迁殿中丞御史内供奉。大和三年,柏耆宣慰德州,取为判官。耆罢,亚之贬南康尉。后终郢州掾。亚之以文词得名,然狂躁贪冒,辅耆为恶,颇凭陵晚达,故及于谪〔四〕。常游韩吏部门。杜牧、李商隐俱有拟沈下贤诗,盖甚为当时名辈器重云。有集九卷传世〔五〕。

校记

〔一〕 "不"上四库本、陆本有"进士"二字。

〔二〕 "为",四库本、陆本作"迁"。

〔三〕 《郡斋读书志》卷四中:"字下贤,长安人,元和十年进士……长庆初,补栎阳尉。"

〔四〕 按《旧唐书》卷一百五十四《柏耆传》云:"诸将害耆邀功,争上表论列,文宗不获已,贬循州司户,判官沈亚之贬虔州南康尉。"《新唐书》卷一百七十五云:"诸将嫉耆功,比奏攒诋,文宗不获已,贬耆循州司户参军,亚之南康尉。"《唐诗纪事》卷五十一同。此处于柏耆贬斥之词,或由《旧唐书》有"柏耆恃纵横之算,欲俯拾卿相,忘身躁利,旋踵而诛"之评论而致。《旧唐书》之言前后抵牾,实不足凭。沈亚之两《唐书》无传。李贺、杜牧、李商隐皆曾拟其诗。此篇主要取材于《郡斋读书志》卷四中。

〔五〕 其集今存,诗仅十八首,版本源流见《唐集叙录》。

徐　凝

凝,睦州人,元和间有诗名,方干师事之。与施肩吾同里闬,日亲声调,无进取之意。交眷悉激勉,始游长安。不忍自衔鬻,竟不成名。将归,以诗辞韩吏部〔一〕云:"一生所遇惟元、白,天下无人重布衣。欲别朱门泪先尽,白头游子白身归。"知者怜之。遂归旧隐,潜心诗酒。人间荣耀,徐山人不复贮齿颊中也。老病且贫,意泊无恼,优悠自终〔二〕。集一卷,今传〔三〕。

余昔经桐庐古邑,山水苍翠,严先生钓石,居然无恙。忽自星沉,千载寥邈。后之学者,往往继踵芳尘〔四〕。文华伟杰,义逼云天。产秀毓奇,此时为冠。至今有长吟高蹈之风,古碑石刻题名等,相传不废。揽辔彷徨,不忍去之。胜地以一人兴,先贤为来者重,固当相勉而无倦也。

校记

〔一〕 按,此诗《全唐诗》题为《自鄂渚至河南将归江外留辞侍郎》,此云韩吏部,与诗内容亦不合,《韩集》中绝无与凝交往之痕迹。方干师徐凝事,见《唐摭言》卷四、卷十。

〔二〕 按《唐诗纪事》卷五十二引潘若冲《郡阁雅谈》云"凝官至侍

郎",而《云溪友议》卷中《钱塘论》条云徐凝与张祜"终身偃仰,不随乡赋"。疑潘氏说误,而《全唐诗》取之,恐未足凭。

〔三〕 其集今佚,《全唐诗》编诗一卷。

〔四〕 "芳尘",陆本作"芳徽"。

裴夷直

夷直,字礼卿,吴人。元和十年,礼部侍郎崔群下进士。仕为中书舍人。武宗立,以罪贬歙州司户。宣宗初,为江、华二州刺史,终尚书左司员外郎、散骑常侍。工诗,有盛名。集一卷,今传于世[一]。

校记

〔一〕 按《新唐书》卷一百四十八《裴夷直传》云:"夷直,字礼卿,亦婞亮。第进士。历右拾遗,累进中书舍人。武宗立,夷直视册牒,不肯署,乃出为杭州刺史,斥歙州司户参军。宣宗初,内徙,复拜江、华等州刺史。终散骑常侍。"《唐诗纪事》卷五十一云:"夷直,字礼卿,文宗时为右拾遗。张克勤以五品官推与其甥,夷直时为礼部员外郎,劾曰:'是开后日卖爵之端。'诏听,遂著为令。"(下同《新唐书》)其集不传,《全唐诗》编诗一卷。

薛 涛

涛,字洪度,成都乐妓也。性辨惠,调翰墨[一]。居浣花里,种菖蒲满门,傍即东北走长安道也,往来车马留连。元和中,元微之使蜀,密意求访,府公严司空知之,遣涛往侍。微之登翰林,以诗寄之曰:"锦江滑腻峨嵋秀,幻出文君与薛涛。言语巧偷鹦鹉舌,文章分得凤皇毛。纷纷词客皆停笔,个个公侯欲梦刀。别后相思隔烟水,菖蒲花发五云高。"及武元衡入相,奏授校书郎,蜀人呼妓为校书,自涛始也〔二〕。后胡曾赠诗曰:"万里桥边女校书,枇杷树下闭门居。扫眉才子知多少,管领春风总不如。"〔三〕涛工为小诗,惜成都笺幅大,遂皆制狭之,人以为便〔四〕,名曰薛涛笺。且机警闲捷,座间谈笑风生。高骈镇蜀门日,命之佐酒,改一字悭音令〔五〕且得形象,曰:"口,似没梁斗。"答曰:"川,似三条椽。"公曰:"奈一条曲何?"曰:"相公为西川节度,尚用一破斗,况穷酒佐杂一曲椽,何足怪哉!"其敏捷类此特多,座客赏叹。其所作诗,稍欺良匠〔六〕,词意不苟,情尽笔墨,翰苑崇高,辄能攀附。殊不意裙裾之下,出此异物,岂得匪其人而弃其学哉〔七〕!大和中卒。有《锦江集》五卷,今传,中多名公赠答云〔八〕。

校记

〔一〕 "调",四库本作"娴",似胜。

〔二〕 此据晁公武《郡斋读者志》云武元衡。《唐诗纪事》卷七十九云:"或以营妓无校书之号,韦南康欲奏之而罢,后遂呼之。"详见《鉴诫录》卷十《蜀才妇》条。

〔三〕 此诗见于《王仲初集》,当为王建作。胡曾为高骈幕府时,薛涛死已四十年。《唐诗纪事》沿《鉴诫录》之误作胡曾,辛氏亦仍其说。

〔四〕 "制",陆本作"裂"。"为",原作"焉",依正保本改。

〔五〕 "改一字悭音令",四库本作"行一字叶音令",似胜。此事亦出附会,见注〔三〕。

〔六〕 "欺",四库本作"窥"。

〔七〕 "匪"上四库本有"以"字。

〔八〕 薛涛《锦江集》南宋时已佚。今传《薛涛诗》一卷,版本源流见《唐集叙录》。

姚 合

合,陕州人,宰相崇之曾孙也〔一〕。以诗闻。元和十一年,李逢吉知贡举,有夙好,因拔泥涂,郑解榜及第。历武功主簿,富平、万年尉。宝应〔二〕中,除监察御史,迁户部员外郎。出为金、杭二州刺史。后召入,拜刑、户二部郎中、谏议大夫、给事中。开成间,李商隐尉宏农,以活囚忤观察使孙简,将罢去。会合来代简,一见大喜,以《风雅》之契,即谕使还官,人雅服其义〔三〕。后仕终秘书监。与贾岛同时,号"姚贾",自成一法。岛难吟,有清冽之风;合易作,皆平澹之气。兴趣俱到,格调少殊。所谓方拙之奥,至巧存焉。盖多历下邑,官况萧条、山县荒凉,风景凋弊之间,最工模写也。性嗜酒,爱花,颓然自放,人事生理,略不介意,有达人之大观。所为诗十卷,及选集王维、祖咏等一十八人诗为《极玄集》一卷〔四〕,序称维等"皆诗家射雕手也"。又摭古人诗联,叙其措意,各有体要,撰《诗例》一卷,今并传焉〔五〕。

校记

〔一〕 姚合,两《唐书》附见《姚崇传》,《旧唐书》卷九十六云"陕州硖石人"(《新书》同),"玄孙合,登进士第,授武功尉,迁监察御史,位终给事中。"《新唐书》卷一百二十四云:"曾孙合、勖。合,元和中进士及第,调武功尉,善诗,世号姚武功者。迁监察御史,累转给事中。奉先、冯翊二县民诉牛羊使夺其田,诏美原主簿朱俦覆按,猥以田归使,合劾发其私,以地还民。历陕虢观察使,终秘书监。"此从《新唐书》作"曾孙"。《郡斋读书志》卷四中:"崇曾孙,以诗闻,元和十一年李逢吉知举进士。"按姚台世系,《新》、《旧唐书》并云出自姚崇嫡系。《登科记考》卷十八云:"按宋邓名世《古今姓氏书辨证》云:'陕郡姚氏:懿,嶲州都督、文献公,生元景、元之、元素;元素生鄢陵令算;算生闳;闳子秘书监(原脱监字,据邓书卷十补)合,世所称姚武功者。'则合为元素曾孙。《才子传》以为崇曾孙,误。《旧书》以为崇玄孙,尤误。"

〔二〕 "宝应"当为"宝历",辛氏沿晁氏之误。

〔三〕 事见《新唐书》卷二百三《李商隐传》。

〔四〕 《极玄集》收王维、祖咏、李端、耿湋、卢纶、司空曙、钱起、郎士元、畅当(以上卷上)、韩翃、皇甫曾、李嘉祐、皇甫冉、朱放、严维、刘长卿、灵一、法振、皎然、清江、戴叔伦(以上卷下)共二十一人分上下二卷,姚合序中亦明言"凡念一人,共百首",不知辛氏缘何致误。

〔五〕 《姚合集》亦称《姚少监集》,版本源流见《唐集叙录》。《诗例》亦名《极玄律诗例》,未见传本。

李　廓

廓,宰相程之子也。少有志勋业,揽辔慨然,而未肯屑就,遂困场屋中。作《下第诗》曰:"榜前潜制泪,众里独嫌身。气味如中酒,情怀似别人。"时流皆称赏,且怜之,因共推挽,元和十三年独孤樟榜进士。调司经局正字,出为鄠县令,累历显宦,仕终武宁节度使〔一〕,政有奇绩。工诗,极绮致。与贾岛相友善。集今传世〔二〕。

校记

〔一〕 《旧唐书》卷一百六十七《李程传》:"子廓。廓进士登第,以诗名闻于时。大中末,累官至颍州刺史,再为观察使。"《新唐书》卷一百三十一《李程传》:"子廓,第进士,累迁刑部侍郎。大中中,拜武宁节度使,不能治军。补阙郑鲁奏言:'新麦未登,徐必乱。'既而果逐廓。"《唐诗纪事》卷六十亦然。辛氏云"政有奇绩",非实。

〔二〕 李廓诗集,《新唐书·艺文志》未著录,《全唐诗》存诗十八首。

章孝标

孝标,字道正,铙塘人〔一〕。李绅镇淮东时〔二〕,春雪,孝标参座席,有诗名,绅命札请赋,唯然,索笔一挥云:"六出花飞处处飘,粘窗拂砌上寒条。朱门到晚难盈尺,尽是三军喜气消。"李大称赏,荐于主文。元和十四年礼部侍郎庾承宣下进士及第,授校书郎。于长安将归嘉庆,先寄友人曰:"及第全胜十政官,金汤渡了出长安。马头渐入扬州郭,为报时人洗眼看。"绅适见,亟〔三〕以一绝箴之曰:"假金方用真金镀,若是真金不镀金。十载长安方一第,何须空腹用高心!"孝标惭谢。伤其气宇窘急,终不大用。大和中,尝为山南道从事,试大理评事〔四〕。仕终秘书正字。有集一卷传世〔五〕。

校记

〔一〕 章孝标,两《唐书》无传。《唐诗纪事》卷四十一云:"或曰:前有八元,后有孝标,皆桐庐人,复同姓而皆不达。"(《纪事》出于《云溪友议》卷下)此云钱塘,不知何据。

〔二〕 《唐摭言》卷十三作"短李镇扬州",《唐诗纪事》同。"淮东"作"淮南"。

〔三〕 《唐摭言》卷十三云:"孝标及第后寄淮南李相曰或云寄白乐天。"此盖辛氏所本。《唐诗纪事》作"孝标及第后寄绅曰",未取《摭言》附注之法,似较合情理。"亟",原作"丞",依陆本改。

〔四〕 以上据《唐诗纪事》。"南"下常依《纪事》补"东"字。

〔五〕 《直斋书录解题》卷十九云"秘书省正字"。辛氏所本。《章孝标诗》一卷今传,版本见《唐集叙录》。

施肩吾

肩吾，字希圣，睦州人〔一〕。元和十五年卢储榜进士第后，谢礼部陈侍郎〔二〕云："九重城里无亲识，八百人中独姓施。"不待除授，即东归。张籍群公吟饯，人皆知有仙风道骨，宁恋人间升斗耶？而少存箕、颍之情，拍浮诗酒，搴揽烟霞。初，读书五行俱下，至是授〔三〕真筌于仙长，遂知逆顺颠倒之法，与上中下精气神三田反复之义。以洪州西山十二真君羽化之地，慕其真风，高蹈于此。题诗曰："重重道气结成神，玉阙金堂逐日新。若数西山得道者，兼余即是十三人。"早尝赋《闲居遣兴诗一百韵》，颇述初心，大行于世。著《辨疑论》一卷、《西山传道》、《会真》等记各一卷。述气住则神住，神住则形住，为《三住铭》一卷，及所为诗十卷，自为主序，今传〔四〕。

校记

〔一〕 施肩吾，两《唐书》无传。《唐诗纪事》卷四十一云："肩吾洪州人。"《新唐书·艺文志》三"施肩吾《辨疑论》一卷睦州人，元和进士第，隐洪州西山。"辛氏本此。按张籍《送肩吾东归》云："世业偏临七里濑，仙游多在四明山。"应以睦州为是。

〔二〕 肩吾登第，《唐摭言》卷八、《唐诗纪事》卷四十一并云"元和十年"。《郡斋读书志》卷四中、《直斋书录解题》卷十九均云"元和十五年"。《唐诗纪事》此诗作《上礼部侍郎陈情》云："九重城里无亲识，八百人中独姓施。弱羽飞时攒箭险，蹇驴行处薄冰危。晴天欲照盆难反，贫女如花镜不知。却向从来受恩地，再求青律变寒枝。"玩其词义，当为陈情而非及第后谢恩之作。《鉴诫录》卷八《走山魈》同。《诗话总龟》卷五引作"上礼部陈侍郎"，辛氏沿其误。"进士"下陆本云"脱登字"。

〔三〕 "授"，陆本作"受"。

144

〔四〕 施肩吾原集久佚,《全唐诗》编诗一卷。

袁不约

不约,字还朴,长庆三年郑冠榜进士。大和中,以平判入等调官。有诗传世〔一〕。

校记

〔一〕 袁不约,两《唐书》无传,《唐诗纪事》卷六十言曾在成都参李固言幕府者中有"袁不约侍郎"。《直斋书录解题》卷十九:"《袁不约集》一卷 唐袁不约还朴撰,长庆三年进士,其年试《丽龟赋》。"其集今佚,《全唐诗》存诗四首。

韩 湘

湘,字清夫,愈之侄孙也〔一〕。长庆三年礼部侍郎王起下进士〔二〕。落魄不羁,见趣必高远,苦吟〔三〕。公勉以经学,曰:"湘所学,公不知耶?"因赋诗以述志云:"青山云水窟,此地是吾家。后夜流琼液,凌晨咀绛霞。琴弹碧玉调,炉炼白朱沙。宝鼎存金虎,元田养白鸦。一瓢藏世界,三尺斩妖邪。解造逡巡酒,能开倾刻花。有人能学我,同去看仙葩。"公笑曰:"子能夺造化乎?"湘曰:"此事甚易!"公为开樽,湘聚土,以盆覆之,噀水,良久开碧花二朵,花片上有诗一联云:"云横秦岭家何在?雪拥蓝关马不前!"公甚怪异〔四〕,未谕其意。曰:"他日验之。"告违去。未几,公以谏佛骨事谪潮州刺史。一日,途中见有人冒风雪从林岭间来,视乃湘也〔五〕,再拜马前曰:"公忆花上之句乎?"因询其地,即蓝关,嗟叹久之,解鞍洒垆〔六〕命酌,足成诗曰:"一封朝奏九重天,夕贬潮阳路八千。本为圣朝除弊事,岂期衰朽送残[七]年?云横秦岭家何在?雪拥蓝关马不前!知汝远来应有意,好收吾骨瘴江边。"又赠诗曰:"人才为世古来多,如子雄文孰可过!好待功名成就日,却抽身去上烟萝。"湘笑而不答,献诗别公曰:"举世都为名利醉,惟吾来向道中醒。他时定是飞升去,冲破秋空一点青。"遂别,竟不知所终[八]。

校记

[一] 《青琐高议》卷九《韩湘子》条作"唐韩文公之侄也",《诗话总龟前集神仙门》作"文公犹子也"。《太平广记》卷五十四但标《韩愈外甥》。盖小说家附会,无可考据。

[二] 前引诸书皆不言举进士,且与下文矛盾,恐不当有此句。

[三] 此七字四库本作"见趣高远,尤耽苦吟"八字,意较显豁。

[四] "怪异",原作"异怪",依陆本乙。

[五] "视"下四库本有"之"字。

[六] "嗟",原作"差",依陆本改。"洒",陆本作"酒"。

[七] "残",原作"殊",依陆本改。

[八] 此事取材于《青琐高议》及《诗话总龟》(《总龟》亦引自《青琐》,然文字变动较多)。

韩 琮

琮,字成封[一]。长庆四年李群榜进士及第。大中中,仕至湖南观察使。有诗名。多清新之制,锦不如也[二]。《浐水送别》[三]云:"绿暗红稀出凤城,暮云楼阁古今情。行人莫听宫前水,流尽年光是此声。"《骆口晚望》云:"秦川如画渭如丝,去国还家一望时。公子王孙莫来好,岭花多是断肠枝。"如此等喧满人口,馀极多,皆称是。集一卷,今传[四]。

校记

〔一〕 韩琮,两《唐书》无传。《唐诗纪事》卷五十八云:"字代封,大中中,为湖南观察使,待将士不以礼,宣宗时为部将石载顺等所逐。"《新唐书·艺文志》作"成封"。

〔二〕 "锦"下四库本有"绮"字。

〔三〕 《唐诗纪事》作《暮春送客》,《全唐诗》作《暮春浐水送别》。

〔四〕 《韩琮诗》一卷已佚,《全唐诗》编诗一卷。

韦楚老

楚老,长庆四年,中书舍人李宗闵下进士,仕终国子祭酒[一]。工诗,气既沉雄[二],语亦豪健。众作古乐府居多,《祖龙行》曰:"黑云兵气射天裂,壮士朝眠梦冤结。祖龙一夜死沙丘,胡亥空随鲍鱼辙。腐肉偷生二千里,伪书先赐扶苏死。墓接骊山土未干,瑞光已向芒砀起。陈胜城中鼓三下,秦家天地如崩瓦。龙蛇撩乱入咸阳,少帝空随汉家马!"杰制颇多,俱当刮目。今并传[三]。

校记

〔一〕 韦楚老,两《唐书》无传,《唐诗纪事》卷五十六云:"长庆进士,终于拾遗。"

〔二〕 "沉雄",原作"淳雄",依陆本改。

〔三〕 《全唐诗》作常楚老,仅存《唐诗纪事》所录二诗及《天上行》二句。

张 祜[一]

祜,字承吉,南阳人,来寓姑苏[二]。乐高尚,称处士。骚情雅思，凡知己者悉当时英杰。然不业程文。元和、长庆间，深为令狐文公器许。镇天平日，自草表荐，以诗三百首献于朝，辞略曰："凡制五言，苞含六义。近多放诞，靡有宗师。祜久在江湖，早工篇什。研几甚苦，搜象颇深。辈流所推，风格罕及。谨令缮录，诣光顺门进献，望宣付中书门下。"祜至京师，属元稹号有城府，偃仰内庭。上因召问祜之词藻上下，稹曰："张祜雕虫小巧，壮夫不为。若奖激太过，恐变陛下风教。"上颔之。由是寂寞而归，为诗自悼云："贺知章口徒劳说，孟浩然身更不疑。"〔三〕遂客淮南，杜牧时为度支使，极相善待，有赠云："何人得似张公子，千首诗轻万户侯。"祜苦吟。妻孥每唤之皆不应，曰："吾方口吻生花，岂恤汝辈乎？"性爱山水，多游名寺，如杭之灵隐、天竺，苏之灵岩、楞伽，常之惠山、善权，润之甘露、招隐，往往题咏唱绝。同时崔涯亦工诗，与祜齐名，颇自行放乐，或乘兴北里，每题诗倡肆，誉之则声价顿增，毁之则车马扫迹〔四〕。涯尚义，有《侠诗》云："太行岭上三尺雪，崔涯袖中三尺铁。一朝若遇有心人，出门便与妻儿别。"〔五〕尝共谒淮南李相，祜称钓鳌客。李怪之，曰："钓鳌以何为竿？"曰："以虹。""以何为钩？"曰："新月。""以何为饵？"曰："以短李相公也。"绅壮之，厚赠而去〔六〕。晚与白乐天日相聚燕谑，乐天讥以："足下新作《忆柘枝》云：'鸳鸯钿带抛何处？孔雀罗衫付阿谁？'乃一问头耳。"〔七〕祜曰："鄙薄之诮是也。明公《长恨歌》曰：'上穷碧落下黄泉，两处茫茫都不见。'又非《目连寻母》耶？"一座大笑〔八〕。《初过广陵》曰："十里长街市井连，月明桥上看神仙。人生只合扬州死，禅智山光好墓田。"大中中，果卒于丹阳隐居〔九〕，人以为谶云。诗一卷，今传〔一〇〕。

卫蘧伯玉耻独为君子，令狐公其庶几，元稹则不然矣。十誉不足，一毁有馀。其事业浅深，于此可以观人也。"尔所不知，人其舍诸?"积谓祜雕虫璨璨,而积所为,有不若是耶? 忌贤嫉能,迎户而噬,略己而过人者,穿窬之行也。祜能以处士自终其身,声华不借钟鼎,而高视当代,至今称之。不遇者,天也;不泯者,亦天也! 岂若彼取容阿附,遗臭之不已者哉?

校记

〔一〕 张祜,原作张祐,因其子为冬瓜堰官,有冬瓜合为瓠子之谑,故从指海本作"祜",下同。

〔二〕 张祜,两《唐书》无传。《唐诗纪事》卷五十二云:"或云清河人。"上海古籍出版社影印宋本《张承吉集》卷十有《忆江东旧游四十韵寄宣武李尚书》云:"忆作江东客,猖狂事颇曾。"似生于北方而曾游江南者。

〔三〕 按此据《唐摭言》卷十一。

〔四〕 按详见《云溪友议》卷中《辞雍氏》条。"祜苦吟"等语见《云仙散录》。

〔五〕 详见《太平广记》卷二百三十八引《桂苑丛谈》。

〔六〕 此事出《鉴诫录》卷七《钓巨鳌》条,疑因李白轶事附会而成。《摭遗》云:李白开元中谒宰相,封一板,上题云:海上钓鳌客李白。相问曰:"先生临沧海,钓巨鳌,以何物为钩线。"白曰:"以风浪逸其情,乾坤纵其志。以虹蜺为丝,明月为钩。"相曰:"何物为饵?"曰:"以天下无义丈夫为饵。"时相悚然。"相"下"公"字据陆本补。

〔七〕 "一问头",四库本作"款头"。陆本"头"下有"诗"字。

〔八〕 此据《唐摭言》卷十三。又见《本事诗·嘲戏》。

〔九〕 《唐诗纪事》云:"尝赋《淮南》诗,有'人生只合扬州死,禅智山光好墓田',大中中,果卒于丹阳隐舍。"按《全唐诗》题为《纵游淮南》。《祜集》卷十有《丹阳新居》四十韵。

〔一〇〕 《张祜集》源流见《唐集叙录》,又上海古籍出版社影印宋蜀本《张承吉集》十卷,较他本完善。

刘得仁

得仁,公主之子也。长庆间以诗名。五言清莹,独步文场。自开成后,至大中三朝,昆弟以贵戚皆擢显仕,得仁独苦工文,尝立志,必不获科第不愿儋人之爵也。出入举场二十年,竟无所成。投迹幽隐,未尝耿耿。有寄所知[一]诗云:"外族帝王是,中朝亲故稀。翻令浮议者,不许九霄飞。"忧而不困,怨而不怒,哀而不伤。铿锵金玉,难合同流,而不厌于磨淬。端能确守格律,揣治声病,甘心穷苦,不汲汲于富贵。王孙公子中,千载求一人,不可得也。及卒,僧栖白吊之曰:"思[二]苦为诗身到此,冰魂雪魄已难招。直教桂子落坟上,生得一枝冤始销。"有诗一卷,行于世[三]。

校记

〔一〕 刘得仁,两《唐书》无传,此传主要取材于《唐摭言》卷十、《唐诗纪事》卷五十三,惟加以褒赞之语。《唐诗纪事》此处云:"尝自述云:'外家虽是帝,当路且无亲。'"《全唐诗》题为《上翰林丁学士》之二。

〔二〕 "思",《唐摭言》、《唐诗纪事》并作"忍"。

〔三〕 《新唐志》著录《刘得仁诗》一卷,未见单传本,《全唐诗》编诗二卷。

朱庆馀

庆馀,字可久[一],以字行。闽中人[二]。宝历二年裴球榜进士及第,授秘省校书。得张水部诗旨,气平意绝,社中哲匠也。有名当时。集一卷,今传[三]。

校记

〔一〕《新唐书·艺文志》云:"名可久,以字行。"《唐诗纪事》卷四十六同。"字"当作"名"。《直斋书录解题》卷十九:"《朱庆馀集》一卷 唐朱可久庆馀撰,以字行,受知于张籍,宝历二年进士。"

〔二〕《唐诗纪事》有姚合《送庆馀越州归觐》、张籍《送庆馀归越》诗,朱似为越人,此云"闽中",不知何据。

〔三〕《朱庆馀诗集》今存,版本源流见《唐集叙录》。

杜 牧

牧,字牧之,京兆人也。善属文,大和二年,韦筹榜进士,与厉玄同年。初未第,来东都,时主司侍郎崔郾[一],太学博士吴武陵策蹇进谒曰:"侍郎以峻德伟望,为明君选才,仆敢不薄施尘露!向偶见文士十数辈,扬眉抵掌,共读一卷文书。览之,乃进士杜牧《阿房宫赋》,其人,王佐才也。"因出卷,撎笏朗诵之,郾大加赏。曰:"请公与状头。"郾曰:"已得人矣。"曰:"不得,即请第五人;更否,则请以赋见还!"辞容激厉。郾曰:"诸生多言牧疏旷不拘细行,然敬依所教,不敢易也。"[二]后又举贤良方正科。沈传师表为江西团练府巡官。又为牛僧孺淮南节度府掌书记。拜侍御史,累迁左补阙,历黄、池、睦三州刺史,以考功郎中知制诰,迁中书舍人。牧刚直有奇节,不为龊龊小谨,敢论列大事,指陈利病尤切。兵法戎机,平昔尽意。尝以从兄悰更历将相,而己困踬不振,怏怏难平。卒年五十。临死自写墓志,多焚所为文章。诗情豪迈,语率惊人。识者以拟杜甫,故呼大杜、小杜以别之[三]。后人评牧诗"如铜丸走坂,骏马注坡"[四],谓圆快奋急也。牧美容姿,好歌舞,风情颇张,不能自遏。时淮南称繁盛,不减京华,且多名姬绝色。牧恣心赏[五],牛相收街吏报杜书记平安帖子至盈箧。牧御史分司洛阳[六],时李司徒闲居,家妓为当时第一,宴朝士,以牧风宪,不敢邀。牧因遣讽李使召己,既至,曰:"闻有紫云者妙歌舞,孰是?"即赠诗曰:"华堂今日绮筵开,谁唤分司御史来?忽发狂言惊四座,两行红袖一时回。"意气闲逸,傍若无人,座客莫不称异。大和末,往湖州,目成一女子,方十馀岁,约以"十年后吾来典郡当纳之",结以金币。洎周墀入相,上笺[七]乞守湖州,比至,已十四年,前女子从人两抱雏矣。赋诗曰:"自恨寻芳去较迟,不须惆怅怨芳时。如今风摆花狼藉,绿叶成阴子满枝。"[八]此其大概一二。凡所牵系,情见于辞。别业樊川[九]。有《樊川集》二十卷,及注《孙子》,并传[一〇]。同时有严惮,字子重,工诗,与牧友善,以《问春诗》得名。昔闻有集,今无之矣[一一]。

校记

〔一〕 四库本"侍郎"上有"为"字。

〔二〕 此据《唐摭言》卷六,《唐诗纪事》卷五十六亦举此,但文甚略。

〔三〕 杜牧,《旧唐书》卷一百四十七《新唐书》卷一百六十六均有传。此篇叙官历多据《新唐书》。及第年份依《郡斋读书志》卷四中。本传云:"牧于诗,情致豪迈,人号为小杜,以别杜甫云。""大杜"二字疑衍。

〔四〕 此敚陶孙《诗评》语。

〔五〕 "赏"上四库本有"游"字。

〔六〕 "御史"上四库本有"以"字。

〔七〕 "上"上四库本有"牧"字。

〔八〕 此类轶事见《太平广记》卷二百七十三引《唐阙史》及《唐诗纪事》。《本事诗高逸》记紫云一事甚详。

〔九〕 "樊"上四库本有"在"字。

〔一〇〕 《杜樊川集》版本源流见《唐集叙录》,《孙子十家注》收有杜牧注。

〔一〕 四库本下有"牧子荀鹤"四字。服悝事见《唐诗纪事》卷六十六。《全唐诗》存严惲诗仅此一首。

唐才子传校正卷第七

杨 发

发。大和四年,礼部侍郎郑浣下第二人及第。工诗,亦当时声韵之伟者。略举一篇,《宿黄花馆》云:"孤馆萧条槐叶稀,暮蝉声隔水声微。年年为客路长在,日日送人身未归。何处离鸿迷浦月,谁家愁妇捣寒衣?夜深不卧帘犹卷,数点残萤入户飞。"俱浏亮清新,颇惊凡听。恨其出处事迹不得而知也。有诗传世尚多[一]。

校记

[一] 按杨发为杨收之兄,事迹见《旧唐书》卷一百七十七、《新唐书》卷一百八十四,字至之,原为同州冯翊人,父遗直客苏州,因家焉。官至岭南节度使,军乱,贬婺州刺史卒。《全唐诗》存诗十三首。

陆本《考异》云:永乐大典本(即四库本)传末有论云:"礼乐之学,何世无之。周罗睺,虎将也,而能不失事旧主之仪;杨发,健吏也,而能抗作神主之议。杨收博学精辨,其议音律之变与旗常之藏,诚不谬于古。然运丁叔季,制行出处,皆不能尽合中道,位愈高则祸愈大。古称知礼乐之情者能作,知礼乐之文者能述。夫皆知礼乐之文者欤!"淳按经查文澜阁本无此论,《辛书》各本亦均无此论,不知陆氏所据何本。指海本后附四库对勘校语,并无传末之论。以文义观之,与传文矛盾,必非辛氏所作。姑录存之,以俟他日。

李 远

远,字求古,大和五年,杜陟榜进士及第,蜀人也。少有大志,夸迈流俗[一]。为诗多逸气,五彩成文。早历下邑,词名卓然。宣宗时,宰相令狐绹进奏拟远杭州刺史,上曰:"朕闻远诗有'青山不厌千杯酒,白日惟销一局棋',是疏放如此,岂可临郡理人?"绹曰:"诗人托此以写高兴耳,未必实然。"上曰:"且令往观之。"至果有治声[二]。性简俭,嗜啖凫鸭。贵客经过,无他赠,厚者绿头一双而已。后历忠、建、江三州刺史,仕终御史中丞[三]。初牧渔城,求天宝遗物,得秦僧收杨妃袜一緉,珍袭,呈诸好事者。会李群玉校书自湖湘来,过九江,远厚遇之,谈笑永日。群玉[四]话及向赋《黄陵庙诗》,动朝云暮雨之兴,殊亦可怪。远曰:"仆自获凌波片玉,软轻香窄,每一见,未尝不在马嵬下也。"遂更相戏笑,各有赋诗[五],后来颇为法家所短。盖多情少束,亦徒以微辞相感动耳。有诗集一卷,今传[六]。

校记

〔一〕 "夸迈",四库本作"远迈"。《登科记考》卷二十一:《玉芝堂谈荟》:"远,夔州人。"

〔二〕 此事《北梦琐言》、《唐语林》均提及而诗句不同。《唐诗纪事》卷五十六引出《幽闲鼓吹》。

〔三〕 《新唐书·艺文志》著录《李远诗集》一卷云:"字求古,大中建州刺史。"《唐诗纪事》亦然。

〔四〕 "群",原误作"君",依陆本改。

〔五〕 见《青琐高议》卷六《贵妃袜事》条。

〔六〕 其集未见单传本，《全唐诗》编诗一卷。

李敬方[一]

敬方，字中虔，长庆三年郑冠榜进士。大和中，仕为歙州刺史。后坐事左迁台州刺史。有诗一卷传世[二]。

校记

〔一〕 李敬方两《唐书》无传，《唐诗纪事》卷五十八作李敬芳，云："字仲虔，长庆进士第。大和中为歙州刺史。大中时，顾陶集《唐诗类选》云：'李歙州敬芳，才力周备，兴比之间，独与前辈相近。家集三百首，简择律韵八篇而已。虽前后复绝，或畏多言，而典刑具存，非敢避弃。'"

〔二〕 其集早佚，《全唐诗》仅存诗八首。

许 浑

浑，字仲晦，润州丹阳人，圉师之后也[一]。大和六年李珪榜进士，为当涂、太平二县令。少苦学劳心，有清羸之疾，至是以伏枕免。久之，起为润州司马。大中三年，拜监察御史，历虞部员外郎，睦、郢二州刺史。尝分司朱方，买田筑室。后抱病退居丁卯涧桥村舍，暇日缀录所作，因以名集。浑乐林泉，亦慷慨悲歌之士，登高怀古，已见壮心。故为格调豪丽，犹强弩初张，牙浅弦急，俱无留意耳。至今慕者极多，家家自谓得骊龙之照夜也。早岁尝游天台，仰看瀑布，旁眺赤城。辨方广于非烟，蹑石桥于悬壁。登陟兼晨，穷览幽胜。朗诵孙绰古赋，傲然有思归之想。志存不朽，再三信宿[二]，彷徨不能去。以王事不果，有负初心。后[三]昼梦登山，有宫阙凌虚，问，曰："此昆仑也。"少顷，远见数人方饮,招浑就坐,暮而罢。一佳人出笺求诗,未成梦破,后吟曰:"晓入瑶台露气清,庭中惟见许飞琼。尘心未断俗缘在,十里下山空月明。"他日复梦至山中,佳人曰:"子何题余姓名于人间?"遂改焉"天风吹下步虚声",曰:"善矣。"〔四〕浑才思翩翩,仙子所爱,梦寐求之,一至于此。昔子建赋《洛神》。人以徒闻虚语,以是谓迂诞不信矣。未几遂卒。有诗二卷,今传〔五〕。

校记

〔一〕 许浑,两《唐书》无传,《唐诗纪事》卷五十六云:"浑,睦州人,字用晦,圉师之后。大中三年任监察御史,以疾乞东归,终郢、睦二州刺史。"按许圉师见《旧唐书》卷五十九、《新唐书》卷九十《许绍传》,云"安州安陆人",是浑系出安陆。《直斋书录解题》卷十九称浑为丹阳人。辛氏从之。《唐诗纪事》云"睦州",疑误。他书皆云字用晦,此云仲晦,不知何故。又《郡斋读书志》卷四中云"大和六年进",《直斋书录解题》云"五年",辛从晁氏。

〔二〕 "信宿",原作"平昔",依陆本改。

〔三〕 "心后",原作"后心",依陆本乙。

〔四〕 此事取自《本事诗·事感》。《太平广记》卷七十《许飞琼》亦记此事作"进士许瀍"注"出《逸史》",诗句全同,疑"瀍"为"浑"之误。许浑《纪梦诗序》为孟棨所本。

〔五〕 《丁卯集》今存,版本源流见《唐集叙录》。

雍　陶

陶,字国钧,成都人。工于词赋。少贫,遭蜀中乱后,播越羁旅,有诗云:"贫富多病日,闲过少年时。"大和八年陈宽榜进士及第,一时名辈,咸伟其作。然恃才傲睨,薄于亲党。其舅云安李钦之下第,归三峡,却寄陶诗云:"地近衡阳虽少雁,水连巴蜀岂无鱼?"得诗颇愧赧,遂通问不绝[一]。大中六年,授国子《毛诗》博士。与贾岛、殷尧藩、无可、徐凝、章孝标友善,以琴樽诗翰相娱。留长安中。大中末,出刺简州。时名益重,自比谢宣城、柳吴兴;国初诸人,书奴耳[二]。宾至,必佯狂[三]挫辱,投贽[四]者少得通。秀才冯道明,时称机捷,因罢[五]举请谒,给阍者曰:"与太守有故。"陶倒屣[六],及见,呵责曰:"与足下素昧平生,何故之有?"冯曰:"诵公诗文,室迩人远,何来年生?"吟陶诗数联,如"立当青草人先见,行近白莲鱼未知";又"闭门客到常如病,满院花开未是贫";又"江声秋入峡,雨色夜侵楼"等句。陶多其慕己,厚赠遣之[七]。自负如此。后为雅州刺史,郭外有情尽桥,乃分袂祖别之所。因送客,陶怪之,遂于上立候馆,改名折柳桥,取古乐府《折杨柳》之义,题诗曰:"从来只有情难尽,何事呼为情尽桥?自此改名为折柳,任他离恨一条条。"[八]甚脍炙当时。竟辞荣,闲居庐岳,养疴傲世,与尘事日冥矣。有《唐志》集五卷[九]今传。

校记

〔一〕 此事见《云溪友议》卷上《冯生佐》,"李钦之"作"刘敬之",《唐诗纪事》卷五十六、《全唐诗话》卷四并同,未知辛氏何据。

〔二〕 此七字疑为错简阑入,雍陶以诗自负非指书法。

〔三〕 "佯狂",原作"佯佯",依陆本改。

〔四〕 "贽",四库本作"刺",注〔一〕所举三书皆作"贽"。

〔五〕 "因罢",原作"罢因",依陆本乙。

〔六〕 "给",原作"给";"屣",原作"履",依陆本改。

〔七〕 雍陶,两《唐书》无传,此事见注〔一〕所引三书。

〔八〕 此事取自《唐诗纪事》,源出《鉴诫录》卷八《改桥名》。

〔九〕 《雍陶诗集》,《新唐书·艺文志》著录十卷,晁公武《郡斋读书志》卷四中:"《雍陶诗》五卷 右唐雍陶国钧,大和八年进士,大中六年自国子《毛诗》博士出刺简州。《唐志》集十卷,今亡其半。"《唐志》乃《新唐书·艺文志》之简称,辛氏以《唐志》为集名,大谬。其集今亡,《全唐诗》编诗一卷。

贾 驰

驰,大和九年郑确榜进士。初,负才质,蹭蹬名场。往来公卿间,担簦蹑屩,莫伸其志。尝入关,赋诗云:"河上微风来,关头树初湿。今朝关城吏,又见孤客入。上国谁与期,西来徒自急。"主司得闻,有怜才之意〔一〕,遂放第。不甚显宦,诗文俱得美声。后来文士集中,多称贾先辈,其名誉为时所重云。有集传世〔二〕。

校记

〔一〕 "得闻",陆本作"闻之","有"上四库本有"颇"字。

〔二〕 贾驰,两《唐书》无传,《唐诗纪事》卷六十仅云"唐末人",《全唐诗》仅存《唐诗纪事》中二诗,其集未见著录。

伍 乔

乔,少隐居庐山读书,工为诗,与杜牧之同时擢第〔一〕。初,乔与张泊少友善,泊仕为翰林学士,眷宠优异。乔时任歙州司马,自伤不调,作诗寄泊,戒去仆曰:"俟张游宴,即投之。"泊得缄云:"不知何处好销忧?公退携樽即上楼。职事久参侯伯幕,梦魂长达帝王州。黄山向晚盈轩翠,黟水含春绕郡流。遥想玉堂多暇日,花时谁伴出城游?"泊动容久之,为言于上,召还为考功员外郎〔二〕,卒官。今有诗二十馀篇传于世〔三〕。

校记

〔一〕 按杜牧之大和二年（八二八）登第。伍乔终于南唐，张泊由南唐入宋。南唐李昪升平元年（九三七）始立国。伍乔无缘与杜收之同擢第。辛氏误书。

〔二〕 此事全取《诗史》，见《增修诗话总龟前集》卷五。

〔三〕 诗见《全唐诗》，小传云："伍乔，庐江人，南唐时举进士第一，仕至考功员外郎，诗一卷。"

陈上美

上美，开成元年礼部侍郎高锴发榜，第二人登科。以诗鸣当时，间作悉佳制。论其骨格本峭，但少气耳。有集今传[一]。

夫矻矻穷经，志在死而不亡者，天道良难，无固必也。或称硕儒，而名偶身丧；或乃颓然，而青编不削。又若以位高金多，心广体胖，而富贵骄人；文[二]称功业黯黯，则未若腐草之有萤也。今群居论古终日，其人既远，骨已朽矣。幸而照灼简牍，未必皆扬雄、班、马之流耳。于兹传中，族匪闻望，官不隆重，俱以一咏争长岁月者亦多，岂曰小道而忽之？设有白璧，入地不满尺，出土无肤寸，虽卞和憧憧往来其间，不失者亦鲜矣。幸不幸之谓也。

校记

〔一〕 陈上美，两《唐书》无传，其集亦未见著录。《唐诗纪事》卷六十录其《咸阳怀古》一诗，仅云："上美登开成进士第。"《全唐诗》云："陈上美，开成二年登进士第，诗一首。"此云元年，而据《唐摭言》卷九高锴曾放两榜，未知孰是。

〔二〕 "文"下陆本空两字。

李商隐

商隐,字义山,怀州人也〔一〕。令狐楚奇其才,使游门下,授以文法,遇之甚厚。开成二年高锴知贡举,楚善于锴〔二〕,奖誉甚力,遂擢进士。又中拔萃,楚又奏为集贤校理。楚出,王茂元镇兴元〔三〕,素爱其才,表掌书记,以子妻之。除侍御史。茂元为牛李党〔四〕,士流嗤谪商隐,以为诡薄无行,共排摈之。来京师,久不调。更依桂林总管郑亚府为判官,后随亚谪循州,三年始回〔五〕。归穷于宰相绹,绹恶其忘家恩,放〔六〕利偷合,从小人之辟,谢绝殊不展分。重阳日,因诣厅事留题云:"十年泉下无消息,九日樽前有所思。"又云:"郎君官重施行马,东阁无因许再窥。"绹见之恻然,乃补太学博士。柳仲郢节度中州〔七〕,辟为判官。商隐廉介可畏,出为广州都督,人或袖金以赠,商隐曰:"吾自性分不可易,非畏人知也。"〔八〕未几,入拜检校吏部员外郎〔九〕,罢,客荥阳卒。商隐工诗,为文瑰迈奇古,辞难事隐。及从楚学,俪偶长短。而繁缛过之。每厉缀,多检阅书册,左右鳞次,号"獭祭鱼"〔一〇〕,而旨能感人,人谓其横绝前后。时温庭筠、段成式各以秾致相夸。号"三十六体"〔一一〕,后评者谓其诗"如百宝流苏,千丝铁网,绮密瑰妍,要非适用之具"〔一二〕,斯言信哉!初得大名,薄游长安,尚希识面,因投宿逆旅。有众客方酣饮,赋《木兰花诗》,就呼与坐,不知为商隐也。后成一篇云:"洞庭波冷晓浸云,日日征帆送远人。几度木兰船上望,不知元是此花身。"〔一三〕客问姓名,大惊称罪。时白乐天老退,极喜商隐文章,曰:"我死后,得为尔儿足矣。"白死数年,生子,遂以白老名之。既长,殊鄙钝,温飞卿戏曰:"以尔为侍郎后身,不亦忝乎？"后更生子，名衮师，聪俊。商隐诗云："衮师我娇儿，英秀乃无匹。"此或其后身也[一四]。商隐文自成一格，后学者重之[一五]，谓"西昆体"也[一六]。有《樊南甲集》二十卷，《乙集》二十卷，《玉溪生诗》三卷，初自号玉溪子[一七]。又赋一卷，文一卷，并传于世[一八]。

校记

〔一〕 《旧唐书》卷一百九十下《文苑下》、《新唐书》卷二百零三《艺文下》并云"怀州河内人"，《唐诗纪事》卷五十三但云"怀州人"，辛氏从之。《郡斋读书志》卷四中云"陇西人"，盖指郡望。

〔二〕 《新唐书》云："令狐楚帅河阳，奇其文，使与诸子游。楚徙天平、宣武，皆表署巡官，岁具资装使随计。开成二年，高锴知贡举，令狐绹雅善锴，奖誉甚力，故擢进士第。"开成二年十一月令狐楚卒。辛氏盖据本传而误绹为楚。

〔三〕 李商隐中拔萃于开成四年，《旧唐书》云"会昌二年"，此时楚卒已五年，云"奏为集贤校理"大误。婚于王茂元事在楚卒后，两《唐书》均然，辛氏盖涉上文而误。

〔四〕 此取自《新唐书》而有脱误。《新唐书》云："茂元善李德裕，而牛李党人蚩谪商隐，以为诡薄无行。共排笮之。"

〔五〕 此依《新唐书》，陆本《考异》云："《考证》云：按商隐《樊南乙集自序》云：'余为桂林从事日，常使南郡，明年正月自南郡归，二月府贬，选为盩厔尉。''尹即留假参军事，典章奏。'考商隐自岭表归为京兆尹卢弘正掾曹，其在岭表期年耳。原文及《新》、《旧唐书》并误。"

〔六〕 "放"，原作"做"，依陆本改。

〔七〕 "中州"，四库本作"东川"，与《新唐书》合。

〔八〕 此为李尚隐事，辛氏误为商隐。《旧唐书》卷一百八十五下《良吏传下》李尚隐："俄又迁广州都督，仍充五府经略使。及去任，有怀金以赠尚隐者，尚隐固辞之，曰：'吾自性分，不可改易，非为慎四知也。'"《新唐书》卷一百三十《李尚隐传》："迁广州都督、五府经略使。及还，人或袖金以赠,尚隐曰:'吾自性分不可易,非畏人知之。'"辛氏取此入《商隐传》,大谬。

〔九〕 陆本《考异》云:"《考证》云:按《新唐书》:'柳仲郢节度剑南东川,辟(商隐为)判官、检校工部员外郎。府罢,客荥阳,卒。'则员外系判官带衔,并非入拜,亦非吏部也。"

〔一〇〕 此见《五总志》及《谈苑》诸书。

〔一一〕 此取自《新唐书》。

〔一二〕 此采自敖陶孙《臞翁诗评》,《诗人玉屑》卷二无"之具"二字。

〔一三〕 此见《增修诗话总龟前集》卷二十引《古今诗话》,又见《唐诗纪事》卷五十三。

〔一四〕 此见《苕溪渔隐丛话前集》卷十六引《蔡宽夫诗话》。然分白老、衮师为二,则辛氏之臆说也。

〔一五〕 五字原作"后之学重者",依陆本乙。

〔一六〕 按"西昆体"因北宋杨亿、刘筠、钱惟演等之《西昆酬唱集》而得名,为诗皆祖义山,以义山为"昆体"之祖则可,直以为"西昆体",则未为确切。然《苕溪渔隐丛话》已将义山列为"西昆体",《严沧浪诗话·诗体》:"李商隐体即西昆体也。"元好问《论诗绝句》评李商隐亦曰:"诗家总爱'西昆'好,独恨无人作《郑笺》。"辛氏盖沿用之耳。

〔一七〕 张采田云"子为生之误"。

〔一八〕《李义山集》今存,版本源流见《唐集叙录》。张采田《玉溪生年谱会笺》于此传误处多加纠正,末云:"案辛氏书杂采《唐书》、《唐诗纪事》、诸家诗话而成,虽亦有可补本传处,然不胜其误之多也。今订正之,载附本传后。"可取参阅。

喻 凫

凫,毗陵人,开成五年李从实榜进士,仕为乌程县令[一]。有诗名。晚岁变雅,凫亦风靡,专工小巧,尚古之气扫地,所畏者务陈言之是去耳。后来才子,皆称喻先辈,向慕之情足见也。同时薛莹亦工诗。凫诗一卷,莹诗《洞庭集》一卷,今并传[二]。

校记

〔一〕 喻凫,两《唐书》无传,《唐诗纪事》卷五十一云:"凫,毗陵人,开成进士也。卒于乌程令。"并录姚合、方干、李商隐等与其交往之诗。《直斋书录解题》卷十九:"《喻凫集》一卷 唐乌程尉喻凫撰,开成五年进士。"《永乐大典》引《严州府新定志》:"喻凫,其先南方人。"(《登科记考》卷二十一)

〔二〕 两集《新唐书·艺文志》均著录,今佚。《全唐诗》编《喻凫诗》一卷,薛莹仅存诗十首。《唐诗纪事》卷五十九仅录薛莹《中秋月》诗一首,未提身世。《直斋书录解题》卷十九:"《薛莹集》一卷 唐薛莹撰,号《洞庭集》,文宗时人。集中多蜀诗,其曰壬寅岁者,在前则为长庆四年,后则为中和二年,未知定何年也。"

薛　逢

逢,字陶臣,蒲州人[一]。会昌元年,崔岘榜第三人进士,调万年尉。未几,佐河中幕府。崔铉入相,引值弘文馆[二]。历侍御史、尚书郎。持论鲠切,以谋略高自标显。布衣中,与刘瑑交,而文辞出逢下,常易瑑。及当国,有荐逢知制诰者,瑑猥言:"先朝以两省官给事舍人治州县,乃得除,逢未试州,不可。"乃出为巴州刺史。初,及第与杨收、王铎同年,而逢文艺最优。收辅政,逢有诗云:"谁知金印朝天客,同是沙堤避路人。"收衔之,斥为蓬、绵二州刺史。及铎相,逢又赋诗云:"昨日鸿毛万钧重,今朝山岳一毫轻。"铎怒,中外亦鄙逢褊傲。迁秘书监,卒[三]。逢晚年岨峿宦涂,尝策赢赴朝,值新进士榜下,缀行而出,呵殿整然^[四],见逢行李萧条,前导曰:"回避新郎君。"逢𩇕然,因遣一介语之曰:"报道莫贫相。阿婆三五少年时,也曾东涂西抹来。"其人辟易^[五]。

逢天资本高,学力亦赡,故不甚苦思。豪逸之态^[六],长短皆率然而成^[七],未免失浅露俗。亦^[八]当时所尚,非离群绝俗之谓^[九]。夫道家三宝,其一"不敢为天下先"。前人者,孰肯后之?加人者,孰能受之?观逢恃才怠傲,耻在喧卑,而喋喋唇齿,亦犹"恶醉而强酒"也。累摈远方,寸进尺退,至龙钟而自愤不已,盖祸福无不自己者焉^[一〇]。有诗集十卷,又别纸十三卷,赋集十四卷,今并行^[一一]。

校记

〔一〕《新唐书》卷二百零三《艺文下》作"蒲州河东人",《旧唐书》卷一百九十下、《唐诗纪事》卷五十九均只作"蒲州",此从之。

〔二〕《旧唐书》云:"崔铉罢相镇河中,辟为从事。铉复辅政,奏授万年尉,直弘文馆。"《新唐书》仅文字小异,辛氏将万年尉叙于崔铉再相之前,非是。《郡斋读书志》卷四中、《直斋书录解题》卷十九并云"会昌元年进士"。

〔三〕此上皆取自两《唐书》本传,文字从《新唐书》,诗句采自《旧唐书》。《唐诗纪事》卷五十九另附两诗全文。

〔四〕"整",四库本作"赫"。

〔五〕此事取自《唐摭言》卷三。

〔六〕"豪"上四库本有"而自有"三字,语意较完整。

〔七〕"长"上四库本有"第"字,"率",原作"卒",依陆本改。

〔八〕"亦"上四库本有"盖"字。

〔九〕"谓",四库本作"诣也"二字。

〔一〇〕"者"上陆本有"求"字。

〔一一〕"行",四库本作"传"。其集今佚,《全唐诗》编诗一卷。

赵 嘏

嘏,字承祐,山阳人。会昌二年,郑言榜进士。大中中,仕为渭南尉。一时名士大夫极称道之。卑宦颇不如意。宣宗雅知其名,因问宰相:"赵嘏诗人,曾为好官否？可取其诗进来。"读其卷首《题秦诗》云:"徒知六国随斤斧,莫有群儒定是非。"上不悦,事寝〔一〕。嘏尝早秋〔二〕赋诗曰:"残星数点雁横塞。长笛一声人倚楼。"杜牧之呼为赵倚楼,赏叹之也〔三〕。又,初有诗,落句云:"早晚粗酬身事了,水边归去一闲人。"仕涂屹兀,岂其谶也〔四〕？嘏豪迈爽达,多陪接卿相,出入馆阁,如亲属然。能以书生,令远近知重。所谓"一日名动京师,三日传满天下",有自来矣。命沾仙尉,追踪梅市,亦不恶耳。先,嘏家浙西,有美姬,溺爱,及计偕,留侍母。会中元游鹤林寺,浙帅窥见,悦之,夺归。明年嘏及第,自伤,赋诗曰:"寂寞堂前日又曛,阳台去作不归云。当时闻说沙吒利,今日青蛾属使君。"帅闻之,殊惨惨,遣介送姬入长安。时嘏方出关,途次横水驿,于马上相遇,姬因抱嘏痛哭,信宿而卒,遂葬于横水之阳〔五〕。嘏思慕不已,临终目有所见,时方四十馀。今有《渭南集》,及编年诗二卷,悉取十三代史事迹,自始生至百岁,岁赋一首、二首,总得一百一十章,今并行于世〔六〕。

校记

〔一〕 赵嘏,两《唐书》无传,此事取自《北梦琐言》卷七及《唐诗纪事》卷五十六。《郡斋读书志》卷四中云"会昌四年进士"。本书《马戴传》"会昌四年……与项斯、赵嘏同榜"。

〔二〕 "早",四库本作"晚"。

〔三〕 此事见《唐摭言》卷七及《唐诗纪事》。

〔四〕 "屹兀",陆本作"桱杌"。此事取自《唐摭言》卷十五。

〔五〕 此事取自《唐摭言》卷十五。

〔六〕 其集今佚,《全唐诗》编诗二卷。

薛 能

能,字大拙,汾州人。会昌六年,狄慎思榜登第。大中末,书判入等中选,补盩厔尉。辟太原、陕虢、河阳从事。李福镇滑台,表置观察判官[一],历御史、都官刑部员外郎。福徙帅西蜀,奏以自副。咸通中,摄嘉州刺史。造朝,迁主客度支刑部郎中。俄为同州刺史,京兆大尹。出帅咸化,入授工郎尚书。复节度徐州,徙镇忠武。广明元年,徐军戍溵水,经许。能以军多怀旧惠,馆待于城中。许军惧见袭,大将周岌乘众疑怒,因为乱,逐能,据城自称留后。数日,杀能并屠其家[二]。能治政严察,绝请谒。耽癖于诗,日赋一章为课。性喜凌人,格律卑卑[三],亦无甚高论。尝以第一流自居,罕所拔拂。时刘得仁擅雅称,持诗卷造能。能以句谢云:"千首如一首,卷初如卷终。"盖讥其无变体也[四]。量人如此,非厚德君子。晚节尚浮屠,奉法惟谨。资性[五]傲忽,又多侻轻忤世。及为藩镇,每易武吏。尝命其子属囊鞬,雅拜新进士,或问其故,曰:"渠消弭灾咎耳。"[六]今有集十卷,及《繁城集》一卷传焉[七]。

校记

〔一〕 "表置",四库本作"表为",陆本云:"置当为署。"

〔二〕 薛能,两《唐书》无传,以上全取《唐诗纪事》卷六十。《郡斋读书志》卷四中同。

〔三〕 "卑卑",原作"且且",依陆本改。
〔四〕 此事取自《北梦琐言》卷六,又见《增修诗话总龟前集》卷八。
〔五〕 "性",原作"于",依陆本改。
〔六〕 此事取自《北梦琐言》卷四。
〔七〕 薛能《许昌集》今存,版本源流见《唐集叙录》。

李宣古

宣古,字垂后,澧阳人。会昌三年,卢肇榜进士。又试中宏辞。工文,极俊,有诗名。性谑浪,多所讥诮。时杜悰尚主,出守澧阳。宣古在馆下,数陪宴赏。谐慢既深,悰不能忍,忿其戏己,辱之,使卧于泥中,衣冠颠倒。长林公主素惜其才,劝曰:"尚书独不念诸郎学文?待士如此,那得平阳之路乎?"遣人扶起,更以新服,赴中座,使宣古赋诗,谢曰:"红灯初上月轮高,照见堂前万朵桃。觱栗调清银字〔一〕管,琵琶声亮〔二〕紫檀槽。能歌姹女颜如玉,解饮萧郎眼似刀。争奈夜深抛耍令,舞来〔三〕揾去使人劳。"杜公赏之。后悰二子裔休、儒休皆中第,人曰:"非母贤待师,不足成其子。"〔四〕今诸集中往往载其作。有英气,调颇清丽,惜不多见。竟薄命无印〔五〕绶之誉,落莫自终。弟宣远,亦以诗鸣,今传者可数也〔六〕。

校记

〔一〕 "字",四库本作"象"。
〔二〕 "声亮",四库本作"音抱"。
〔三〕 "来",四库本作"衣"。
〔四〕 李宣古,两《唐书》无传,此事采自《云溪友议》卷中《澧阳燕》及《唐诗纪事》卷五十五。
〔五〕 "印",四库本作"组"。

〔六〕《全唐诗》录李宣远诗二首。《唐诗纪事》卷四十三云"贞元进士登第",时间早于李宣古,当非弟兄,不知辛氏何据。《全唐诗》录宣古诗四首,另谐谑一首。《唐摭言》卷三载王起一榜门生和周墀诗有李仙古,字垂后。当即此人。

姚 鹄

鹄,字居云,会昌三年〔一〕礼部尚书王起下进士。多出入当时好士公卿席幕,然吏才文价,俱不甚超。一名仅尔流播,亦多幸矣。诗一卷,今传〔二〕。

校记

〔一〕 陆本作"四年",误。《新唐书·艺文志》:"《姚鹄诗》一卷字居云,会昌进士第。"《唐诗纪事》卷五十五但云"字居云",未言登第。《全唐诗》作"三年"。《唐摭言》卷三亦云"三年"。

〔二〕 其集今佚,《全唐诗》编诗一卷。

项 斯

斯,字子迁,江东人也。会昌四年王起下第二人进士。始命〔一〕润州丹徒县尉,卒于任所。开成之际,声价藉甚,特为张水部所知赏,故其诗格颇与水部相类,清妙奇绝。郑少师薰赠诗云:"项斯逢水部,谁道不关情?"斯性疏旷,温饱非其本心。初,筑草庐于朝阳峰前,交结净者。盘礴宇宙,戴薜〔二〕花冠,披鹤氅,就松阴,枕白石,饮清泉,长哦细酌,凡如此三十馀年。晚污一名,殊屈清致。其警联如:"病尝山药遍,贫起草堂低。"如:"客来因月宿,床势向山移。"《下第》云:"独存过江马,强拂看花衣。"《病僧》云："不言身后事,犹坐病中禅。"又："湖山万迭翠,门树〔三〕一行春。"又："一灯愁里梦,九陌病中春。"如："月明古寺客初到,风度闲门僧未归。"《宫人入道》云"将敲碧落新斋磬,却进昭阳旧赐筝"之类,不一而足,当时盛称。杨敬之祭酒赠诗云："几度见诗〔四〕诗总好,及观标格过于诗。平生不解藏人善,到处逢人说项斯。"其名以此益彰矣〔五〕。集一卷,今行〔六〕。

校记

〔一〕 "始命"二字,陆本作一"官"字。

〔二〕 "宇宙",陆本作"岩林","薜",原作"蓟",依陆本改。

〔三〕 "门树",陆本作"林树"。

〔四〕 "诗",原作"君",据《唐诗纪事》卷四十九校改。

〔五〕 事出《刘宾客嘉话录》。《唐诗纪事》云："斯,字子迁,江东人。始未为闻人,因以卷谒杨敬之,杨苦爱之,赠诗云……未几,诗达长安,明年擢上第。"又云："始,张水部籍为律格诗。惟朱庆馀亲授其旨,沿流而下,有任藩、陈标、章孝标、司空图咸及门焉。宝历、开成之际,斯尤为水部所知。故其诗格与之相类。郑少师薰云……"

〔六〕 其集今无单行,《全唐诗》编诗一卷。《直斋书录解题》卷十九："《项斯集》一卷　唐丹徒尉江东项斯子迁撰。初受知于张籍水部,而杨敬之祭酒亦知之,有'逢人说项斯'之句。会昌四年进士。"

马　戴

戴,字虞臣,华州人。会昌四年左仆射王起下进士,与项斯、赵嘏同榜,俱有盛名。初应辟佐大同军幕府,与贾岛、许棠唱答。苦家贫,为禄〔一〕代耕,岁廪殊薄〔二〕,然终日吟事,清虚自如。《秋思》一绝曰："万木秋霜〔三〕后,孤山夕照馀。田园无岁计,寒近忆樵渔。"调率如此。后迁国子博士卒。

戴诗壮丽,居晚唐诸公之上。优游不迫,沉着痛快,两不相伤,佳作也。早耽幽趣,既乡里当名山,秦川一望,黄埃赤日,增起凌云之操。结茅堂玉女洗头盆下,轩窗甚僻,对悬瀑三十仞,往还多隐人。谁谓白头从宦,俸不医贫,徒兴猿鹤之消,不能无也。有诗一卷,今传〔四〕。

校记

〔一〕 "为禄",四库本作"禄仕"。《直斋书录解题》卷十九但言"会昌四年进士"。

〔二〕 按马戴,两《唐书》无传,《唐摭言》卷四云:"许棠久困名场。咸通末,马戴佐大同军幕,棠往谒之,一见如旧相识。留连数月,但诗酒而已,未尝问所欲。一旦,大会宾友,命使者以棠家书授之;棠惊愕,莫知其来。启缄,即知戴潜遣一介恤其家矣。"《唐诗纪事》卷五十四同。观此,似非甚贫者。

〔三〕 "霜",原作"霂",依陆本改。

〔四〕 《马戴诗》一卷今传,名《会昌进士诗集》,版本见《唐集叙录》。

孟　迟

迟,字迟之,平昌人。会昌五年,易重榜进士。有诗名,尤工绝句,风流妩媚,皆宫商金石之声。情与顾非熊甚相得,且同年。有诗一卷,行于世〔一〕。

校记

〔一〕 孟迟,两《唐书》无传,《唐诗纪事》卷五十四言其为刘商门生,为浙西掌书记,以谗罢。至淮南,崔相国奏掌书记。与杜牧之友善。其集一卷,今佚,《全唐诗》编诗十七首。《郡斋读书志》卷四中:"《孟迟诗》一卷　右唐孟迟字叔之,平昌人,会昌五年陈商下及第。"陆本作"字达之"。

任 蕃或作翻

蕃，会昌间人，家江东，多游会稽苕、霅间。初，亦举进士之京，不第，牓罢进谒主司曰："仆本寒乡之人，不远万里，手遮赤日，步来长安，取一第荣父母不得。侍郎岂不闻江东一任蕃，家贫吟苦，忍令其去如来日也？敢从此辞，弹琴自娱，学道自乐耳。"主司惭，欲留不可得。归江湖，专尚声调。去游天台巾子峰，题寺壁间云："绝顶新秋生夜凉，鹤翻松露滴衣裳。前峰月照一江水，僧在翠微开竹房。"既去百馀里，欲回改作"半江水"，行到题处，他人已改矣〔一〕。后复有题诗者，亡其姓氏，曰："任蕃题后无人继，寂寞空山二百年。"才名类是。凡作必使人改视易听，如《洛阳道》云："憧憧洛阳道，尘下生春草。行者岂无家，无人在家老。鸡鸣前结束，争去恐不早。百年路傍尽，白日车中晓。求富江海狭，取贵山岳小。二端立在途，奔走何由了？"〔二〕想蕃风度，此亦〔三〕足举其梗概。有诗七十七首为一卷今传，非全文矣〔四〕。

校记

〔一〕《直斋书录解题》卷十九："《任藩集》一卷 唐任藩撰，或作翻，客居天台，有《宿帢帻山绝句》为人所称，今城中巾子山也。"明李东阳《麓堂诗话》提此诗云出《唐音遗响》。俟考。

〔二〕 此二句四库本作："热中赴长安，奔走何时了？"

〔三〕 "亦"，原作"不"，依陆本改。

〔四〕《新唐书·艺文志》著录《任翻诗》一卷。今佚，《全唐诗》存诗十八首。

顾非熊

　　非熊,姑苏人,况之子也。少俊悟,一览辄能成诵。工吟,扬誉远近。性滑稽好辩,颇杂笑言凌轹气焰子弟。既犯众怒,挤排者纷然。在举场角艺三十年,屈声被[一]人耳。会昌五年,谏议大夫陈商发榜。初,上洽[二]闻非熊诗价,至是怪其不第,敕有司进所试文章,追榜放令及第。刘得仁贺以诗曰:"愚为童稚时,已解念君诗。及得高科早,须逢圣主知。"[三]授盱眙主簿,不乐拜迎,更厌鞭挞,因弃官归隐[四]。王司马建送诗云:"江城柳色海门烟,欲到茅山始下船。知道君家当瀑布,菖蒲潭在草堂前。"一时饯别吟赠,俱名流。不知所终。或传住茅山十馀年,一旦遇异人,相随入深谷,不复出矣[五]。有诗一卷,今行于世[六]。

校记

〔一〕"被",原作"破",依陆本改,《唐摭言》作"聒"。

〔二〕"洽",四库本作"熟"。

〔三〕此事见《唐摭言》卷八,"早"四库本作"晚",《唐诗纪事》卷六十三同。《唐摭言》、《唐诗纪事》记发榜事为长庆中,与此异。《直斋书录解题》卷十九:"《顾非熊集》一卷　唐盱眙主簿顾非熊撰,况之子,会昌五年进士。"

〔四〕《唐诗纪事》云:"大中时,自盱眙簿弃官隐茅山。"《新唐书·艺文志》亦注:"大中,盱眙簿,弃官隐茅山。"

〔五〕《唐摭言》卷八云:"顾况家隐居茅山,竟莫知所止。其子非熊及第归庆,既莫知况宁否,亦隐于旧山。或闻有所遇长生之秘术也。"为辛氏所本。

〔六〕《顾非熊诗》,今传本附顾况《华阳集》后,见《唐集叙录》。

曹 邺

邺,字邺之[一],桂林人。累举不第,为《四怨》、《三愁》、《五情》诗。雅道甚古。特[二]为舍人韦悫所知,力荐于礼部侍郎裴休,大中四年张温琪榜中第。看榜日上主司诗云:"一辞桂岩猿,九泣都门月。年年孟春至,看花如看雪。"《杏园宴间呈同年》云:"岐路不在天,十年行不至。一旦公道开,青云在平地。"又云:"忽忽出九衢,童仆颜色异。故衣未及换,尚有去年泪。"又云:"永持共济心[三],莫起胡越意。"佳句类此甚多。志特勤苦。仕至洋州刺史[四]。有集一卷,今传[五]。

校记

[一] 曹邺,两《唐书》无传,《唐诗纪事》卷六十作"字业之"。

[二] "特",原作"时",依陆本改。

[三] "济",原作"齐",依陆本改。

[四] 《唐诗纪事》云:"邺能文,有特操。咸通初为太常博士。白敏中卒,议谥,邺责其病不坚退,且逐谏臣,举怙威肆行谥曰丑。高元裕子璩,懿宗时为相,卒,邺建言,璩为宰相,交游丑杂,进取多蹊,谥法不思妄爱曰刺,请谥曰刺。"又云:"邺字业之,大中进士也,唐末以礼部郎中知洋州。"《直斋书录解题》卷十九:"曹邺集一卷 唐洋州刺史曹邺撰,大中四年进士。"

[五] 《曹邺集》,今单传本曰《祠部诗集》,见《唐集叙录》。

郑 嵎

嵎,字宾光,大中五年,李郜榜进士。有集一卷,名《津阳门诗》。津阳,即华清宫之外阙,询求父老,为诗百韵,皆纪明皇时事者也[一]。

校记

[一] 郑嵎,两《唐书》无传,此则后半取材自《唐诗纪事》卷六十二郑嵎之诗序。《郡斋读书志》卷四中:"郑嵎《津阳门诗》一卷　右唐郑嵎字宾光,大中五年进士……"为此传前半所本。

刘　驾

驾,字司南,大中六年,礼部侍郎崔峋下进士。初,与曹邺为友。深相结,俱工古风诗。邺既擢第,不忍先归,待长安中,驾成名,乃同归范蠡故山[一]。时国家复河、湟故地,有归马放牛之象,驾献《乐府》十章,《序》曰:"驾生唐二十八年,获见明天子以德归河、湟,臣得与天下夫妇复为太平人。恨愚且贱,不得拜舞上前。作诗十篇,虽不足贡声宁[二]庙,形容盛德,愿与耕稼陶渔者歌江湖田野间,亦足自快。"诗奏,上甚悦,累历达官。驾诗多比兴含畜,体无定规,意尽即止,为时所宗。今集一卷行于世[三]。

校记

[一] 刘驾,两《唐书》无传,此见《唐摭言》卷四及《唐诗纪事》卷六十三,《直斋书录解题》卷十九:"刘驾集一卷　唐刘驾司南撰,大中六年进士。"

[二] "宁",陆本据《全唐诗》作"宗",正保本作"宇"。

[三] 其集今佚,《全唐诗》编诗一卷。

方　干

干,字飞雄,桐庐人[一]。幼有清才,散拙无营务。大中中,举进士不第,隐居镜湖[二]中。湖北有茅斋,湖西有松岛,每风清月明,携稚子邻叟,轻棹往返,甚惬素心。所住水木幽闭,一草一花,俱能留客。家贫,蓄古琴,行吟醉卧以自娱。徐凝初有诗名,一见干器之,遂相师友,因授格律。干有赠凝诗云:"把得新诗草里论。"时谓反语为"村里老",疑干讥诮[三],非也。干貌陋兔缺,性喜凌侮。王大夫廉问浙东,礼邀干至,误三拜,人号为"方三拜"。王公嘉其操,将荐于朝,托吴融草表,行有日,王公以疾逝去。事不果成[四]。干早岁偕计[五]往来两京,公卿好事者争延纳,名竟不入手,遂归,无复荣辱之念。浙间[六]凡有园林名胜,辄造主人,留题几遍。初,李频学干为诗,频及第,诗僧清越贺云:"弟子已折桂,先生犹灌园。"[七]咸通末卒,门人相与论德谋迹[八],谥曰玄英先生。乐安孙合等缀其遗诗三百七十馀篇为十卷。王赞论之曰:"镂肌涤骨,冰莹霞绚。嘉肴自将,不吮馀隽。丽不葩芬,苦不瘅棘。当其得志,倏与神会。词若未至,意已独往。"合亦论曰:"其秀也仙蕊于常花,其鸣也灵鼍于众响。"观其所述,论不过矣[九]。

古黔娄先生死,曾参与门人来吊,问曰:"先生终,何以谥?"妻曰:"以康。"参曰:"先生存时,食不充膚,衣不盖形,死则手足不敛,傍无酒肉。生不美,死不荣。何乐而谥为康哉?"妻曰:"昔先生,国君用为相,辞不受,是有馀贵乜;君馈粟三十钟,辞不纳,是有馀富也。先生甘天下之淡味,安天下之卑位,不戚戚于贫贱,不遑遑于富贵,求仁得仁,求义得义,谥之以康,不亦宜乎?"方干韦布之士,生称高尚,死谥玄英,其梗概大节,庶几乎黔娄者耶?

校记

〔一〕 方干,两《唐书》无传,《唐诗纪事》卷六十三节录孙合《玄英先生传》曰："先生,新定人,字雄飞,章八元即先生外王父也。广明、中和间为律诗,江之南未有及者。始谒钱塘守姚公合,公视其貌陋,初甚侮之,坐定,览卷骇异,变容而叹之。先生举不得志,遂遯于会稽,渔于鉴湖,与郑仁规、李频、陶详为三益友。弟子洪农杨弇、释子居远。及卒,弇编其诗,请舍人王赞为之序。《赞序》云,张祜升杜甫之堂,方干入钱起之室云。"《唐摭言》卷十亦云"桐庐人"。《郡斋读书志》卷四中云："歙人,唐末举进士不第,隐镜湖上……"

〔二〕 "湖"字依陆本补。参见《鉴诫录》卷八《屈名儒》条。

〔三〕 采自《唐摭言》卷四及卷十。

〔四〕 采自《唐摭言》卷十。

〔五〕 "计",原作"许",依陆本改。

〔六〕 "间",陆本作"中"。

〔七〕 见《唐摭言》卷四。

〔八〕 "谋迹",四库本作"考行"。

〔九〕 方干集名《玄英先生诗集》,版本源流见《唐集叙录》。

李 频

频,字德新,睦州寿昌人。少秀悟,长,庐西山。多记览,于诗特工。与同里方干为师友。给事中姚合时称诗颖,频不惮走千里丐其品第;合见,大加奖挹,且爱其标格,即以女妻之。大中八年,颜标榜擢进士,调校书郎,为南陵主簿。试判入等,迁武功令。频性耿介,难干以非理。赈饥民,戢豪右,于是京畿多赖,事事可传。懿宗嘉之,赐绯、银鱼,擢侍御史。守法不阿,迁都官员外郎。表乞建州刺史,至则布条教,以礼治下。时盗所在冲突。惟建赖频以安。未几,卒官下。榇随家归,父老相与扶柩哀悼,葬永乐州,为立庙于梨山,岁时祭祠〔一〕。有灾沴必祷,垂福逮今。频诗虽出晚年,体制多与刘随州相抗,《骚》严《风》紧,惨惨逼人。有诗一卷,今行世[二]。

校记

〔一〕 以上全取自《新唐书》卷二百零三《艺文下·李频传》。《唐诗纪事》卷六十云:"乾符中,以工部员外郎为剑州刺史卒。"与此不合,疑误。

〔二〕 李频《梨岳集》今存,版本源流见《唐集叙录》。

李群玉

群玉,字文山,澧州人也。清才旷逸,不乐仕进,专以吟咏自适,诗笔遒丽,文体丰妍[一]。好吹笙,美[二]翰墨,如王、谢子弟,别有一种风流。亲友强之赴举,一上即止。裴相公休观察湖南,厚礼延致之郡中,尝勉之曰:"处士被褐怀玉,浮云富贵,名高而身不知,神宝宁久弃荒途?子其行矣。"大中八年,以草泽臣来京,诣阙上表,自进诗三百篇,休适入相,复论荐,上悦之,敕授弘文馆校书郎[三]。李频使君,呼为从兄。归湘中,题诗二妃庙,是暮,宿山舍,梦见二女子来曰:"儿,娥皇、女英也。承君佳句徽佩,将游于汗漫,愿相从也。"俄而影灭。群玉自是郁郁,岁馀而卒。段成式为诗哭曰:"曾话黄陵事,今为白日催。老无男女累,谁哭到泉台?"[四]今有诗三卷、后集五卷,行世[五]。

夫澧浦,古骚人之国,屈平仕遭潜毁,不知所诉,心烦意乱,赋为《离骚》,骚,愁也[六]。"已矣哉,国无人[七]知我兮,又何怀乎故都?"委身鱼腹,魂招不来。芳草萎蕙[八],萧艾参天,奚独一时而然也!群玉继禀修能,翱翔大化。人不知而不恤,禄不及而不言。望浔阳之亡极,挹杜兰之绪馨。款君门以披怀,沾一命而潜退。风景满目,宁无愧于古人。故其格调清越,而多登山临水、怀人送归之制,如"远客坐长夜,雨声孤寺秋;请量东海水,看取浅深愁"等句,已曲尽羁旅坎壈之情。壮心千里,于方寸不扰,亦大[九]难矣!

校记

〔一〕 "妍",四库本作"美"。

〔二〕 "美",陆本作"弄"。

〔三〕 李群玉,两《唐书》无传,以上采自《郡斋读书志》卷四中而加以藻饰。《唐摭言》卷十云:"咸通中,丞相修行杨公为奥主,进诗三百篇,授麟台仇校。"与此异。

〔四〕 此事采自《云溪友议》卷中《云中命》,《唐诗纪事》较略。

〔五〕 《李群玉诗集》今存,版本源流见《唐集叙录》。

〔六〕 此三字四库本作"盖其离愁也"五字。

〔七〕 "无人",四库本作"人莫"。《离骚》作"国无人莫我知兮"。

〔八〕 "菱蘅",四库本作"遽萎"。"招"下有"兮"字,依陆本删。

〔九〕 "大",四库本作"云"。

唐才子传校正卷第八

李郢

郢,字楚望,大中十年,崔铏榜进士及第。初居馀杭,出有山水之兴,入有琴书之娱,疏于驰竞。历为藩镇从事,后拜侍御史。郢工诗,理密辞闲,个个珠玉。其清丽极能写景状怀,每使人竟日不能释卷。与清塞、贾岛最相善。时塞还俗,闻岛寻卒[一],郢重来钱塘,俱绝音响,感而赋诗曰:"却到城中事事伤,惠休还俗贾生亡。谁人收得章句箧,独我重经苔藓房。一命未沾为逐客,万缘初尽别空王。萧萧竹坞残阳在,叶覆闲阶雪拥墙。"其它警策率类此。有集一卷,今传[二]。

校记

[一] "闻岛寻卒",四库本作"岛亦寻卒"。

[二] 李郢,两《唐书》无传,《唐诗纪事》卷五十八云:"字楚望,大中进士,终于御史。"除录其诗外,复录李义山、杜牧之、方干等赠诗,可见其交游。末云:"郢子玙,字鲁珍,生于南海,尤能诗。每一篇成,必脍炙人口,后登甲第。"《新唐书·艺文志》著录《李邓诗》一卷,注云:"字楚望,大中进士第,侍御史。"《郡斋读书志》卷四中:"《李郢端公诗》一卷右　唐李

郢楚望也。大中十年进士。诗调清丽,居馀杭,疏于驰竞,为藩镇从事兼侍御史。"其集今佚,《全唐诗》编诗一卷。

储嗣宗

嗣宗,大中十三年,孔纬榜及第。与顾非熊先生相结好,大得诗名。苦思梦索,所谓逐句留心,每字着意,悠悠皆[一]尘外之想。览其所作,及见其人。警联如:"绿毛辞世女,白发入壶翁。"又:"片水明在野,万花深见人。"又:"黄鹤有归语,白云无忌心。"又:"蝉鸣月中树,风落客前花。"又:"池亭千里月,烟水一封书。"又:"鹤语松上月,花明云里春。"又:"一酌水边酒,数声花下琴。"又:"宿草风悲夜,荒村月吊人。"《哭彭先生》云:"空阶鹤恋丹霄影,秋雨苔封白石床。"《题闲居》云"鸟啼碧树闲临水,花满青山静掩门"等句,皆区区所当避舍者也。有集一卷,今传[二]。

校记

〔一〕 陆本无"皆"字。

〔二〕《直斋书录解题》卷十九:"《储嗣宗集》一卷　唐储嗣宗撰。大中十三年进士。"今未见单传本,《全唐诗》存诗一卷。

刘　沧

沧,字蕴灵,鲁国人也。体貌魁梧,尚气节,善饮酒,谈古今,令人终日喜听。慷慨怀古,率见于篇。大中八年,礼部侍郎郑薰下进士,牓后,进谒谢,薰曰:"初谓刘君锐志,一第不足取。故人别来,三十载不相知闻,谁谓今白头纷纷矣。"调华原尉[一]。

与李频同年。诗极清丽,句法绝同赵嘏、许潭,若出一绚综然[二]。诗一卷,今传[三]。

校记

〔一〕 "华",原作"业",据刘沧诗题《罢华原尉上座主尚书》校改。

〔二〕 宋范晞文《对床夜语》卷二:"赵嘏、刘沧七言,间类许浑,但不得其全耳。"疑辛氏本此。

〔三〕 刘沧两《唐书》无传,《唐诗纪事》卷五十八除记其五首七律外,但云:"沧,字蕴灵,大中进士也。"《新唐书·艺文志》著录《刘沧诗》一卷,只注"字蕴灵"三字。《郡斋读书志》卷四中:"《刘沧诗》一卷 右唐刘沧字温灵,大中八年进士,诗颇清丽,句法绝类赵嘏。""温"疑为"蕴"字误书。其集今未见单行,《全唐诗》存诗一卷,《小传》云:"刘沧,字蕴灵,鲁人。大中八年进士第,调华原尉,迁龙门令。"

陈 陶

陶,字嵩伯,鄱阳剑浦人。尝举进士,辄下,为诗云:"中原不是无麟凤,自是皇家结网疏。"[一]颇负壮怀。志远心旷,遂高居不求进达,恣游名山,自称三教布衣。大中中,避乱入洪州西山,学神仙咽气有得,出入无间。时严尚书宇牧豫章,慕其清操,尝备斋供,俯就山中,挥麈谈终日[二],而欲试之,遣小妓莲花往侍。陶笑不答,莲花赋诗求去,曰:"莲花为号玉为腮,珍重尚书送妾来。处士不生巫峡梦,虚劳云雨下阳台。"陶赋诗赠之云:"近来诗思清于水,老去风情薄似云。已向升天得门户,锦衾深愧卓文君。"[三]宇见诗,益嘉贞节。陶金骨已坚,戒行通体,夜必鹤氅,焚香巨石上,鸣金步虚,礼星月,少寐。所止茅屋,风雷汹汹不绝。忽一日不见,惟鼎灶杵臼依然。开宝间,有樵者入深谷,犹见无恙,后不知所终[四]。陶工赋诗,无一点尘气,于晚唐诸人中,最得平淡,要非时流所能企及者。有《文录》十卷,今传于世[五]。

校记

〔一〕 见《北梦琐言》卷五。陶籍贯有岭南、鄱阳、剑浦三说,《唐诗纪事》但云剑浦,此处云"鄱阳剑浦",易生歧误。

〔二〕 "麈"字依陆本补,陆本下句无"而"字。

〔三〕 见《唐诗纪事》卷五十八。

〔四〕 同注〔三〕。岑仲勉先生读《全唐诗札记》考证陶之卒当在昭宗前,可参看。

〔五〕 其集今佚,《全唐诗》编诗二卷。《郡斋读书志》卷四中:"《陈陶集》二卷 右唐陈陶嵩伯也。鄱阳人,大中时隐洪州西山,自号三教布衣云。《江南野史》有传。"

郑 巢

巢,钱塘人。大中间举进士。时姚合号诗宗,为杭州刺史,巢献所业,日游门馆,累陪登览燕集,大得奖重,如门生礼。然体效格法[一],能服[二]膺无斁,句意且清新[三]。巢性疏野,两浙湖山,寺宇幽胜,多名僧,外学高妙;相与往还酬酢,竟亦不仕而终。有诗一卷,今传[四]。

校记

〔一〕 此句陆本作"效合体格"。

〔二〕 "服",原作"伏",依陆本改。

〔三〕 陆本无"且"字。

〔四〕 《全唐诗》存诗一卷。

于武陵

武陵,名邺,以字行,杜曲人也。大中时,尝举进士,不称意,携书与琴,往来商、洛、巴、蜀间,或隐于卜中,存独醒之意。避地嘿嘿,语不及荣贵,少与时辈交游。尝南来潇、湘,爱汀〔一〕洲芳草,况是古骚人旧国,风景不殊,欲卜居未果。归老嵩阳别墅。诗多五言,兴趣飘逸多感。每终篇一意,策名当时。集一卷,今传〔二〕。

校记

〔一〕 "汀",原作"河",依陆本改。

〔二〕 于武陵,两《唐书》无传,《唐诗纪事》卷五十八仅云:"会昌时诗人也。"《新唐书·艺文志》著录《于武陵诗》一卷,未注。《郡斋读书志》卷四中:"《于武陵诗》一卷　右唐于武陵,大中进士。"《全唐诗》存诗一卷。"今传"四库本作"今行于世"。

来　鹏

鹏,豫章人,家徐孺子亭边,林园自乐,师韩、柳为文。大中、咸通间,才名藉甚。鹏工诗,蓄锐既久,自伤年长,家贫不达,颇亦忿忿,故多寓意讥讪。当路虽赏清丽,不免忤情,每为所忌。如《金钱花》云:"青帝若教花里用,牡丹应是得钱人。"《夏云》云:"无限旱苗枯欲尽,悠悠闲处作奇峰。"《偶题》云:"可惜青天好雷电,只能惊起懒蛟龙。"坐是,凡十上不得第。韦宙尚书独赏其才,延待幕中,携以游蜀;又欲纳为婿,不果。是年,力荐,夏课卷中献诗有云:"一夜绿荷风剪破,嫌他秋雨不成珠。"宙以为不祥,果失志〔一〕。时遭广明庚子之乱,鹏避地游荆、襄,艰难险阻。南返,中和客死于维扬逆旅。主人贤,收葬之。有诗一卷,今传于世〔二〕。

校记

〔一〕 来鹏,两《唐书》无传。《唐诗纪事》卷五十六记此事作"韦岫"并于条末注云:"岫者,丹之子也。""嫌"作"赚"。《北梦琐言》卷七同于《纪事》。惟末作:"是岁不随秋试而卒于通议郎。"《纪事》"来鹄"条云:"鹄,豫章人,师韩、柳为文,大中、咸通间,声籍甚重。"

〔二〕 《唐摭言》卷十:"来鹄,豫章人也,师韩、柳为文。大中末、咸通中,声价益藉甚。广阴庚子之乱,鹄避地游荆、襄,南返。中和客死于扬州。"《新唐书·艺文志》著录《来鹏诗》一卷,无来鹄。《直斋书录解题》卷十九:"《来鹏集》一卷　唐豫章来鹏撰,咸通中举进士不第。《全唐诗》收来鹄诗一卷注云:"一作鹏。"疑计氏误分为二人,辛氏合之是。

温庭筠

庭筠,字飞卿,旧名岐,并州人,宰相彦博之孙也。少敏悟,天才雄赡〔一〕,能走笔成万言。善鼓琴吹笛,云:"有弦即弹,有孔即吹,何必爨桐与柯亭也?"〔二〕侧词艳曲〔三〕与李商隐齐名,时号"温、李"。才情绮丽,尤工律赋。每试,押官韵,烛下未尝起草,但笼袖凭几,每一韵一吟而已。场中曰温八吟〔四〕。又谓八叉手成八韵,名温八叉。多为邻铺假手。然薄行无检幅,与贵胄裴诚〔五〕,令狐滈等饮博。后,夜尝醉诟狎邪间,为逻卒折齿,诉不得理〔六〕。举进士,数上又不第。出入令狐相国书馆中,待遇甚优。时宣宗喜歌《菩萨蛮》,绹假其新撰〔七〕进之,戒令勿泄,而遽言于人。绹又尝问玉条脱事,对以出《南华经》,且曰:"非僻书,相公燮理之暇,亦宜览古。"又有言曰:"中书省内坐将军。"讥绹无学,由是渐疏之。自伤云:"因知此恨人多积,悔读《南华》第二篇。"〔八〕徐商镇襄阳,辟巡官。不得志,游江东。大中末,山北沈侍郎主文,特召庭筠试于帘下,恐其潜救。是日不乐,逼暮,先请出,仍献启千馀言。询之,已占授八人矣[九]。执政鄙其为[一○],留长安中待除。宣宗微行,遇于传舍,庭筠不识,傲然诘之曰:"公非司马长史之流乎?"[一一]又曰:"得非文参[一二]簿尉之类?"帝曰:"非也。"后谪方城尉,中书舍人裴坦当制,忸怩含毫久之,词曰:"孔门以德行居先,文章为末。尔既早随计吏,宿负雄名,徒夸不羁之才,罕有适时之用。放骚人于湘浦,移贾谊于长沙。尚有前席之期,未爽抽毫之思。"庭筠之官,文士诗人争赋诗祖饯,惟纪唐夫擅场,曰:"凤凰诏下虽沾命,《鹦鹉》才高却累身。"[一三]唐夫举进士,有词名。庭筠仕终国子助教,竟流落而死。今有《汉南真稿》十卷,《握兰集》三卷,《金筌集》十卷,《诗集》五卷,及《学海》三十卷。又《采茶录》一卷,及著《乾𦠆子》一卷,序云:"不爵不觚,非㐱非炙,能说诸心,庶乎乾𦠆之义欤?"[一四]并传于世[一五]。

校记

〔一〕 "雄赡"二字,依陆本补。

〔二〕 事见《北梦琐言》卷二十。

〔三〕 "艳",原作"绝",依指海本改。

〔四〕 见《唐摭言》卷十三及《北梦琐言》卷四。

〔五〕 "裴诚",陆本依《新唐书》作"諴",《旧唐书》作"诚"。

〔六〕 见《新唐书》卷九十一、《旧唐书》卷一百九十下《文苑下》。

〔七〕 "撰",原作"选",依陆本改。

〔八〕 按,辛氏此传多取《北梦琐言》及《唐摭言》。《北梦琐言》卷四:"宣宗尝赋诗,上句有'金步摇',未能对。遣未第进士对之,庭云乃以'玉条脱'续之,宣宗不赏焉。(《郡斋读书志》卷四中引此事作'上喜其敏')又药名有'白头翁',温以'苍耳子'为对,他皆此类也。"又该书卷二:"或云曾以故事访于温岐,对以其事出《南华》,且曰:'非僻书也,或冀相公燮理之暇,时宜览古。'绹益怒之。"辛氏不察,以"玉条脱"事出庄子,大谬。

又所引温诗亦非为绹发。胡震亨《唐音癸签》卷二十九云:"小说,令狐绹曾以旧事访温庭筠,庭筠诮其出《庄子》不知,绹怒之,卒不登第,庭筠诗'因知此恨人多积,悔读《南华》第二篇'谓此。考庭筠诗原为哭亡友作,云:'终知此恨难消遣,辜负《南华》第二篇。'叹己不能齐物,如庄周之忘哀也。温之尝诮令狐相未必虚,而此诗则何尝为令狐发也耶?"又按以字"飞卿"证之,似当从《北梦琐言》名"庭云"。

〔九〕　见《唐摭言》卷十三。

〔一〇〕　陆本"为"上有"所"字。

〔一一〕　见《北梦琐言》卷四。"之"字依陆本补。

〔一二〕　"文参",陆本作"六参",《北梦琐言》作"大参"。

〔一三〕　见《唐摭言》卷十一。

〔一四〕　"钦",原作"等",则当置引号外,依陆本改。

〔一五〕　《温飞卿集》今存,版本源流见《唐集叙录》。

鱼玄机

玄机,长安人,女道士也。性聪慧,好读书,尤工韵调,情致繁缛。咸通中及笄,为李亿补阙侍宠。夫人妒,不能容。亿遣隶咸宜观披戴。有怨李诗云:"易求无价宝,难得有心郎。"〔一〕与李郢端公同巷,居止接近,诗筒往反。复与温庭筠交游,有相寄篇什。尝登崇真观南楼,睹新进士题名榜〔二〕,赋诗曰:"云峰满目放春情,历历银钩指下生。自恨罗衣掩诗句,举头空羡榜中名。"观其志意激切,使为一男子,必有用之才,作者颇赏怜之。时京师诸宫宇女郎,皆清俊济楚,簪星曳月,惟以吟咏自遣。玄机杰出,多见酬酢云。有诗集一卷,今传〔三〕。

校记

〔一〕　《北梦琐言》卷九云:"唐女道士鱼玄机,字蕙兰,甚有才思。

咸通中,为李亿补阙执箕帚,后爱衰,下山隶咸宜观为女道士,有怨李公诗……"《唐诗纪事》卷七十八,《全唐诗话》卷六并云:"玄机,咸通中,西京咸宜观女道士也。字幼微。善属文,其诗有……后以笞杀女童绿翘下狱,狱中有诗云:'易求无价宝,难得有情郎(《纪事》作"夫",疑非是)。'"与此小异。又按《古今诗话》云:"唐女真蕙兰有才思。咸通中为李亿补阙侍婢。爱衰后隶咸宜观为女道士,有怨李诗曰:'易求无价宝,难买有情郎。'又有云:'蕙兰消歇归春圃,杨柳东西绊客舟。'"(月窗本《诗话总龟前集》卷四十二)《全唐诗话》云狱中作,恐不足信。

〔二〕 "榜"字依陆本补,《全唐诗》题作《游崇真观南楼睹新及第题名处》。

〔三〕 《鱼玄机集》今传,版本源流见《唐集叙录》。

邵 谒

谒,韶州翁源县人。少为县厅吏,客至苍卒,令怒其不支床迎待,逐去。遂截髻着县门上,发愤读书。书堂距县十馀里,隐起水心。谒平居如里中儿未冠者,发鬅鬙,野服。苦吟,工古调。咸通七年抵京师,隶国子监[一]。时温庭筠主试,悯攎寒苦,乃榜谒诗三十馀篇,以振公道,曰:"前件进士,识略精微,堪裨教化。声词激切,曲备风谣。标题命篇,时所难著。灯烛之下,雄辞卓然。诚宜榜示众人,不敢独专华藻[二]。仍请申堂,并榜礼部。"已而释褐。后赴官,不知所终。它日县民祠神者,持帧舞铃,忽自称"邵先辈降"。乡里前辈,皆至作礼,问曰:"今者辱来,能强为我赋诗乎?"巫即书一绝云:"青山山下少年郎,失意当时别故乡。惆怅不堪回首望,隔溪遥见旧书堂。"词咏凄苦,虽椽笔不逮。乡老中晓声病者,至为感泣咨嗟。今有诗一卷传于世[三]。

校记

〔一〕 "监"字依陆本补。

〔二〕 "着",四库本作"及"。《全唐文》卷七百八十六下有"并仰榜出,以明无私"八字。

〔三〕 《邵谒诗》,《新唐书·艺文志》未见著录,《全唐诗》编诗一卷。《直斋书录解题》卷十九:"邵谒集一卷 唐国子生曲江邵谒撰。集后有胡宾王者为之序,言其没后,降巫赋诗,自称邵先辈。殆若今世请大仙之类耶?"此传疑本于《胡序》。《宋史·艺文志》七著录《邵谒诗》一卷。

于　濆

濆,字子漪,咸通二年裴延鲁榜进士。患当时作诗者拘束声律而入轻浮,故作《古风》三十篇以矫弊俗,自号《逸诗》。今一卷传于世〔一〕。

观唐诗至此间,弊亦极矣。独奈何国运将弛,士气日丧,文不能不如之。嘲云戏月,刻翠粘红,不见补于采风,无少裨于化育。徒务巧于一联,或伐善于只字,悦心快口,何异秋蝉乱鸣也!于濆、邵谒、刘驾、曹邺等,能返棹下流,更唱瘖俗,置声禄于度外,患大雅之凌迟,使耳厌郑、卫,而忽洗云和;心醉醇醿,而乍爽玄酒。所谓清清泠泠,愈病析酲,逃空虚者,闻人足音,不亦快哉! 晋处士戴颙春日携斗酒,往树下听鹂黄,曰"此俗耳针砭,诗肠鼓吹"者,岂徒然哉! 于数子亦云。

校记

〔一〕 于濆,两《唐书》无传,《新唐志》著录《于濆诗》一卷下注"字子漪"三字。《唐诗纪事》卷六十一云:"濆,字子漪,咸通进士,终泗州判官。"其集今未见单行,《全唐诗》收诗一卷。

李昌符

　　昌符,字岩梦[一],咸通四年礼部侍郎萧仿下进士。工诗,在长安与郑谷酬赠,仕终膳部员外郎[二]。尝作《奴婢诗》五十首,有云:"不论秋菊与春花,个个[三]能噇空肚茶。无事莫教频入库,每般闲物要些些。"等句。后为御史劾奏,以为轻薄为文,多妨政务。亏严重之德,唱诽戏之风。谪去,鲍系终身[四]。有《诗集》一卷,行于世[五]。

校记

〔一〕 "岩",原作"若",依陆本改。

〔二〕 李昌符,两《唐书》无传,《唐诗纪事》卷七十云:"昌符,字岩梦,登咸通四年进士第,历尚书郎。"《直斋书录解题》卷十九:"《李昌符集》一卷　唐膳部员外郎李昌符撰。咸通四年进士。"

〔三〕 "个个",原作"了了",依陆本改。

〔四〕 此事出《北梦琐言》卷十(《唐诗纪事》全引)云:"唐咸通中,前进士李昌符有诗名,久不登第。常岁卷轴,息于装修。因出一奇,作《婢仆诗》五十首,于公卿间行之。有诗云:'春娘爱上酒家楼,不怕归迟总不留。推道那家娘子卧,且留教住待梳头。'又云:'不论……'诸篇皆中婢仆之讳。浃旬,京师盛传其诗篇,为奶妪辈怪骂腾沸,尽要捆其面。是年登第。与夫桃杖、虎靴,事虽不同,用奇即无异也。"疑后文为辛氏想当然之辞。

〔五〕 李昌符诗,《新唐志》未著录,《直斋书录解题》集一卷。《全唐诗》有诗一卷,另《婢仆诗》二首。

翁　绶

　　绶,咸通六年中书舍人李蔚下进士。工诗,多近体。变古乐府,音韵虽响,风骨憔悴,真晚唐之移习也。后亦间关,名不甚显。固知"闾巷主人,欲砥行立名者,非附青云之士,恶能[一]施于后世哉"！有诗今传[二]。

校记

[一] "能"字依陆本捕。此《史记·伯夷列传》语。
[二] 《全唐诗》存诗八首。

汪　遵

遵,宣州泾县人。幼为小吏,昼夜读书良苦,人皆不觉。咸通七年,韩衮榜进士。遵初与乡人许棠友善,工为绝诗[一],而深自晦密。以家贫难得书,必借于人,彻夜强记,棠实不知。一旦辞役就贡,棠时先在京师,偶送客至灞、浐间,忽遇遵于途,行李索然,棠讯之曰:"汪都何事来?"[二]遵曰:"此来就贡。"棠怒曰:"小吏不忖,而欲与棠同研席乎?"甚侮慢之。后遵成名五年,棠始及第[三]。洛中有李相德裕平泉庄,佳景殊胜。李未几坐事贬朱崖,遵过题诗曰:"平泉风景好高眠,水色岚光满目前。刚欲平他不平事,至今惆怅满南边。"又《过杨相宅》诗云:"倚伏从来事不遥,无何平地起青霄。才到青霄却平地,门对古槐空寂寥。"俱为时人称赏。其馀警策称是。有集今传[四]。

汪遵,泾之一走耳。拔身卑污,奋誉文苑。家贫借书,以夜继日,古人阅市偷光,殆不过此。昔沟中之断,今席上之珍。丈夫自修,不当如是耶? 与夫朱门富家,积书万卷,束在高阁,尘暗签轴,蠹落帙帷。网好学之名,欺盲聋之俗;非三变之败,无一展之期。谚曰:"金玉有馀,买镇宅书。"呜呼哀哉！

校记

〔一〕 陆本"诗"上有"句"今。

〔二〕 陆本、四库本下有"都者吏之呼也"六字,《唐摭言》作夹注。

〔三〕 此据《唐摭言》卷八,《唐诗纪事》卷五十九同。以上与许棠友善之说,为辛氏所增,与下文矛盾,恐不足据。

〔四〕 江遵诗未见《新唐志》著录,《全唐诗》编诗一卷。

沈 光

光,吴兴人。咸通七年,礼部侍郎赵骘下进士。工文章古诗,标致翘楚,大得美称。尝作《洞庭乐赋》〔一〕,韦岫见之曰:"此乃一片宫商也。"又如《太白酒楼记》等文,皆仪表于世。有《诗集》及《云梦子》五卷,并传世〔二〕。光风鉴澄爽,神情俊迈。后仕终侍御史云。

校记

〔一〕 陆本"乐"上有"张"字。事见《北梦琐言》卷七,无"张"字。

〔二〕 《文苑英华》卷二百一十三存沈光《周员外出双舞柘枝妓》一题,文缺。其馀作品未见。《新唐志》:"《沈光集》五卷题曰《云梦子》"《宋史·艺文志》七《沈光诗集》一卷。皆久佚。

赵 牧

牧,不知何处人。大中、咸通中,累举进士不第。有俊才,负奇节,遂舍场屋,放浪人间。效李长吉为歌诗,颇涉狂怪,耸动当时。镵金结绣,而无痕迹装染〔一〕。其馀轻巧之词甚多。同时有刘光远,亦慕长吉。凡作体效,犹能埋没意绪,竟不知所终。俱有诗传世〔二〕。

校记

〔一〕 "绣"（繡），原作"潇"（瀟），"装"，原作"浆"，并依陆本改。

〔二〕 赵牧、刘光远事均据《唐摭言》卷十，《唐诗纪事》卷六十六亦仅据《摭言》录《对酒》诗一首，《全唐诗》仅存此一诗。

罗　邺

邺，馀杭人也。家资巨万，父则为盐铁吏。子二人，俱以文学干进，邺尤长律诗。时宗人隐、虬，俱以声格著称，遂齐名，号"三罗"。隐雄丽而坦率，邺清致而联绵，虬则区区而已。咸通中，数下第，有诗云："故乡依旧空归去，帝里如同不到来。"崔安潜侍郎廉问江西，邺适飘篷湘浦间，崔素赏其作，志在弓旌，竟为幕吏所沮。既而俯就督邮〔一〕。不得志，跋跄北征，赴职单于牙帐。邺去家愈远，万里沙漠，满目谁亲。因兹举事〔二〕，阑珊无成，於邑而卒。

邺素有英资，笔端超绝，其气宇亦不在诸人下。初无箕裘之训，顿改门风，崛兴音韵，驰誉当时，非易事也。而跋前疐后，绝域无聊，独奈其命薄何？孔子曰才难，信然。有诗集一卷，今传〔三〕。

校记

〔一〕 罗邺，两《唐书》无传，以上引用《唐摭言》卷十，《唐诗纪事》卷六十八同。

〔二〕 "举事"，四库本作"触绪"，则当连"阑珊"为句。

〔三〕 《新唐志》著录《罗邺诗》一卷，今未见单传，《全唐诗》编诗一卷。

胡　曾

　　曾，长沙人也[一]。咸通中进士。初，再三下第，有诗云："翰苑几时休嫁女，文章[二]早晚罢生儿。上林新桂年年发，不许闲人折一枝。"曾天分高爽，意度不凡，视人间富贵亦悠悠。遨[三]历四方，马迹穷岁月，所在必公卿馆谷。上交不谄，下交不渎，奇士也。尝为汉南节度从事。作《咏史诗》，皆题古君臣争战废兴尘迹。经览形胜，关山亭障，江海深阻，一一可赏。人事虽非，风景犹昨。每感辄赋，俱能使人奋飞。至今庸夫孺子，亦知传诵。后有拟效者，不逮矣。至于近体律绝等，哀怨清楚，曲尽幽情。擢居中品不过也。借其才茂而身未颖脱，痛哉！今《咏史诗》一卷，有咸通中人陈盖注，及《安定集》十卷行世[四]。

校记

[一]　胡曾，两《唐书》无传。《唐诗纪事》卷七十一云"邵阳人"，与此异。《直斋书录解题》卷十九："《咏史诗》三卷，唐邵阳胡曾撰，凡一百五十首。曾咸通末为汉南从事。"

[二]　"章"，陆本作"昌"。诗见《北梦琐言》卷七及《唐诗纪事》卷六十一。《纪事》作"文昌"。

[三]　"遨"，陆本作"游"

[四]　其集今佚，《全唐诗》编诗一卷。

李山甫

　　山甫，咸通中，累举进士不第。落魄有不羁才，须髯如戟，能为青白眼，生平憎俗子，尚豪侠[一]，虽箪食豆羹，自甘不厌。为诗托讽,不得志,每狂歌痛饮,拔剑斫地。少摅郁郁之气耳。后流寓河朔间,依乐彦禛(卷九"公乘亿"条作祯,似是)为魏博从事。不得众情,以陵傲之故〔二〕,无所遇。尝有《老将》诗曰:"校猎燕山经几春,雕弓白羽不离身。年来马上浑无力,望见飞鸿指似人。"此伤其蹇薄无成,时人怜之。后不知所终。山甫诗文激切,耿耿有奇气,多感时怀古之作。今集一卷,赋二卷,并传〔三〕。

校记

〔一〕 "平"、"侠"二字依陆本补。

〔二〕 "故",原作"以",依陆本改。

〔三〕 李山甫,两《唐书》无传,《唐诗纪事》卷七十云:"咸通中,数举进士被黜,依魏博乐彦禛(卷九"公乘亿"条作祯,似是)幕府,内乐祸且怨中朝大臣,导彦禛子从训伏兵杀王铎,劫其家(案事见《北梦琐言》卷十三)。尝有诗云:'劝君莫用夸头角,梦里输赢总未真。'讥执政也。"其集今佚,《全唐诗》编诗一卷。

曹　唐

唐,字尧宾,桂州人。初为道士,工文赋诗。大中间举进士,咸通中为诸府从事。唐与罗隐同时,才情不异。唐始起清流,志趣澹然,有凌云之骨,追慕古仙子高情,往往奇遇,而己才思不减前人〔一〕,遂作《大游仙诗》五十篇,又《小游仙诗》等,纪其悲欢离合之要,大播于时。唐尝会隐,各论近作。隐曰:"闻兄《游仙》之制甚佳,但中联云:'洞里有天春寂寂,人间无路月茫茫。'乃是鬼耳。"唐笑曰:"足下《牡丹》诗一联咏女〔二〕子障:'若教解语应倾国,任是无情也动人。'"于是座客大笑〔三〕。唐平生之志〔四〕激昂,至是薄宦,颇自郁悒,为《病马》诗以自况,警联如:

"尾盘夜雨红丝脆,头捽秋风白练低。"又云:"风吹病骨无骄气,土蚀骢花见卧痕。"又云:"饮惊白露泉花冷,吃怕清秋豆叶寒。"皆脍炙人口。忽一日,昼梦仙女,鸾服[五]花冠,衣如烟雾,倚树吟唐咏天台刘、阮诗,若[六]欲相招而去者。唐惊觉,颇怪之。明日暴病卒,亦感忆之所致也[七]。有《诗集》二卷,今传于世[八]。

人云:有德者或无文,有文者或无德。文德兼备,古今所难。《典论》谓"文人相轻,从古而然","各以所长,相轻所短"[九]。矛盾之极,则是非锋起,隙[一〇]始于毫末,祸大于丘山,前后类此多矣。夫以口舌常谈,无益无损;每至丧清德,负良友,承轻薄子之名,乏藏疾匿瑕之量。如此,功业未见其超者矣。君子所慎也。

校记

〔一〕 "前人"二字,依陆本补。

〔二〕 "女",原作"如",依陆本改。

〔三〕 事见《五代史补》,葛立方《韵语阳秋》卷二引次序不同。《唐诗纪事》卷五十八云:"唐,字尧宾,桂州人。初为道士,后为使府从事,咸通中卒。作《游仙诗》百馀篇。其友人曰:'尧宾曾作鬼诗。'唐曰:'何也?'曰:'水底有天春寂寂,人间无路月茫茫。非鬼诗而何?'唐大哂。"此事诗话、小说多载。

〔四〕 "之志",四库本作"志甚"。

〔五〕 "鸾",原作"莺",依陆本改,四库本作"鸾佩"。

〔六〕 "若"字依陆本补。

〔七〕 事见《太平广记》卷三百四十九,注出《灵怪集》。

〔八〕 其集今佚,《全唐诗》编诗二卷。

〔九〕 出魏文帝曹丕《典论·论文》,"从"作"自"。

〔一〇〕 "隙",原作"奋",依陆本改。

皮日休

日休，字袭美，一字逸少，襄阳人也。隐居鹿门山。性嗜酒，癖诗，号"醉吟先生"，又自称"醉士"；且傲诞，又号"间气布衣"，言己天地之间气也。以文章自负，尤善箴铭。咸通八年，礼部侍郎郑愚下及第，为著作郎，迁太常博士。时值末年，虎狼放纵，百姓手足无措，上下所行，皆大乱之道，遂作《鹿门隐书》六十篇，多讥切谬政。有云："毁人者，自毁之；誉人者，自誉之。"又曰："不思而立言，不知而定交，吾其惮也。"又曰："古之杀人也怒，今之杀人也笑。"又曰："古之置吏也，将以逐盗；今之置吏也，将以为盗。"等，皆有所指云尔。日休性冲泊无营，临难不惧。乾符丧乱，东出关，为毗陵副使，陷巢贼中。巢惜其才，授以翰林学士。日休惶恐局踧，欲死未能。劫令作谶文以惑众，曰："欲始圣人姓，田八二十一；欲知圣人名，果头三屈律。"贼疑其果[一]恨必讥己，遂杀之[二]。临刑，神色自若，无知不知，皆痛惋也。日休在乡里，与陆龟蒙交拟金兰，日相赠和。自集所为文十卷，名《文薮》，及《诗集》一卷，《滑台集》七卷，又著《皮氏鹿门家钞》九十卷，并传[三]。

夫次韵唱酬，其法不古，元和以前，未之见也。暨令狐楚、薛能、元稹、白乐天集中，稍稍开端。以意相和之法渐废。间作逮日休、龟蒙，则飙流顿盛，犹空谷有声，随响即答。韩偓、吴融以后，守之愈笃，汗漫而无禁也。于是天下禽然，顺下风而趋，至数十反而不已，莫知非焉。夫才情敛之不盈握，散之弥八纮；遣意于词[四]间，寄兴于物表：或上下出入，纵横流散；游刃所及，孰非我有：本无拘缚浕灖之忌也。今则限以韵声，莫违次第，得佳韵则了不相干,岨峿难入;有当事则韵不能强,进退双违:必至窘束长才,牵接非类,求无瑕片玉,千不遇焉,诗家之大弊也。更以言巧称工,夸多斗丽,足见其少雍容之度。然前修有恨其迷途既远,无法以救之矣。

校记

〔一〕 "果",四库本作"衷"。

〔二〕 皮日休两《唐书》无传,《郡斋读书志》卷四中云"咸通八年登进士第"。此事见《南部新书丁》及《唐诗纪事》卷六十四。陆游《渭南集》卷三十《跋松陵唱和集》及《老学庵笔记》卷十中力辨其为乌有。今人萧涤非先生《皮子文薮·前言》证陆说之非而从《该闻录》"巢败被诛"之说。可参看。

〔三〕 皮日休诸作多散佚,《文薮》今存,版本源流见《唐集叙录》。《全唐诗》编诗九卷。

〔四〕 "词",原作"时",依陆本改。

陆龟蒙

龟蒙,字鲁望,姑苏人。幼而聪悟,有高致,明《春秋》,善属文,尤能谈笑。诗体江、谢,名振全吴。家藏书万卷,少无声色之娱。举进士,一不中。尝从张抟〔一〕游历湖、苏二州,将辟以自佐〔二〕。又尝至饶州,三日无所诣,刺史率官属就见,龟蒙不乐,拂衣去。居松江甫里,多所撰论。有田数百亩、屋三十楹。田苦下,雨涝则与江通,故常患饥。身自畚锸茠刺无休时。或讥其劳,答〔三〕曰:"尧、舜微癬,禹胼胝。彼圣人也,吾一褐衣,敢不勤乎?"龟蒙嗜饮茶,置小园顾渚山下,岁入茶租,薄为瓯蚁之费。著书一编,继《茶经》、《茶诀》之后。又判品张又新《水说》为七种。好事者虽惠山〔四〕、虎丘、松江,不远百里为致之。又不喜与流俗交,虽造门亦罕纳。不乘马,每寒暑得中体无事,时放扁舟,挂篷席,赍束书、茶灶、笔床、钓具,鼓棹鸣榔,太湖三万六千顷,水天一色,直入空明。或往来别浦,所指少不会意,径往不留。自称"江湖散人",又号"天随子"、"甫里先生"。汉涪翁、渔父、江上丈人,尝谓即已。后以高士征,不至[五]。苦吟,极清丽。与皮日休为耐久交。中和初,遘疾卒。吴融诔文曰:"霏漠漠,淡涓涓[六]。春融冶,秋鲜妍。触即碎,潭下月;拭不灭,玉上烟。"今有[七]《笠泽丛书》三卷,《诗编》十卷,《赋》六卷,并传[八]。

校记

〔一〕 "抟",原作"搏",依陆本改。

〔二〕 此传多取材于《新唐书》卷一百九十六《隐逸传》。彼处云:"举进士,一不中,往从湖州刺史张抟游。抟历湖、苏二州,辟以自佐。"不知辛氏缘何着一"将"字。《郡斋读书志》卷四中亦云"从张抟为苏、湖从事"。

〔三〕 "答"字依陆本补。

〔四〕 "惠",原作"慧",依陆本改。

〔五〕 以上均取自《新唐书》。

〔六〕 此处取自《唐诗纪事》卷六十四,"涓涓",原作"消消",依陆本改。又见《唐摭言》卷十。

〔七〕 "有",原作"在",依陆本改,正保本亦作"有"。

〔八〕 辛氏依《新唐志》著录,实则早已不全。《甫里先生文集》今存,版本源流见《唐集叙录》。

司空图

图,字表圣,河中人也。父舆,大中时为商州刺史[一]。图,咸通十年归仁绍榜进士。主司王凝初典绛州,图时方应举,自别墅到郡上谒,去,阍吏遽申司空秀才出郭门。后入郭访亲知〔二〕,即不造郡斋。公谓其尊敬,愈重之。及知贡举,图第四人捷〔三〕。同年鄙薄者谤曰:"此司空图得一名也。"公颇闻,因宴全榜,宣言曰:"凝叨忝文柄,今年榜帖,专为司空先辈一人而已。"由是名益振。未几,凝为宣歙观察使,辟置幕府。召拜殿中侍御史,不忍去凝府,台劾左迁光禄寺主簿。卢相携还朝,过陕虢,访图,深爱重,留诗曰:"氏族司空贵,官班御史雄。老夫如且在,未可叹途穷。"〔四〕就属于观察使卢渥曰:"司空御史,高士也。"渥遂表为僚佐。携执政,召拜礼部员外郎,寻迁郎中。丁黄巢乱,间关至河中。僖宗次凤翔,知制诰,中书舍人。景福中,拜谏议大夫,不赴。昭宗在华州,召为兵部侍郎,以足疾,自乞听还。图家本中条山王官谷,有先人田庐,遂隐不出。作亭榭素室,悉画唐兴节士文人像。尝曰:某宦情萧索,百事无能。量才,一宜休;揣分,二宜休;耄而聩,三宜休。遂名其亭曰"三休",作文以伸志,自号知非子、耐辱居士。言涉诡激不常,欲免当时之祸。初以风雨夜得古宝剑,惨淡精灵,尝佩出入〔五〕。性苦吟,举笔缘兴,几千万篇。自致于绳检之外。豫置冢棺,遇胜日,引客坐圹中,赋诗酌酒,沾醉高歌。客有难者,曰:"君何不广耶!生死一致,吾宁暂游此中哉?"岁〔六〕时祠祷,与闾里父老鼓舞相乐。时寇盗所过虀粉,独不入谷中,知图贤如古王蠋也。士民依以避难。后闻哀帝遇弑,不食,扼腕,呕血数升而卒,年七十有二〔七〕。先撰自为文于濯缨亭一鸣窗,今有《一鸣集》三十卷行于世〔八〕。

校记

〔一〕 司空图,《旧唐书》卷一百九十下《文苑下》、《新唐书》卷一百九十四《卓行传》均有传,本篇多取《新唐书》。《新唐书》云:"司空图字表圣,河中虞乡人。父舆,有风干。当大中时,卢弘止管盐铁,表为安邑两池榷盐使。先是，法疏阔，吏轻触禁，兴为立约数十条，莫不以为宜。以劳再迁户部郎中。"《旧唐书》云："司空图字表圣，本临淮人。曾祖遂，密令。祖象，水部郎中。父舆，精吏术。大中初，户部十侍郎卢弘正领盐铁，奏舆为安邑两池榷盐使、检校司封郎中。先是，盐法条例疏阔，吏多犯禁；舆乃特定新法十条奏之，至今以为便。入朝为司门员外郎，迁户部郎中卒。"两《唐书》均未言为商州刺史事，疑辛氏涉下王凝事致误。

〔二〕《北梦琐言》卷三此数语作："自别墅到郡谒见后，更不访亲知，阍吏……""秀"，原作"季"，依陆本改。《郡斋读书志》卷四中云"咸通十一年王凝下及第"，与此异。

〔三〕"举"字依陆本补，"捷"，原作"据"，依陆本改。上文"尊敬"《北梦琐言》作"专敬"，义长。

〔四〕此事细节皆据《北梦琐言》卷四，两《唐书》均甚略。《唐诗纪事》卷六十三引下禹偁《五代史阙文》辨司空图大节，可参阅。

〔五〕司空图《退栖》诗云："得剑乍如添健仆，忘书久似忆良朋。"僧虚中寄图诗亦有"一剑动精灵"之句，疑此处宝剑之说据诗推衍。

〔六〕"岁"，原作"每"，依陆本改。

〔七〕两《唐书》皆言卒年七十二，王禹偁云"卒，时年八十馀"，疑非是。

〔八〕《一鸣集》今传本为十卷，版本源流见《唐集叙录》。

僧虚中

虚中，袁州人〔一〕。少脱俗从佛，虽然，读书工吟不辍。居玉笥山二十寒暑。后来游潇、湘，与齐己、顾栖蟾等〔二〕为诗友。住湘西宗成寺〔三〕。长沙马侍中希振敬爱之。每其来，延纳于书阁中。虚中好炙柴火，烧豆煮茶，烟熏彩翠尘暗，去必复饰，初不介意。尝题阁中云："嘉鱼在深处，幽鸟立多时。"益见赏重〔四〕。时司空图悬车告老,却扫闭门,天下怀仰。虚中欲造见论交未果,因归华山人寄诗曰:"门径放莎垂,往来投刺稀。有时开御札,特地挂朝衣。岳信僧传去,天香鹤带归。佗时周召化,无复更衰微。"图得诗大喜,《言怀》云:"十年华岳山前住,只得虚中一首诗。"〔五〕其见重如此。今有《碧云集》一卷传于世〔六〕。顾栖蟾者,亦洞庭人,以声律闻,今不见其作也。

校记

〔一〕 《唐诗纪事》卷七十五云"宜春人",宜春亦袁州属。

〔二〕 "等"字依陆本补。

〔三〕 "宗"陆本作"栗"与《唐诗纪事》同。增修《诗话总龟前集》卷十引《郡阁雅谈》作"宗"。

〔四〕 据《唐诗纪事》。

〔五〕 《唐诗纪事》作:"图赠虚中云:十年华岳峰前住,只得虚中两首诗。"(《全唐诗》首句作"十年太华无知己")按虚中诗为二首,辛氏误。

〔六〕 虚中《碧云集》已佚,《全唐诗》存诗十四首。

周 繇

繇,江南人。咸通十三年郑昌图榜进士,调福昌县尉〔一〕。家贫,生理索寞,只苦篇韵〔二〕。俯有思,仰有咏,深造阃域,时号为"诗禅"。警联如《送人尉黔中》云:"公庭飞白鸟〔三〕,官俸请丹砂。"《望海》云:"岛间应有国,波外恐无天。"《甘露寺》云:"殿锁南朝像,龛禅外国僧。"又:"山从平地有,水到远天无。"又:"白云连晋阁,碧树尽芜城。"《江州上薛能尚书》云:"树翳楼台月,帆飞鼓角风。"又"郡斋多岳客,乡户半渔翁"等句甚多,读之使人竦然〔四〕,诚好手也。落拓杯酒,无荣辱之累,所交游悉一时名公。集今传世[五]。同登第有张演者,工诗,间见一二篇,亦佳作也[六]。

尝谓禅家者流,论有大小乘,有邪正法。要能具正法眼,方为第一义,出有无间。若声闻、辟支、四果,已非正也,况又堕野狐外道鬼窟中乎？言诗亦然。宗派或殊,风义必合。品则有神妙,体则有古今,才则有圣凡,时则有取舍。自魏、晋以降,递至盛唐,大历、元和以下,逮晚年,考其时变,商其格制,其邪正了然在目,不能隐也。经云:"过而不能改,是谓过矣。"悟门洞开,慧灯深照,顿渐之境,各天所赋。观于时以"诗禅"许周繇,为不入于邪见,能致思于妙品[七],固知其衣冠于裸人之国。昔谓"学诗如学仙",此之类欤！

校记

〔一〕 按《唐摭言》卷十:"周繇,池州青阳人也。兄繇,以诗篇中第。繇工八韵,有飞卿之风。"《唐诗纪事》卷五十四:"繇,字为宪,池州人。及咸通进士第,以《明皇梦钟馗赋》知名。调池之建德令。"《直斋书录解题》卷十九云"咸通十三年进士"。辛氏云"江南",盖泛指。

〔二〕 "苦"下四库本有"嗜"字。

〔三〕 "鸟",原作"马",依陆本改。

〔四〕 "然"字依陆本补。

〔五〕 其集今佚,《全唐诗》编诗一卷。

〔六〕 《全唐诗》存张演《社日》一首,尚与王驾重见。

〔七〕 四库本此二句作:"为其不入邪见,直臻上乘。"按此段议论盖受《沧浪诗话》影响,可参看。

唐才子传校正卷第九

崔道融

　　道融,荆人也,自号"东瓯散人"。与司空图为诗友。出为永嘉宰。工绝句,语意妙甚。如《铜雀妓》云:"歌咽新翻曲,香销旧赐衣。陵园风雨暗,不见六龙归。"《春闺》云:"寒食月明雨,落花香满泥。佳人持锦字,无雁寄征西。"〔一〕《寄人》云:"澹澹长江水,悠悠远客情。落花相与恨,到地一无声。"《寒食夜》云"满地梨花白,风吹碎月明。大家寒食夜,独贮远乡情"等尚众。谁谓晚唐间忽有此作?使古人复生,亦不多让,可谓"出乎其类,拔乎其萃"〔二〕者矣!人悉推服其风情雅度,犹恨出处未能梗概之也。有《申唐集》十卷,自序云:"乾符乙卯夏,寓永嘉山斋,收拾草稿,得五百馀篇。"今存于世〔三〕。

校记

〔一〕 "征西",四库本作"辽西"。

〔二〕 "类"、"萃"二字原互倒,依陆本乙。

〔三〕 崔道融,两《唐书》无传,《唐诗纪事》亦失收,其集已佚,《全唐诗》编诗一卷。《直斋书录解题》卷十九:"《东浮集》九卷　唐荆南崔道融撰,自称'东瓯散人'。乾宁乙卯永嘉山斋编成,盖避地于此。"

聂夷中

夷中,字坦之,河南人也。咸通十二年礼部侍郎高湜下进士,与许棠、公乘亿战友〔一〕。时兵革多务,不暇铨注。夷中滞长安久,皂裘已弊,黄粮如珠,始得调华阴县尉,之官惟琴书而已。性俭,盖奋身〔二〕草泽,备尝辛楚,卒多伤俗闵时之举,哀稼穑之艰难。适值险阻,进退维谷。才足而命屯,有志卒爽,含蓄讽刺,亦有谓焉。古乐府尤得体,皆警省之辞,裨补政治,"乐而不淫,哀而不伤",正《国风》之义也。其诗一卷,今传〔三〕。

校记

〔一〕 见《北梦琐言》卷二。

〔二〕 此三字陆本作"久沉"二字。

〔三〕 聂夷中,两《唐书》无传,《唐诗纪事》卷六十一云:"夷中,字坦之,咸通中为华阴尉。"《北梦琐言》亦云"咸通中,礼部侍郎高湜知举"。放三人及第,与此年代不合。然《纪事》卷七十许棠明言咸通十二年,当以辛氏为正。《直斋书录解题》卷十九:"《聂夷中集》一卷 唐华阴尉聂夷中撰。咸通十二年进士。""其诗"陆本作"有诗"。《新唐志》著录《聂夷中诗》二卷,注云:"字坦之,咸通华阴尉。"其集今佚,《全唐诗》存诗一卷。

许 棠

棠,字文化,宣州泾人也。苦于诗文,性僻少合。既久困名场,时马戴佐大同军幕,为词宗。棠往谒之,一见如旧交。留连累月,但从事诗酒而已,未尝问所欲。一旦大会宾客,命使以棠家书授之;棠惊愕,不喻其来,启缄即知戴潜遣一介恤其家矣〔一〕。古人温良泛爱,振穷周急,谦退不伐,亦皆绝异之姿也。咸通十二年李筠榜进士及第,时及知命,尝曰:"自得一第,稍觉筋骨轻健,愈于少年。则知一名乃孤进之还丹也。"〔二〕调泾县尉,之官,郑谷送诗曰:"白头新作尉,县在故山中。高第能卑宦,前贤尚此风。"〔三〕后潦倒辞荣。初作《洞庭诗》,脍炙人口〔四〕,时号"许洞庭"云。今集一卷传世〔五〕。

校记

〔一〕 取自《唐摭言》卷二。
〔二〕 见《唐语林》卷七。
〔三〕 见《唐诗纪事》卷七十。
〔四〕 "人口"二字依陆本补,他本皆无。
〔五〕 《许棠诗》,《新唐志》著录一卷,《全唐诗》编诗二卷。

公乘亿

亿,字寿山,咸通十二年进士。善作赋,擅名场屋间,时取进者法之,命中。有《赋集》十二卷,《诗集》一卷,今传〔一〕。

校记

〔一〕 公乘亿,两《唐书》无传,《唐诗纪事》卷六十八云:"亿,字寿仙,魏人,与李山甫皆为魏博乐彦祯幕府。"《唐摭言》卷八云:"公乘亿,魏人也,以辞赋著名。"《新唐志》著录其《赋集》十二卷,诗一卷,注云:"字寿山,并咸通进士。"《全唐诗》仅据《唐诗纪事》存诗四首。

章 碣

碣,钱塘人,孝标之子也〔一〕。累上著不第。咸通末,以篇什称。乾符中,高湘侍郎自长沙携邵安石来京及第,碣恨湘不知己,赋《东都望幸》诗曰:"懒修珠翠上高台,眉月连妍恨不开。纵使东巡也无益,君王自领美人来。"[二]后竟流落不知所终[三]。碣有异才,尝草创诗律,于八句中足字平侧,各从本韵。如:"东南路尽吴江畔,正是穷愁薄暮天。鸥鹭不嫌斜雨岸,波涛欺得逆风船。偶逢岛寺停帆看,深羡渔翁下钓眠。今古若论英达算,鸱夷高兴固无边。"自称变体。当时趋风者亦纷纷而起也[四]。今有诗一卷传于世[五]。

校记

〔一〕 《唐诗纪事》卷四十一以孝标为桐庐人。

〔二〕 见《唐摭言》卷九、《唐诗纪事》卷六十一,"连妍"皆作"连娟"。

〔三〕 《唐诗纪事》云:"碣,孝标之子,登乾符进士第。"不知辛氏何故略之。

〔四〕 严羽非之,参见《沧浪诗话》。

〔五〕 其集今佚,《全唐诗》编诗一卷。

唐彦谦

彦谦,字茂业,并州人也[一]。咸通末举进士及第。中和,王重荣表为河中从事,历节度副使,晋、绛二州刺史。重荣遇害,彦谦贬汉中掾。兴元节度使杨守亮留署判官,寻迁副使,为阆州刺史卒[二]。彦谦才高负气,毫发逆意,大怒[三]叵禁。博学足艺,尤长于诗,亦其道古心雄,发言不苟,极能用事,如自己出。初师温庭筠,调度逼似,伤多纤丽之词[四]。后变淳雅,尊崇工部。唐人效甫者,惟彦谦一人而已[五]。自号"鹿门先生"。有《诗集》传于世,薛廷珪序云[六]。

校记

〔一〕 唐彦谦,《新唐书》卷八十九附《唐俭传》后,甚略。《旧唐书》卷一百九十下《文苑下·唐次传》后较详,《郡斋读书志》卷四中亦然。本文多取两者。两《唐书》皆言"并州晋阳人"。

〔二〕 两《唐书》皆言终"阆、壁二州刺史"。《唐诗纪事》言:"历慈、绛、澧三州刺史,自号鹿门先生,陶穀之祖也。"

〔三〕 "怒"字依陆本补。

〔四〕 此从《旧唐书》之说。《唐诗纪事》卷六十八云:"彦谦学李义山为诗。"

〔五〕 此论不确,《四库提要》以为辛氏舛误之证。李商隐应为学杜之尤。

〔六〕 《鹿门集》版本源流见《唐集叙录》。

林 嵩

嵩,字降臣,长乐人也。乾符二年礼部侍郎崔沆下进士,官至秘书省正字。工诗善赋,才誉与公乘亿相高,功名之士,翕然而慕之。有《诗》一卷、《赋》一卷,传于世〔一〕。

校记

〔一〕 林嵩,两《唐书》无传,《唐诗纪事》亦失收。《新唐志》著录《林嵩赋》一卷注云:"字降臣,乾符进士第。"《宋史·艺文志》七著录《林嵩诗》一卷。《全唐诗》仅存诗一首,小传云:"字雄飞,大顺中登进士第,官侍御史。"《登科记考》卷二十三引《淳熙三山志》:"林嵩,长溪人,终金州刺史。"与此迥别,录以备参。

高 蟾

蟾,河朔间人。乾符三年,孔缄榜及第。与郑郎中谷为友,酬赠称高先辈。初,累举不上,题省墙间曰:"冰柱数条支白日,天门几扇锁明时。阳春发处无根蒂,凭仗东风次第吹。"怨而切。是年人论不公。又《下第上马侍郎》云:"天上碧桃和露种,日边红杏倚云栽。芙蓉生在秋江上,莫向春风怨未开。"〔一〕意指亦直〔二〕,马怜之。又有"颜色如花命如叶"〔三〕之句,自况时运蹇窒,马因力荐,明年李昭知贡举〔四〕,遂擢桂。官至御史中丞。蟾本寒士,违违于一名,十年始就。性倜傥离群,稍尚气节。人与千金,无故,即身死亦不受。其胸次磊块,诗酒能为消破耳。诗体则气势雄伟,态度谐远,如狂风猛雨之来,物物竦动,深造理窟,亦一奇逢掖也。《诗集》一卷,今传〔五〕。

校记

〔一〕 诗见《北梦琐言》卷七及《唐诗纪事》卷六十一,《全唐诗》题为《下第后上永崇高侍郎》,前首题为《春》。

〔二〕 四库本此四字作"意亦凄楚",陆本从之。

〔三〕 "叶",原作"花",依陆本改。

〔四〕 "举"字依陆本补。

〔五〕 《新唐志》著录《高蟾诗》一卷。《直斋书录解题》卷十九:"《高蟾集》一卷　唐御史中丞高蟾撰,乾符三年进士。"今无单行本,《全唐诗》存诗一卷。

高　骈

骈,字千里,幽州人也,崇文之孙。少闲鞍马弓刀,善射,有膂力。更剸锐为文学,与诸儒交,硁硁谈治道。初事朱叔明为府司马,迁侍御史。一日校猎围合,有双雕并飞,骈曰:"我俊大富贵,当贯之。"遂一发联翩而坠,众人惊,号"落雕御史"〔一〕。骈为西川节度,筑成都城四十更,朝廷疑之。以宴间《咏风筝》云:

"依稀似曲才堪听,又被风吹别调中。"明日诏下,移镇渚宫[二],亦谶之类也。仕至平章事,封渤海郡王。初,骈以战讨之勋,累拜节度,手握王爵,口含天宪,国家倚之。时巢贼日益[三]甚,两京亦陷,大驾蒙尘,遂无勤王之意,包藏祸心,欲便徼幸。帝知之,以王铎代为都统,加侍中。骈失兵柄,攘袂大诟。一旦失[四]势,威望顿尽。方且弃人间事,绝女色,属意神仙。鄱阳商侩吕用之会妖术[五],役鬼神,及狂人诸葛殷、张守一等相引而进,多为谬悠长年飞化之说,羽衣鹤氅,诡辩风生。骈事之若神。造迎仙楼,高八十尺,日同方士登眺,计鸾笙在云表而下。用之等叱咤风雷,或望空揖拜,言睹仙过,骈辄随之。用之曰:"玉皇欲补公真官,吾谪限亦满,必当陪幢节同归上清耳。"其造怪不可胜纪。至以用之、守一、殷等为将,分掌兵符,皆称将军,开府置官属,礼与骈均。卒至叛逆首乱,磔尸道途,死且不悟。果骈以破毡,与子弟七人,一坎而瘗,名书于《唐史·叛臣传》,亦何足道矣。有诗一卷,今传。大顺中,谢蟠隐为之序[六]。

校记

〔一〕 高骈,《旧唐书》卷一百三十二、《新唐书》卷二百二十四下《叛臣下》有传,本篇除《风筝》诗外,均取自《新唐书》。

〔二〕 见《唐诗纪事》卷六十三及《全唐诗话》卷五。

〔三〕 "益",原作"日",依陆本改。指海本无下"日"字。

〔四〕 "失",原作"离",依陆本改,《新唐书》亦作"失"。

〔五〕 "会"字四库本作"妄言能以"四字。

〔六〕《高骈诗》,《新唐志》著录一卷,今无单刻本,《全唐诗》存诗一卷。

牛 峤

峤,字延峰,陇西人。宰相僧孺之后。博学有文,以歌诗著名。乾符五年,孙偓榜第四人进士,仕历拾遗、补阙、尚书郎。王建镇西川,辟为判官。及伪蜀开国,拜给事中,卒。有集本三十卷。自序云:"窃慕李长吉所为歌诗,辄效之。"今传于世[一]。

校记

〔一〕 牛峤,两《唐书》无传,《唐诗纪事》卷七十一云:"峤,字松卿,一字延峰,陇西人。自云僧孺之后。乾符五年进士,历拾遗,补尚书郎。王建镇蜀,辟判宫。及僭位,为给事中。"《郡斋读书志》卷四中《牛峤歌诗》三卷,介绍略同。牛峤诗《全唐诗》仅存六首,另词二十七首,牛为西蜀重要词人。此传全取《郡斋读书志》卷四中,末缀四字而已。

钱　珝

珝,吴兴人,起之孙也[一]。乾宁六年,郑蔼榜及第。昭宗时仕为中书舍人。工诗,有集传于世[二]。

校记

〔一〕 按《新唐书》卷一百七十七《钱徽传》:"父起……子可复、方义。可复死郑注时。方义终太子宾客,子珝,字瑞文,善文辞,宰相王抟荐知制诰,进中书舍人。抟得罪,珝贬抚州司马。"据此,珝为方义之子、徽之孙而起之曾孙也。《唐诗纪事》卷六十六云:"字瑞文,吏部尚书徽之子。"辛氏亦沿其误,以为起之孙。

〔二〕 其集今佚,《全唐诗》编诗一卷。

赵光远

光远,丞相隐之犹子也。幼而聪悟。咸通、乾符中称气焰,善为诗。温庭筠、李商隐辈梯媒之。恃才,不拘小节,皆金鞍骏马,尝将子弟恣游狭邪,著《北里志》,颇述青楼红粉主事,及有诗等传于世[一]。

光远等千金之子，厌饫膏粱[二]，仰荫承荣，视若谈笑，骄侈不期而至矣；况年少多才，京邑繁盛，耳目所荡，素少闲邪之虑者哉？故辞意多裙裾妖艳之态，无足怪矣。有孙启、崔珏同时恣心狂狎，相为唱和，颇陷轻薄，无退让之风。惟卢弼[三]气象稍严，不迁狐[四]惑，如《边庭四时怨》等作，赏音大播，信不偶然。区区凉德，徒曰贵介，不暇录尚多云。

校记

〔一〕 此处全取《唐摭言》卷十，今本《北里志》题孙棨著。他书亦言孙棨，惟此言赵作。《全唐诗》存赵光远诗三首。

〔二〕 "粱"，原作"梁"，依陆本改。

〔三〕 "卢"，原作"虑"，依陆本改。

〔四〕 "狐"，陆本作"狂"，他本作"狐"。

周　朴

朴，字见素，长乐人，嵩山隐君也[一]。工为诗，抒思尤艰。每有所得，必极雕琢，时诗家称为月煅季炼，未及成篇，已播人口，取重当时如此[二]。贯休尤与往还，深为怜才。而朴本无奋[三]名竞利之心，特以道尊德贵，美[四]价益超耳。乾符中，为巢贼所得，以不屈，竟及于祸[五]。远近闻之，莫不流涕。林嵩得其诗百馀篇为二卷，僧栖浩序首，今传于世[六]。

周朴山林之癯，槁衣粝食，以为黔娄，原宪不殄天物，庶足保身而长年。今则血染缊袍，魂散茅宇。盗跖不仁，竟嚼虎口。天道福善祸淫，果何如哉！古称饰变诈为奸轨者，自足乎一世之间；守道循理者，不免于饥寒之患。杀戮无辜，乱世之道。每读至此,未尝不废书抚髀歔欷也!

校记

〔一〕 周朴,两《唐书》无传。《唐诗纪事》卷七十一云:"朴,唐末诗人,寓于闽中。""黄巢至福州,求得朴,问曰:'能从我乎?'答曰:'我尚不仕天子,安能从贼?'巢怒斩之。"此云嵩山,当为福建莆田之嵩山,非中岳也。《全唐诗》小传云:"字太朴,吴兴人。"与此异。

〔二〕 此段取自《六一诗话》。"季",原作"年",依陆本改。盖"年"可写为"秊"与"季"形近而误。

〔三〕 "奋",陆本作"夺"。

〔四〕 "美",陆本作"声"。

〔五〕 见《唐诗纪事》全七十一及《全唐诗话》卷六。

〔六〕 《新唐志》著录《周朴诗》二卷,注云"朴称处士"。其集已佚,《全唐诗》编诗一卷。

罗　隐

隐,字昭谏,钱塘人也。少英敏,善属文,诗笔尤俊拔,养浩然之气。乾符初,举进士累不第。广明中,遇乱归乡里。时钱尚父镇东南,节钺崇重,隐欲依焉。进谒投素作,卷首《过夏口》云:"一个祢衡容不得,思量黄祖谩〔一〕英雄。"镠得之大喜,以书辟之〔二〕曰:"仲宣远托刘荆州,盖因乱世;夫子乐为鲁司寇,只为故乡。"隐曰:"是不可去哉!"〔三〕遂为掌书记。性简傲,高谈阔论,满座风生。好谐谑,感遇辄发。镠爱其才,前后赐予无数,陪从不顷刻相背。表迁节度判官、盐铁发运使。未几奏授著作郎。镠初授镇,命沈崧草表谢,盛言浙西富庶。隐曰:"今浙西焚荡之馀,朝臣方切贿赂,表奏,将鹰犬我矣。"镠请隐更之。有云:"天寒而麋鹿曾游,日暮而〔四〕牛羊不下。"又为贺昭宗改名表云:

213

"左则姬昌之半字,右为虞舜之全文。"作者称赏。转司勋郎中。自号江东生。魏博节度罗绍威慕其名,推宗人之分,拜为叔父。时亦老矣,尝表荐之。隐恃才忽睨,众颇憎忌。自以当得大用,而一第落落,传食诸侯,因人成事,深怨唐室。诗文凡[五]以讥刺为主,虽荒祠木偶,莫能免者。且介僻寡合,不喜军旅;献酬俎豆间,绰绰有馀也。隐初贫,来赴举,过钟陵,见营妓云英有才思,后一纪,下第过之,英曰:"罗秀才尚未脱白。"隐赠诗云:"钟陵醉别十馀春,重见云英掌上身。我未成名英未嫁,可能俱是不如人。"[六]与顾云同谒淮南高骈,骈不礼。骈后为毕将军所杀,隐有《延和阁》之讥[七]。又以诗投相国郑畋,畋有女殊丽,喜诗咏,读隐作至"张华谩出如丹[八]语,不及刘侯一纸书",由是切慕之,精爽飞越,莫知所从。隐忽来谒,女从帝后窥见迂寝之状,不复念矣[九]。隐精法书,喜笔工芠凤,谓曰:"笔,文章货也,今助子取高价。"即以雁头笺百幅为赠。士大夫踵门问价,一致千金,率[一〇]多借重如此。所著《谗书》、《谗本》、《淮海寓言》、《湘南应用集》、《甲乙集》、《外集》、《启事》等,并行于世[一一]。

《易》戒毋以小善为无益而弗为,小恶为无伤而弗去也。罗隐以褊急性成[一二],动必嘲讪,卒成谩作,顷刻相传。以其事业非不五鼎也,学术非不经史也,夫何齐东野人,猥巷小子,语及讥诮,必以隐为称首!凋丧淳才,揄扬秽德,白日能蔽于浮翳[一三],美玉曾玷于青蝇,虽亦未必尽然,是皆阙慎微之义[一四]。阮嗣宗臧否不挂口,欲免其身,如滑稽玩世东方朔之流,又不相类也。

校记

[一] "谩",陆本作"漫"。"投"起五字四库本作"投所作卷,其首章"七字。

[二] 《唐诗纪事》卷六十九云:"璘与桐庐章鲁封齐名,钱镠初起,

以鲁封为表奏孔目官,不就,执之。后以隐为钱塘令,惧而受命。因宴献口号曰:'一个祢衡容不得,思量黄祖谩英雄。'镠自是厚礼之。"又《吴越备史》:"隐初见钱镠,惧不见用,遂以所为《夏口诗》标于卷末云云,镠览之大笑,因加殊遇。"(转引自《全唐诗》罗隐卷末)盖传闻异辞,难以考定。"以书辟之",原作"遇以书辟",依陆本改。

〔三〕 "哉",陆本作"矣"。

〔四〕 "而"字依陆本补。

〔五〕 "凡",陆本作"多"。

〔六〕 见《增修诗话总龟前集》卷三十五引《鉴戒录》卷八《钱塘秀》条。

〔七〕 同注〔六〕。

〔八〕 "丹",原作"舟",依陆本改。

〔九〕 见《鉴戒录》卷八《钱塘秀》条,《增修诗话总龟前集》卷五《投献门》引。《旧五代史》卷二十四《罗隐传》记此事而未言何诗句。

〔一〇〕 "率",原作"卒",依陆本改。

〔一一〕 此据《吴越备史》及《直斋书录解题》卷十六。《罗昭谏集》版本源流见《唐集叙录》。

〔一二〕 "成",原作"能",依陆本改。

〔一三〕 句前四库本有"噫"字。"翳"陆本作"云"。

〔一四〕 "义",原作"豫",依陆本改。

罗 虬

虬,词藻富赡,与族人隐、邺齐名咸通间,号"三罗",气宇终不逮。广明庚子乱后,去从鄜州李孝恭为从事。虬狂宕无检束,时雕阴籍中有妓杜红儿,善歌舞,姿色殊绝,尝为副戎属意。会副戎聘邻道,虬久慕之,至是,请红儿歌,赠以缯彩。孝恭以为副

215

戎所贮,从事[一]则非礼,勿令受贶。虬不称意,怒,拂衣起,诘旦手刃杀之。孝恭以虬激己,坐之。顷会赦,虬追其冤,于是取古之美女有姿艳才德者,作绝句一百首以比红儿,当时盛传。此外不见有他作。体固凡庸,无大可采。序曰:"红儿美貌年少,机智慧悟,不与群妓等。余知红者,择古灼然美色,优劣于章句间。"其卒章云:"华落尘中玉堕泥,香魂应上窈娘堤。欲知此恨无穷处,长倩城乌夜夜啼。"情极哀切。初以白刃相加,今曰"余知红者",虬实一狂夫也。且声[二]律之道大爽,姑录为笑谈耳。

校记

〔一〕 此事首见《唐摭言》卷十,《唐诗纪事》卷六十九录全诗,本传全采自《唐诗纪事》。"贮",陆本作"盼",与《纪事》同。《唐摭言》作"贮","从事"二字陆本作"为从事歌"四字。

〔二〕 "声",原作"拘",依陆本改。

崔　鲁 或作橹[一]

鲁,广明间举进士。工为杂文,才丽而荡。诗慕杜紫微风范,警句绝多。如《梅花》云:"强半瘦因前夜雪,数枝愁向晚来天。"又:"初开已入雕梁画,未落先愁玉笛吹。"《莲花》云:"何人解把无尘袖,盛取清香尽日怜。"《山鹊》云:"一番春雨吹巢冷,半朵山花咽嘴香。"又别题云"云生柱础降龙地,露洗林峦放鹤天"等,皆绮制精深,脍炙人口。颇嗜酒,无德,尝醉辱陆肱郎中,旦日惭甚,为诗谢曰:"醉时颠蹶醒时羞,曲蘖催人不自由。叵耐一双穷相眼,不堪花卉在前头。"陆亦谅之[二]。悠悠乱世,竟无所成。鲁诗善于状景咏物,读之如咽冰雪,心爽神怡,能远声病,气象清楚,格调俱[三]高,中间别有一种风情,佳作也,佳作也[四]！诗三百馀篇,名《无机集》,今传[五]。

校记

〔一〕 崔鲁,两《唐书》无传,毛本云:或作橹。《唐摭言》、《唐诗纪事》卷五十八、《新唐志》、《直斋书录解题》卷十九俱作"橹",陆本皆作"橹"字,不另出校。

〔二〕《唐摭言》卷十二载此事,《唐诗纪事》因之,本传取材于《纪事》。

〔三〕 "俱",原作"且",依陆本改。

〔四〕 四库本三字不重。

〔五〕《新唐志》著录崔橹《无讥集》四卷。《直斋书录解题》:"《无机集》四卷　唐崔橹撰,僖宗时人。"其集今亡,《全唐诗》存诗十六首。

秦韬玉

韬玉,字中明,京兆人。父为左军军将。韬玉少有词藻,工歌吟,恬和浏亮。慕柏耆为人,然险而好进,谄事大阉田令孜。巧宦,未期年,官至丞郎,判盐铁,保大军节度判官。僖宗幸蜀,从驾。中和二年,礼部侍郎归仁绍发榜,特敕赐进士及第,令于二十四人内安排,编入春榜[一]。令孜引擢工部侍郎。韬玉歌诗,每作人必传诵。《贵公子行》云:"阶前莎毯绿未卷,银龟喷香挽不断。乱花织锦[二]柳捻线,妆点池台尽屏展。主人功业传国初,六亲联络驰朝车。斗鸡走狗家世事,抱来皆佩黄金鱼。却笑书生把书卷,学得颜回忍饥面。"又潇水出道州九疑山中,湘水出桂林海阳山中,经灵渠,至零陵,与潇水合,谓之潇湘,为永州,永,二水也,清泚一色。高秋八九月,才丈馀,浅碧见底。过衡阳,抵长沙,入洞庭。韬玉赋诗云:"女娲罗裙长百尺,担[三]在湘江作山色。"又云:"风光楚岫和空碧,秋染湘江到底清。"[四]

由是大知名,号为绝唱。今有《投知小录》三卷行于世[五]。

校记

[一] 见《唐摭言》卷九及《唐诗纪事》卷六十三。

[二] "锦",原作"绵",依陆本改。

[三] "担",陆本作"搭",与《诗话总龟》同。

[四] 见《增修诗话总龟前集》卷十六引《零陵总记》。彼处上文无"永州永"、"也"数字,语气较贯。指海本无下"永"字。

[五] 此处辛氏据《郡斋读书志》卷四中抄录,实则《直斋书录解题》仅著录《秦韬玉集》一卷。《全唐诗》编诗一卷。

郑　谷

谷,字守愚,袁州宜春人。父史,开成中为永州刺史。谷幼颖悟绝伦,七岁能诗。司空侍郎图与史同院,见而奇之,问曰:"予诗有病否?"[一]曰:"大夫《曲江晚望》云:'村南斜日闲迥首,一对鸳鸯落[二]渡头。'此意深矣!"图拊谷背曰:"当为一代《风骚》主也。"光启三年,右丞柳玭下第进士,授京兆鄠县尉,迁右拾遗,补阙。乾宁四年,为都官郎中,诗家称郑都官。又尝赋《鹧鸪》警绝,复称郑鹧鸪云[三]。未几告归,退隐仰山书堂,卒于北岩别墅。谷诗清婉明白,不俚而切,为薛能、李频所赏。与许棠、任涛、张蠙、李栖远、张乔、喻坦之、周繇、温宪、李昌符唱答往还,号"芳林十哲"[四]。谷多结契山僧,曰:"蜀茶似僧,未必皆美,不能舍之。"齐己携诗卷来袁[五]谒谷,《早梅》云:"前村深雪里,昨夜数枝开。"谷曰:"数枝,非早也;未若一枝佳。"己不觉设拜曰:"我一字师也。"[六]尝从僖宗登三峰。朝谒之暇,寓于云台道舍,编所作为《云台编》三卷;归,编《宜阳集》三卷,及撰《国风正诀》一卷,分六门,摭诗联注其比象[七]君臣贤否、国家治乱之意,今并传焉[八]。

校记

〔一〕 郑谷,两《唐书》无传,此传多取《唐诗纪事》卷七十。"奇之"下作:"曰:'曾吟丈丈诗否?'曰:'吟得。''莫有病否?'曰:'丈丈……'"辛氏截去数语,致嫌突兀。

〔二〕 "落",四库本作"浴"。

〔三〕 见《古今诗话》(曾慥《类说》本),《诗话总龟前集》卷三十九(月窗本)引。

〔四〕 按《唐摭言》卷九《芳林十哲》条乃沈云翔等:"咸通中自云翔辈凡十人,今所记者有八,皆交通中贵,号'芳林十哲'。芳林,门名,由此入内故也。"又该书卷十:"张乔,池州九华人也……咸通末,京兆府解,李建州为京兆参军主试,同时有许棠与乔,及俞坦之、剧燕、任涛、吴罕、张蠙、周繇、郑谷、李栖远、温宪、李昌符,谓之十哲。"辛氏混而一之,大误,当删"芳林"二字。

〔五〕 "袁",原作"表",依陆本改。

〔六〕 见《五代史补》三齐己。

〔七〕 "象",原作"为",依陆本改。

〔八〕 《郑谷集》,《新唐志》著录两种,《郡斋读书志》卷四中仅著录《云台编》三卷、《宜阳外编》一卷,《直斋书录解题》卷十九仅有《云台编》三卷。今存。版本源流见《唐集叙录》。

齐　己

齐己,长沙人,姓胡氏[一]。早失怙恃,七岁颖悟。为大沩山寺司牧,往往抒思,取竹枝画牛背为小诗。耆夙异之,遂共推挽入戒。风度日改,声价益隆。游江海名山,登岳阳,望洞庭。时秋高水落,君山[二]如黛,唯湘川一条而已,欲吟杳不可得,徘徊久之。来长安数载,遍览终南、条、华之胜。归,过豫章,时陈陶近仙去[三],已留题有云:"夜过修竹寺,醉打老僧门。"至宜春投诗郑都官云:"自封修药院,别下着僧床。"谷曰:"善则善矣,一字未安。"经数日来曰:"别扫如何?"谷嘉赏,结为诗友[四]。曹松、方干,皆己良契。性放逸,不滞土木形骸,颇任琴樽之好。尝撰《玄机分别[五]要览》一卷,摭古人诗联,以类分次,仍别《风》、赋、比、兴、《雅》、《颂》。又撰《诗格》一卷。又与郑谷、黄损等共定用韵为葫芦、辘轳、进退等格[六],并其诗《白莲集》十卷,今传[七]。

校记

〔一〕《唐诗纪事》卷七十五云:"齐己本姓胡,名得生。"

〔二〕 "君山"陆本作"群山"。

〔三〕 四库本"近"下有"已"字。

〔四〕 见《唐诗纪事》卷七十五。

〔五〕 "别",《宋史·艺文志》、《风骚旨格》著录作"明"。

〔六〕 见《苕溪渔隐丛话前集》卷三十一引《缃素杂记》。

〔七〕《白莲集》今存,版本源流见《唐集叙录》。

崔 涂

涂,字礼山,光启四年郑贻矩榜进士及第。工诗,深造理窟,端能竦动人意,写景状怀,往往宣陶肺腑。亦穷年羁旅,壮岁上巴、蜀,老大游陇山,家寄江南,每多离怨之作。警策如:"流年川暗渡,往事月空明。"《巫娥》云:"江山非旧主,云雨是前身。"如:"病知新事少,老别故交难。"《孤雁》云:"渚云低暗度,关月冷相随。"《山寺》云:"夕阳高鸟过,疏雨一钟残。"又:"谷树云埋老,僧窗瀑照寒。"《鹦鹉州》云:"曹瞒尚不能容物,黄祖何因解爱才?"《春夕》云:"胡蝶梦中家万里,杜鹃枝上月三更。"《陇上》云:"三声戍角边城暮,万里归〔一〕心塞草春。"《过峡》云"五千里外三年客,十二峰前一望秋"等联,作者于此敛衽。意味俱远,大名不虚。有诗一卷,今传〔二〕。

校记

〔一〕《唐诗纪事》卷六十一"春夕"题下有"旅怀"二字。"归",四库本作"乡"。

〔二〕"传"字,四库本作"行于世"三字。《新唐志》:"《崔涂诗》一卷　字礼山,光启进士第。"今未见单刻。《全唐诗》编诗一卷。

喻坦之

坦之,陆州人。咸通中举进士不第,久寓长安,囊罄,忆渔樵,还居旧山,与李建州频为友。频以诗送归云:"从容心自切,饮水胜衔杯。共在山中住,相随阙下来。修身空有道,取事各无媒。不信升平代,终遗草泽才。"又:"彼此无依倚,东西又别离。"盖困于穷蹇,情见于辞矣〔一〕。同时严维、徐凝、章八元枌榆相望,前后唱和亦多。诗集今传〔二〕。

校记

〔一〕李频非困于穷蹇者,当指喻言,语意欠明畅。此诗《全唐诗》题为《送友人喻坦之归睦州》,一作《送人归新定》。

〔二〕严维等与喻时代不相接,如断成"前后唱和,亦多诗集"与本书叙述体例有乖。姑从体例断如上。《直斋书录解题》卷十九著录《喻坦之集》一卷。今未见单刻本,《全唐诗》存诗一卷。《唐摭言》卷十、《唐诗纪事》卷七十称"十哲"作"俞"。

任 涛

涛，筠州人也。章句之名早擅。乾符中，数应举，每败于垂成[一]。李常侍骘廉察江西，素闻涛名[二]，取其诗览之，见云"露抟沙鹤起，人卧钓船流"，大加赏叹，曰："任涛，奇才也，何故不成名？会当荐之。"特与放乡里杂役，仍令本贯优礼。时盲俗互有论列，骘判曰："江西境内，凡为诗得及涛者，即与放役，岂止一任涛而已哉！"[三] 未几，涛逝去，有才无命，大可怜也。诗集今传[四]。

校记

[一] "于"字依陆本补。

[二] "名"字依陆本补。

[三] 事见《唐摭言》卷十及《唐诗纪事》卷七十，两处皆作"豫章筠川人"。

[四] 任涛诗集未见著录，《全唐诗》存诗仅此二句。

温 宪

宪，庭筠之子也。龙纪元年，李瀚榜进士及第。去为山南节度府从事。大著诗名。词人李巨川草荐表，盛述宪先人之屈，辞略曰："蛾眉先妒，明妃为去国之人；猿臂自伤，李广乃不侯之将。"[一] 上读表，恻然称美。时宰臣亦有知者，曰："父以窜死，今孽子宜稍振之，以厌公议，庶几少雪忌才之恨。"上颔之。后迁至郎中卒。有集文赋等传于世[二]。

校记

〔一〕 温宪,两《唐书》无传,《唐诗纪事》卷七十仅记其及第事。此事见《唐摭言》卷十。

〔二〕 《唐诗纪事》云:"宪终于山南从事。""集文"二字陆本作"文集"。《新唐志》、《郡斋读书志》、《直斋书录解题》均未见著录。《全唐诗》存诗四首。

李　洞

洞,字才江〔一〕,雍州人,诸王之孙也。家贫,吟极苦,至废寝食。酷慕贾长江,遂铜写岛像,载之巾中,尝持数珠念"贾岛佛",一日千遍。人有喜岛诗〔二〕者,洞必手录岛诗赠之,叮咛再四曰:"此无异佛经,归,焚香拜之。"其仰慕一何如此之切也!然洞诗迈真于岛,新奇或过之。时人多消其〔三〕僻涩,不贵其卓峭,惟吴融赏异。融以大才,八面受敌,新律著称游刃,颇攻《骚》、《雅》。尝以百篇示洞,洞曰:"大兄所示中一联'暖漾鱼遗子,晴游鹿引麛',绝妙也。"融不怨所鄙,而善其所许〔四〕。洞诗大略如《终南山》云:"残阳高照蜀,败叶远浮泾。剧竹烟岚动,偷湫雨雹腥。远平丹凤阙,冷射五侯厅。"《赠司空图》云:"马饥餐落叶,鹤病晒残阳。"又曰:"卷箔清溪月,敲松紫阁书。"《送僧》云:"越讲迎骑象〔五〕,蕃斋忏射雕。"《送僧游南海》〔六〕云:"岛屿分诸国,星河共一天。"《夜》云:"药杵声中捣残梦,茶铛影里煮孤灯。"皆伟拔时流者。昭宗时,凡三上不第。裴公第二榜帘前献诗云:"公道此时如不得,昭陵恸哭一生休。"果失意,流落往来,寓蜀而卒。初,岛任长江,乃东蜀,家在其处,郑谷哭洞诗云:"得近长江死,想君胜在生。"言死生不相远也。洞尝集岛警句五十联及唐诸人警句五十联为《诗句图》,自为之序,及所为诗一卷,并传〔七〕。

校记

〔一〕 李洞,两《唐书》无传,此传取材于《唐摭言》卷十、《唐诗纪事》卷五十八,两书均未言其字,《郡斋读书志》卷四中云"字才江"。

〔二〕 "诗"字依陆本补。

〔三〕 "其"字依陆本补。

〔四〕 "所"字依陆本补。

〔五〕 "象",原作"马",依陆本改。

〔六〕 五字原作"归日本"三字,依陆本改。《全唐诗》题为《送云卿上人游安南》,注一作《送僧游南海》。

〔七〕 《李洞集》今存,版本源流见《唐集叙录》。《新唐志》著录李洞集《贾岛句图》一卷,今未见传本。

吴 融

融,字子华,山阴人。初,力学富,词调工捷。龙纪元年,李瀚榜及进士第。韦昭度讨蜀,表掌书记。坐累去官,流浪荆南,依成汭。久之,召为左补阙,以礼部郎中为翰林学士,拜中书舍人。天复元年元旦,东内反正,既御楼,融最先至。上命于前座跪草十数诏,简备精当,曾不顷刻,皆中旨。大加赏激,进户部侍郎。帝幸凤翔,融不及从,去客阌乡。俄召为翰林承旨,卒〔一〕。为诗靡丽有馀,而雅重不足。集四卷及制诰一卷,并行〔二〕。

校记

〔一〕 吴融,《新唐书》卷二百零三《艺文下》有传,本传实所取资。《新唐书》作"卒官"。草诏事详见《唐摭言》卷十三。

〔二〕 "行",陆本作"传"。《吴融诗集》,《新唐志》著录四卷,《直斋书录解题》著录《唐英集》三卷。今传本称《唐英歌诗》，版本源流见《唐集叙录》。

韩 偓

偓，字致尧，京兆人[一]。龙纪元年，里部侍郎赵崇下擢第。天复中，王溥荐为翰林学士，迁中书舍人。从昭宗幸凤翔，进兵部侍郎、翰林承旨。尝与崔胤定策诛刘季述。昭宗反正，论为功臣。帝疾宦人骄横，欲去之。偓画策称旨，帝前膝曰："此一事终始[二]属卿。"偓因荐座主御史大夫赵崇，时称能让。李彦弼倨甚，因谮偓漏禁省语，帝怒曰："卿有宫属，日夕议事，奈何不欲我见韩学士耶？"帝励精政事，偓处可机密，率[三]与上意合，欲相者三四，让不敢当。偓喜侵侮有位，朱全忠亦恶之，乃构祸贬濮州司马。帝流涕曰："我左右无人矣。"天祐二[四]年，复召为学士，偓不敢入朝，挈其族南依王审知而卒[五]。偓自号玉山樵人。工诗，有集一卷。又作《香奁集》一卷，词多侧艳新[六]巧。又作《金銮密记》五卷，今并传[七]。

校记

〔一〕 韩偓，《新唐书》卷一百八十三有传，首云："韩偓字致光，京兆万年人。"《唐诗纪事》卷六十五云："偓，小字冬郎。义山云，尝即席为诗相送，一座皆惊，句有老成之风，因有诗云：'十岁裁诗走马成，冷灰残烛动离情。桐花万里丹山路，雏凤清于老凤声。'偓字致尧，今曰致光，误矣。自号玉山樵人。"按，传说尧时仙人名偓佺，尧从而问道。名偓，故当以致尧为字。

〔二〕 "始"下原有"以"字，依陆本删。《新唐书》亦无。

〔三〕 "率"，原作"卒"，依陆本改。

〔四〕 "二"，原作"六"，依陆本改。

〔五〕 以上全节自《新唐书》。
〔六〕 "新",原作"情",依陆本改。
〔七〕 《韩偓集》今存,作《韩翰林集》,版本源流见《唐集叙录》。

唐 备

备,龙纪元年进士,工古诗,多涵〔一〕讽刺,颇干教化,非浮艳轻裴之作。同时于濆〔二〕者,共一机轴,大为时流所许,备诗有:"天若无雪霜,青松不如草。地若无山川,何人重平道?"又:"狂风拔倒树,树倒根已露。上有数枝藤,青青犹未悟!"又:"一日天无风,四溟波自息。人心风不吹,波浪高百尺。"又《别家》云:"兄弟惜分离,拣日皆言恶。"于濆《对花》云"花开蝶满枝,花谢蝶来稀。惟有旧巢燕,主人贫亦归"等诗,发为〔三〕浇俗,至今人话闲,必举以为警戒,足见之矣。馀诗多传。

校记

〔一〕 "涵",原作"极",依陆本改。

〔二〕 "于濆",原作"干渎",正保本作"于渎",依四库本改。按此条见《增修诗话总龟前集》卷一引卢瓌《抒情》云:"于濆为诗颇干教化,《对花》诗云……又有唐备者与濆同声,咸多比讽,有诗曰:'天若……'"仅颠倒其次序,因于濆已见卷八之故。

〔三〕 "诗"、"为",陆本作"语"、"言"。

王 驾

驾,字大用,蒲中人〔一〕,自号守素先生。大顺元年,杨赞禹榜登第,授校书郎,仕至礼部员外郎。弃官嘉遁于别业,与郑谷、司空图为诗友,才名藉甚。图尝与驾书评诗曰:"国初雅风特盛,沈、宋、始兴之后,杰出于[二]江宁,宏思至[三]李、杜极矣。右丞、苏州,趣味澄敻,若清流之贯远。大历十数公,抑又其次。元、白力勍而气孱,乃都市豪估耳。刘梦得、杨巨源亦各有胜会。浪仙、无可、刘得仁辈,时得佳致,亦足涤烦。厥后所闻,徒褊浅矣。河、汾蟠郁之气,宜继有人。今王生寓居其间,沉渍益久,五言所得,长于思与境偕,乃诗家之所尚者。则前所[四]谓必推于其类,岂止[五]神跃色扬而已哉!"驾得书,自以誉不虚已[六]。当时价重,乃如此也。今集六卷行于世[七]。

校记

〔一〕 王驾,两《唐书》无传,《唐诗纪事》卷六十三云:"驾字大用,河中人,登大顺进士第,仕至礼部员外郎。自称守素先生。与图、谷为诗友。"同时又云:"僖宗幸蜀,驾下第,还蒲中。"实指一地。

〔二〕 "于"字依陆本补。

〔三〕 "至",陆本作"于"。"思"。《唐诗纪事》同卷司空图条作"肆",似胜。

〔四〕 "所"字依陆本补。

〔五〕 "止",原作"若",依陆本改。

〔六〕 此六字,陆本作"自谓誉己不虚矣"七字。

〔七〕 《新唐志》著录《王驾诗集》六卷,《直斋书录解题》卷十九著录《王驾集》一卷,辛氏盖仅据《新唐志》所云非实见也。《全唐诗》仅存诗六首,一卷集亦久佚矣。

戴思颜[一]

思颜,大顺元年杨赞禹榜进士及第,与王驾同袍。有诗名,气宇盘礴,每有过人,遂得名家,岂泛然矣!有集今传。

校记

〔一〕《唐诗纪事》卷六十六作"戴司颜",《唐摭言》卷五亦作"司"。《全唐诗》同,存诗二首,一联断句。

杜荀鹤

荀鹤,字彦之,牧之微子也。牧会昌末自齐安移守秋浦时,妾有娠,出嫁长林乡正〔一〕杜筠,生荀鹤。早得诗名,尝谒梁王朱全忠,与之坐,忽无云而雨,王以为天泣,不祥,命作诗,称意,王喜之〔二〕。荀鹤寒畯〔三〕,连败文场,甚苦,至是,遣送名春官,大顺二年裴贽侍郎下第八人登科,正月十日发榜,正荀鹤生朝也。王希羽献诗曰:"金榜晓悬生世日,玉书潜记上升时。九华山色高千尺,未必高于第八枝。"荀鹤居九华,号九华山人。张曙拾遗亦工诗,又同年,尝醉谑曰:"杜十五大荣,而得与曙同年。"荀鹤曰:"是公荣,天下只知有荀鹤,若个知有张五十郎耶?"各大笑而罢〔四〕。宣州田頵甚重之,常致笺问。梁王立,荐为翰林学士,迁主客员外郎。颇恃势悔慢缙绅。为文多主箴刺,众怒欲杀之,未得。天祐元年卒〔五〕。荀鹤苦吟,平生所〔六〕志不遂,晚始成名,况丁乱世,殊多幽惋思虑之语。于一觞一咏,变俗为雅,极事物之情,足丘壑之趣,非易能及者也。与太常博士顾云初隐一山,登第之明年,宁亲相会,云撰集其诗三百馀篇为《唐风集》三卷〔七〕,且序以为:"壮语大言,则决起逸发,可以左揽工部袂,右拍翰林肩,吞贾、喻八九于胸中,曾不芥蒂。或情发乎中,则极思冥搜,神游希夷,形兀枯木,五声劳于呼吸,万象贪于抉剔,信诗家之雄杰者矣。"荀鹤嗜酒,善弹琴,风情雅度,千载犹可想望也。

228

校记

〔一〕《杜荀鹤传》见于《旧五代史》卷二十四,甚略,此传多取《唐诗纪事》卷六十五及《唐摭言》、《北梦琐言》、《鉴戒录》等书。"正",原作"士",依陆本改。此事见《苕溪渔隐丛话·后集》卷十五:《艺苑雌黄》云:"荀鹤,杜牧之之微子也。牧之会昌末,自齐安移守秋浦时,妾有娠,出嫁长林卿士杜筠,生荀鹤……"《唐诗纪事》卷六十五云:"荀鹤有诗名,号九华山人。大顺初擢第……或曰:荀鹤,牧之微子也。牧之会昌末自寄安移守秋浦,时年四十四,所谓'使君四十四,两佩左铜鱼'者也。时妾有姙,出嫁长林乡正杜筠而生荀鹤。擢第年四十六矣。"计氏用"或曰"二字以此事然疑未定,辛氏从严有翼说以为事实。

〔二〕见《唐诗纪事》,《增修诗话总龟前集》卷三注出《洞微志》。

〔三〕"畯",原作"进",依陆本改。此事见《增修诗话总龟前集》卷五注出《洞微志》。彼书作"三年",误。

〔四〕事见《唐摭言》卷十二,《北梦琐言》卷四称"杜十四",疑误。

〔五〕本传云:"颙将起兵,乃阴令以笺问至,太祖遇之颇厚。及颙遇祸,太祖以其才表之,寻授翰林学士、主客员外郎。既而恃太祖之势,凡搢绅间己所不悦者,日屈指怒数,将谋尽杀之。苞蓄未及泄,丁重疾,旬日而卒。"《唐诗纪事》云:"荀鹤擢第,时危势晏,复还旧山。田颙在宣州甚重之。颙起兵,阴令以笺问至梁太祖许,颇厚遇。及颙遇祸,梁祖表授翰林学士、主客员外郎知制诰。恃势侮易搢绅,众欲杀之而未及。天祐初卒。"辛氏盖本此。《北梦琐言》卷六云:"唐杜荀鹤尝游梁,献太祖诗三十章,皆易晓也,因厚遇之。洎受禅,拜翰林学士,五日而卒。"盖传闻异辞。"悔"当作"侮"。

〔六〕"生所",原作"所生",依指海本乙。

〔七〕《郡斋读书志》著录《唐风集》十卷,《直斋书录解题》作三卷。今存一般为三卷,版本源流见《唐集叙录》。

唐才子传校正卷第十

王　涣[一]

涣，大顺二年礼部侍郎裴贽下进士及第。俄自左史拜考功员外郎。同年皆得美除，涣首唱感恩长句，上谢座主裴公，当时甚荣之[二]。后以礼部侍郎致仕，年九十。见《睢阳五老图》。涣工诗，情极婉丽。常为《惆怅诗》十三首，悉古佳人才子深怀感怨者：崔氏莺莺、汉武李夫人、陈乐昌主、绿珠、张丽华、王明君及苏武、刘、阮辈事成篇，哀伤媚妩，如："谢家池馆花笼月，萧寺房廊竹飐风。夜半酒醒凭槛立，所思多在别离中。"又："梦里分明入汉宫，觉来灯背锦屏空。紫台月落关山晓，肠断君王信画工"等，皆绝唱，脍炙士林。在晚唐诸人中，霄壤不侔矣。有集今传[三]。

校记

〔一〕"涣"，原作"焕"，依目录改，下同。陆本亦作"涣"。

〔二〕王涣，两《唐书》无传，《唐诗纪事》卷六十六云："涣，字群吉，大顺二年侍郎裴贽下登第，德邻、拯、光胤皆同年也。"此事见《唐摭言》卷三，《唐诗纪事》取之。淳按：睢阳五老之王涣去大顺已百数十年，当非一人。辛氏误。

〔三〕 王涣诗未见著录。《惆怅诗》十二首《纪事》全录，《全唐诗》仅存诗十四首，即益以《上裴侍郎》及《悼亡》两首七律耳。此云"十三首"，疑"三"为"二"之误。

徐　寅

寅，莆田人也。大顺三年蒋泳下进士及第[一]。工诗，尝赋《路傍草》云："楚甸秦川万里平，谁教根向路傍生。轻蹄绣縠长相躏，合是荣时不得荣。"时人知其蹭蹬。后果须鬓交白，始得秘书省正字，竟蓬转客途，不知所终云。有《探龙集》五卷，谓登科射策如探睡龙之珠也。

校记

〔一〕 唐昭宗大顺仅二年，次年正月改元景福，不当有三年。《登科记考》卷二十四："按《永乐大典》引《莆阳志》作乾符元年。"《全唐诗》有徐夤云："字昭梦，莆田人。登乾章进士第，授秘书省正字。依王审知，礼待简略，遂拂衣去。归隐延寿溪。著有《探龙》、《钓矶》二集，编诗四卷。"《路旁草》在卷四，知即此人。辛氏盖据徐仁师《序》作"寅"。详见《唐集叙录·钓矶文集》。

张　乔

乔隐居九华山，池州人也。有高致，十年不窥园以苦学，诗句清雅，迥少其伦。当时东南多才子，如许棠、喻坦之、剧燕、吴罕[一]、任涛、周繇、张蠙、郑谷、李栖远与乔亦称"十哲"，俱以韵律驰声。大顺中，京兆府解试，李参军频时主文，试《月中桂》诗，乔云："根非生下土，叶不坠秋风。"遂擅场。其年频以许棠

231

久困场屋，以为首荐。乔与喻坦之复受许下薛尚书知[二]，欲表于朝，以他不果，竟龃龉名途，徒得一进耳。有诗集二卷传世[三]。

校记

〔一〕 张乔，两《唐书》无传。《唐诗纪事》卷七十云："乔，池州人，有诗名咸通中。"下举十哲"吴罕"作"吴宰"。然此事实出于《唐摭言》卷十仍作"吴罕"。又四库本"李栖远"下有"李昌符"一人，《唐诗纪事》注云"十哲而十二人"。

〔二〕 "许下"二字四库本作一"放"字，"知"下有"之"字。

〔三〕 《新唐志》著录《张乔诗集》二卷，《直斋书录解题》卷十九："《张乔集》二卷　唐进士九华张乔撰。乔与许棠、张蠙、郑谷、喻坦之等同时，号十哲，乔试京兆，《月中桂》诗擅场，传于今，而《登科记》无名，盖不中第也。"其集今未见单刻，《全唐诗》存诗二卷。

郑良士

良士，字君梦，咸通中累举进士不第。昭宗时自表献诗五百馀篇，敕授补阙而终。以布衣一旦俯拾青紫，易若反掌，浮俗莫不骇羡，难其比也。今有《白岩集》十卷传世[一]。

旧言诗或穷人，或达人。达者，良士是矣。亦命之所为，诗何能与？过诗，则不揣其本也。

校记

〔一〕 《新唐志》著录郑良士《白岩集》十卷，注云："字君梦，昭宗时献诗五百篇，授补阙。"《郡斋读书志》、《直斋书录解题》均未著录，《全唐诗》仅存诗三首，云"闽人"。

张　鼎

鼎,字台业,景福二年,崔胶榜进士。工诗,集一卷,今行[一]。同时赵抟有爽迈之度,工歌诗。韦霭亦进而无遇、退而有守者。诗各一卷[二]。及谢蟠隐,云是灵运之远孙,有清才,知天下之将乱,作《杂感诗》一卷[三]。张为,闽中人,离群拔类。工诗,存一卷,及著《唐诗主客图》等,并传于世[四]。

校记

[一] 《全唐诗》有张鼎入盛唐,为司勋员外郎,当非此人。《宋史·艺文志》七著录《张鼎诗》一卷,或即此人。

[二] 《新唐志》著录《赵抟歌诗》二卷,《韦霭诗》一卷。《全唐诗》惟赵抟存诗二首。"抟",原作"搏",依陆本改。

[三] 《新唐志》著录谢蟠隐《杂感诗》二卷。今佚无存。

[四] 《新唐志》著录《张为诗》一卷。《唐诗纪事》卷六十五云:"为,唐末江南诗人,与周朴齐名。如'到处即闭户,逢君方展眉',最有诗称。"《全唐诗》仅存诗三首及上一联。《诗人主客图》今存。

韦　庄

庄,字端己,京兆杜陵人也。少孤贫力学,才敏过人[一]。庄应举[二],正黄巢犯阙,兵火交作,遂著《秦妇吟》,有云:"内库烧为锦绣灰,天街踏尽却重回。"[三]乱定,公卿多讶之,号为"《秦妇吟》秀才"。乾宁元年,苏检榜进士,释褐校书郎。李询宣谕西川,举庄为判官。后王建辟为掌书记。寻征起居郎,建表留之。及建开伪蜀,庄托在腹心,首预谋画。其郊庙之礼,册书赦令,皆出庄手。以功臣,授吏部侍郎同平章事[四]。庄早尝寇乱,间关顿踬,携家来越中,弟妹散居诸都。西江、湖南,所在曾游[五],举目有山河之异。故于流离漂泛,寓目缘情;子期怀旧之辞,王粲伤时之制;或离群轸虑,或反袂兴悲:《四愁》、《九怨》之文,一咏一觞之作,俱能感动人也。庄自来成都,寻得杜少陵所居浣花溪故址,虽芜没已久,而柱砥犹存,遂诛茅重作草堂而居焉。性俭,秤薪而爨,数米而炊[六],达人鄙之。弟蔼,撰庄诗为《浣花集》六卷,及庄尝选杜甫、王维等五十二人诗为《又玄集》,以缀姚合之《极玄》,今并传世[七]。

校记

〔一〕 韦庄,两《唐书》无传,《唐诗纪事》卷六十八云:"庄,字端己。杜陵人,见素之后。曾祖少微,宣宗中书舍人。"

〔二〕 四库本"举"下有"时"字。

〔三〕《唐诗纪事》及《北梦琐言》卷六均作"天街踏尽公卿骨",当据改。

〔四〕《唐诗纪事》云:"庄疏旷,不拘小节。李询为两川宣谕和协使,辟为判官。以中原多故,潜欲依王建,建辟为掌书记。寻召为起居舍人,建表留之。后相建为伪平章事。"辛氏本此。

〔五〕 "曾游",四库本作"薄游"。

〔六〕 四库本"俭"下有"约"字。此事见《朝野佥载》卷一,乃初唐之另一韦庄,故《唐诗纪事》不收。辛氏取之,非是。

〔七〕《唐诗纪事》云:"庄集诗人一百五十人得诗三百章为《又玄集》。"此云五十二,《又玄集》今存,分上中下三卷,卷上五十二,中三十七,下五十三。计氏盖举约数,而辛氏误以卷上为全卷。《浣花集》今存,版本源流见《唐集叙录》。

王贞白

贞白,字有道,信州永丰人也[一]。乾宁二年登第,时榜下物议纷纷,诏翰林学士陆扆于内殿复试,中选,授校书郎,时登科后七年矣。郑谷以诗赠曰:"殿前新进士,阙下校书郎。"初兰溪僧贯休得雅名,与贞白居去不远而未会。尝寄《御沟》诗有云:"此波涵帝泽,无处濯尘缨。"后会,语及此,休曰:"剩一字。"贞白拂袂而去。休曰:"此公思敏,当即来。"休书字于掌心。逡巡,贞白还,曰:"'此中涵帝泽'如何?"休以掌示之,无异所改,遂订深契〔二〕。后值天王狩于岐,乃退居著书,不复干禄,当时大获芳誉。性恬和,明《易象》。手编所为诗三百篇及赋文等为《灵溪集》七卷,传于世〔三〕,卒,葬家山。

贞白学力精赡,笃志于诗。清润典雅,呼吸间两获科甲,自致于青云之上,文价可知矣。深惟存亡取舍之义,进而就禄,退而保身,君子也。梁陶弘景弃官隐居三茅,国事必咨请,称"山中宰相",号贞白,今王公慕其为人而云尔。

校记

〔一〕《直斋书录解题》卷十九:"《灵溪集》七卷　唐校书郎上饶王贞白有道撰。乾宁二年进士,其集有自序,永丰人有藏之者,洪景卢得而刻之,诗虽多,在一时侪辈未为工也。"疑"永丰人"之说由此而生。

〔二〕事见《唐诗纪事》卷六十七。贞白两《唐书》无传。

〔三〕《灵溪集》今佚,《全唐诗》编诗一卷,《补遗》十二首。

张　蠙

蠙,字象文,清河人也。乾宁二年,赵观文榜进士及第,释褐为校书郎,调栎阳尉,迁犀浦令。伪蜀王建开国,拜膳部员外郎,后为金堂令。王衍与徐氏游大慈寺,见壁问题:"墙头细雨〔一〕垂纤草,水面回风聚落花。"爱赏久之,问谁作,左右以蠙对〔二〕。因给礼令以诗进,蠙上二篇[三],衍尤待重[四],将召掌制诰,朱光嗣[五]以其轻傲,驸马宣疏之[六],止赐白金千两而已。蠙生而秀颖,幼能为诗,《登单于台》有"白日地中出,黄河天上来"句,由是知名。初以家贫,累下第,留滞长安,赋诗云[七]:"月里路从何处上,江边身合几时归?十年九陌寒风夜,梦扫芦花絮客衣。"主司知为非滥成名。余诗皆佳,各有意度,过人远矣。《诗集》二卷,今传[八]。

校记

〔一〕 "雨",原作"金",据《唐诗纪事》卷七十、《郡斋读书志》卷四中校改。本传取材于此二书。

〔二〕 《郡斋读书志》但云:"问之,云蠙句。"《唐诗纪事》云:"问寺僧,僧以蠙对。"辛氏改为"左右"。

〔三〕 《郡斋读书志》作:"给礼,令以诗进。蠙以二首献。"辛氏盖据此。《唐诗纪事》云:"乃赐霞光笺,令写诗以进。蠙进二百首。"陆本"礼"作"笺","二"下有"百"字。

〔四〕 "待重",陆本作"重待",《郡斋读书志》作"衍颇重之",《唐诗纪事》作"衍善之"。

〔五〕 "朱光嗣",《郡斋读书记》、《唐诗纪事》并作"宋光嗣",似是。

〔六〕 此九字《唐诗纪事》作"以蠙轻忽傲物,遂止"。《郡斋读书志》作:"以其轻傲,止赐白金而已。"正保本"宣"作"宜"(指海本同),则"驸马"字当属上逗。

〔七〕 "云"字据陆本补,此诗题曰《叙怀》,两书未提此诗。

〔八〕 《张蠙诗集》今存,版本源流见《唐集叙录》。

翁承赞

承赞,字文尧,乾宁三年礼部侍郎独孤损下第四人进士,又中宏词敕头[一]。承赞工诗,体貌甚伟,且诙谐,名动公侯。唐人应试,每在八月,谚曰:"槐花黄,举子[二]忙。"承赞《咏槐花》云:"雨中妆点望中黄,勾引蝉声送夕阳。忆得当年随计吏,马蹄终日为君忙。"甚为当时传诵。尝奉使来福州,见友僧亚齐,赠诗云:"萧萧风雨建阳溪,溪畔维舟见亚齐。一轴新诗剑潭北,十年旧识华山西。吟魂昔向江村老,空性元知世路迷。应笑乘轺青琐客,此时无暇听猿啼。"[三]他诗高妙称是。仕王审知,终谏议大夫。有诗,以兵火散失。尚存百二十馀篇,为一卷,秘书郎孙合为序云[四]。

校记

〔一〕 翁承赞,两《唐书》无传,《唐诗纪事》卷六十三云:"承赞字文尧,闽人。唐末为谏议大夫,使福州。"又云:"承赞,乾宁进士也。"《新唐志》著录《翁承赞诗》一卷,仅注"字文尧"。《直斋书录解题》卷十九:"《翁承赞集》一卷 唐谏议大夫京兆翁承赞文尧撰,乾符二年进士。"《全唐诗》小传从《纪事》"闽人"之说。考之翁诗题有《蒙闽王改赐乡里》、《御命归乡蒙赐锦衣》等,又《奉使封王次宜春驿》中有"云断自宜乡树出"句,而《华下霁后晓眺》云:"千嶂华山云外秀,万重乡思望中深。"知决非京兆人,当从《纪事》为是。《登科记考》卷二十四:《淳熙三山志》:"乾宁四年,翁承赞中博学鸿词科。"

〔二〕 "子",原作"士",依陆本改。

〔三〕 见《唐诗纪事》卷六十三。

〔四〕 其集今未见单刻,《全唐诗》存诗一卷近四十首。

王　毂

毂,字虚中,宜春人,自号临沂子。以歌诗擅名,长于乐府。未第时尝为《玉树曲》云:"璧月夜,琼树春[一],莺舌泠泠词调新。当时狎客尽丰禄,直谏犯颜无一人。歌未阕,晋王剑上粘腥血。君臣犹在醉乡中,一面已无陈日月。"大播人口。适有同人为无赖辈所驱[二],毂前救之,曰:"莫无礼,我便是道'君臣犹在[三]醉乡中'者。"无赖闻之,惭谢而退。毂亦大节士,轻财重义,为乡里所誉。颇不平久困,适生离难间,辞多寄寓比兴之作,无不知名。乾宁五年,羊绍素榜进士,历国子博士,后以郎官致仕。有诗三卷。于时宦进[四]俱素餐尸位、卖降恐后之徒,毂因撰前代忠臣临老不变者为[五]图一卷,及《观光集》一卷,并传[六]。

校记

〔一〕 此六字《唐诗纪事》作"璧月夜满楼风轻"七字,《诗话总龟》作此六字,"春"、"新"同韵,"轻"失韵,六字是。

〔二〕 王毂,两《唐书》无传。《唐诗纪事》卷七十云:"未及第时,轻忽,被人殴击。"《增修诗话总龟前集·书事门》(月窗本卷二十七,明钞本卷二十九)引《百斛明珠》云:"尝于市廛中,忽见同人被无赖辈殴打"辛氏盖本此。"所"字依陆本补。

〔三〕 "在",原作"有",依陆本改。

〔四〕 "进"四库本作"达",义长。

〔五〕 "者为"二字依四库本补,否则当标《前代忠臣临老不变图》。

〔六〕 《新唐志》著录《王毂诗集》三卷注云:"字虚中,乾宁进士第,郎官致仕。"其集已佚,《全唐诗》存诗十八首。

殷文圭

文圭,字表儒,池州青阳人也。乾宁五年,礼部侍郎裴贽下进士。初未第时,道中尝逢一老叟,目文圭久之,谓人曰:"向者布衣,绿眉方口,神仙中人也。如学道,可以冲虚;不尔,垂大名于天下。"未几,兵马振动,大驾幸三峰,文圭携梁王表荐及第。时杨令公行密镇淮扬,奄有宣、浙、扬、汴之间,榛梗既久,文圭辞亲,间道至行在。无何,随榜为吏部侍郎裴枢宣慰判官记室参军。至大梁,以身事叩梁王,王又上表荐之。文圭后饰非,遍投启事公卿间曰:"於菟猎食,非求尺璧之珍;爰居避风,不望洪钟之乐。"俄为多言者所发。更由宋、汴驰过〔一〕,梁王大怒,亟遣追捕,已不及矣。为诗有《登龙集》、《冥搜集》、《笔耕词》、《冰镂录》、《从军稿》等集传世〔二〕。

唐季,文体浇漓,才调荒秽,稍稍作者,强名曰诗。南郭之竽,苟存于众响,非复盛时之万一也。如王周、刘兼、司马札、苏拯、许琳、李咸用等数人,虽有集相传〔三〕,皆气卑格下,负鱼目唐突之惭,窃碔砆韫袭之滥,所谓"家有弊帚,享之千金,不自见之患也"〔四〕。文圭稍入风度,间见奇崛,其殆庶几乎?

校记

〔一〕 殷文圭(《直斋书录解题》卷十九作珪),两《唐书》无传。此事纯取《唐摭言》卷九,老叟事见《唐诗纪事》卷七十。"更"字陆本作"后更道"三字。《摭言》云:"既擢第,由宋、汴驰过,俄为多言者所发。"《纪事》甚略,但云:"既而由汴梁驰归。"

〔二〕 《直斋书录解题》著录:"《殷文珪集》一卷 唐殷文珪撰。乾宁五年进士,后仕南唐。其子曰崇义,归朝更姓名,即汤悦也。"其集今未见单传本,《全唐诗》存诗一卷。

〔三〕 王周,《全唐诗》存诗一卷,刘兼存诗一卷,司马札存诗一卷,苏拯存诗一卷,许琳,《全唐诗》作许彬,注一作郴,一作琳,存诗一卷,李咸用编诗三卷,其集名《披沙集》今存,版本源流见《唐集叙录》)。

〔四〕 此语引自曹丕《典论·论文》。

239

李建勋

建勋，字致尧，广陵人。仕南唐为宰相，后罢，出镇临川。未几，以司徒致仕，赐号钟山公，年已八十。志尚散逸，多从仙侣，参究玄门。时宋齐丘有道气，在洪州西山，建勋造谒致敬，欲授真果，题诗赠云："春来涨水凉[一]如活，晓出西山势似行。玉洞有人经劫在，持竿步步就长生。"归高安别墅，一夕无病而逝。能文，赋诗琢炼颇工，调既平妥，终少惊人之句也。有《钟山集》二十卷行于世[二]。

校记

〔一〕按，此见《增修诗话总龟前集》卷二，注出《青琐后集》，今本《青琐高议》未见。"凉"，陆本作"波"，《总龟》作"流"。

〔二〕《直斋书录解题》卷十九著录："《李建勋集》一卷　南唐宰相李建勋撰。"其集今存，版本源流见《唐集叙录》。

褚　载

载，字厚之。家贫，客梁、宋间，困甚。以诗投襄阳节度使邢君牙云："西风昨夜坠红兰，一宿邮亭事万般。无地可耕归不得，有恩堪报死何难[一]。流年怕老看将老，百计求安未得安。一卷新诗满怀泪，频来门馆诉饥寒。"君牙怜之，赠绢十匹，荐于郑滑节度使，不行。乾宁五年，礼部侍郎裴贽知贡举，君牙又荐之，遂擢第[二]。文德中，刘子长出镇浙西，行次江西，时陆威侍郎犹为郎吏，亦寓于此。载缄二轴投谒，误以子长之卷面贽于威，威览之，连见数字触家讳，威瞿然。载错愕[三]，白以大误，寻谢以长笺,略曰:"曹兴之图画虽精,终惭误笔;殷浩之兢持大过,翻达空函。"[四]威激赏而终不能引拔,竟流落而卒。集三卷,今传[五]。

校记

〔一〕 此句原作"有恩可报死应难",依陆本改。

〔二〕 此事出《诗史》,见《增修诗话总龟前集》卷五。按邢君牙两《唐书》均有传。《旧唐书》卷一百四十四明言君牙"贞元十四年卒,时年七十一"。其时下距乾宁五年有百年之久,故断为子虚乌有。《唐诗纪事》卷五十八不取此事,至为有见。辛氏误廷《诗史》之谬而不察。

〔三〕 "错愕",原作"愕错",依陆本乙。

〔四〕 事见《唐摭言》卷十一,《唐诗纪事》亦载之。

〔五〕 《新唐志》著录《褚载诗》三卷,《直斋书录解题》卷十九作一卷。今佚。《全唐诗》存诗十四首。四库本末有"于世"二字。

吕　岩

　　岩,字洞宾,京兆人,礼部侍郎吕渭之孙也。咸通初中第,两调县令[一]。更值巢贼,浩然发栖隐之志。携家归终南,自放迹江湖。先是,有钟离权,字云房,不知何代何许人,以丧乱避地太白,间入紫阁,石壁上得金诰玉箓,深造希夷之旨。常鬒髻,衣槲叶,隐见于世。岩既笃志大道,游览名山,至太华,遇云房,知为异人,拜以诗曰:"先生去后应须老,乞与贫儒换骨丹。"云房许以法器,因为著《灵宝毕法十二科》,悉[二]究性命之旨。坐庐山中数十年,金丹始就。逢苦竹真人,乃能驱役神鬼。时移世换[三],不复返也。与陈图南音响相接,或访其室中。尝白襴角带,卖墨于市,得者皆成黄金。往往遨游洞庭、潇湘、溢浦间,自称回道士,时传已蝉蜕矣。有时[四]佩剑,自笑曰:"吾仙人,安用剑为？所以断嗔爱烦恼耳。"尝题寺壁曰："三千里外无家客,七百年前云水身。"后书云："唐室进士,今时神仙。足蹑紫雾,却归洞天。"又宿湖州沈东老家,白酒满瓮,恣意拍浮,临去,以石榴皮画壁间云："西邻已富忧不足,东老虽贫乐有馀。白酒酿来因好客,黄金散尽为收书。"又尝负局戋于市,为贾尚书淬古镜,归忽不见[五],留诗云:"袖里青蛇凌白日,洞中仙果艳长春。须知物外餐霞客,不是尘中磨镜人。"又醉饮岳阳楼,俯鉴洞庭,时八月,叶水清,君山如黛螺,秋风浩荡,遂按玉龙作一弄,清音嘹[六]亮,金石可裂。久之,度古柳,别去。留诗云:"朝游南浦[七]暮苍梧,袖里青蛇胆气粗。三入岳阳人不识,朗吟飞过洞庭湖。"后往来人间,乘虚上下,竟莫能测。至今四百馀年,所在留题,不可胜纪。凡遇之者,每去后始觉,悔无及矣。盖其变化无穷,吟咏不已,此姑[八]纪其大概云。

论曰：晋嵇康论神仙非积学所能致,斯言信哉！原其本自天灵,有异凡品,仙风道骨,迥凌云表。历观传记所载,雾隐乎岩岭,霞寓于尘外。崆峒、羑门以下,清流相望,由来尚矣。虽解化一事,似或玄微,正非假房中黄白之小端,从而服食颐养,能尽其道者也。不损上药,愈益下田,熊经鸟伸,纳新吐故。无七情以夺魂魄,无百虑以煎肺肝。庶几指识玄户,引身长年,然后一跃,顿乔、松之逸驭也。今夫指青山首驾,卧白云振衣；纷长往于斯世,遗高风于无穷；及见其人,吾亦愿从之游耳。韩湘控鹤于前,吕岩骖鸾于后。凡其题咏篇什,铿锵振作,皆天成云汉,不假安排。自非咀嚼冰玉,呼吸烟霏,孰能至此？宁好事者为之,多见其不知量也。吴筠、张志和、施肩吾[九]、刘商、陈陶、顾况等,高躅可数,皆颉颃于玄化中者欤？

校记

〔一〕 按《苕溪渔隐丛话后集》卷三十八:"回仙自作传云:'吾乃京兆人,唐末累举进士不第。'"他书亦多如此,不知辛氏何据,或由下文"唐室进士"而言,唐代未第举子例称进士,登科则加"前"字,非若后代登第始称进士也。

〔二〕 "悉",原作"志",依陆本改。

〔三〕 四字原作"时及□世",依陆本改。

〔四〕 "时",原作"术",依陆本改。

〔五〕 四字四库本作"忽然不见"。

〔六〕 "嘹",原作"辽",依陆本改。

〔七〕 "南浦",他书多作"北海",义似长。

〔八〕 "此姑",原作"姑此",依陆本乙。《全唐诗》编《吕岩诗》四卷,多宋后作,皆不可置信。

〔九〕 "肩",原作"眉",依陆本改。此数人传已分见前各卷。

卢延让

延让,字子善,范阳人也。有卓绝之才。光化三年,裴格榜进士。朗陵雷满荐辟之。满败,归伪蜀,授水部员外郎,累迁给事中,卒官刑部侍郎〔一〕。延让师许下薛尚书为诗,词意入僻,不竞纤巧,且多健语,下士大笑之。初,吴融为侍御史,出官峡中。时延让布衣,薄游荆渚,贫无卷轴,未遑贽谒。会融弟得延让诗百馀篇,融览其警联,如:《宿东林》云:"两三条电欲为雨,七八个星犹在天。"《旅舍言怀》云:"名纸毛生五门下,家僮骨立六街中。"《赠元上人》云:"高僧解语牙无水,老鹤能飞骨有风。"《蜀道》云:"云间闹铎骡驮去,雪里残骸虎拽来。"又云"树上諏咨批颊鸟,窗间逼驳扣头虫"等,大惊曰:"此去人远绝,自无蹈袭,非寻常耳。此子后必垂名〔二〕。余昔在翰林召对,上曾举其'臂鹰健卒横毡帽,骑马佳人卷画衫'一联,虽浅近,然自成一体名家,今则信然矣。"〔三〕遂厚礼遇,赠给甚多。融雪中寄诗云:"永日应无食,终宵必有诗。"后奋科第,多融之力也。今诗一卷传世〔四〕。

校记

〔一〕 卢延让,两《唐书》无传。《唐诗纪事》卷六十五云:"延让,字子善,范阳人。光化初登第。从事朗陵,雷满败,归王建。僭位,授水部员外郎,卒于刑部侍郎。师薛能为文。"

〔二〕 《唐摭言》卷六云:"卢延让,光化三年登第。先是,延让师薛许下为诗,词意入僻,时人多效之。吴翰林融为侍御史,出官峡中。延让时薄游荆渚,贫无卷轴,未遑贽谒,会融表弟滕籍者,偶得延让百篇,融览,大奇之,曰:'此无他,贵不寻常耳。'于是,称之于府主成汭。时故相张公职大租于是邦,常以延让为笑端,及融言之,咸为改观。由是大获举粮。延让深所感激。"此为辛氏所本,然误表弟为弟,盖夺一"表"字。

〔三〕 陆本《考异》:"《考证》云:按此条全本杨大年《谈苑》,考《谈苑》原文云:卢延逊诗浅近,人皆笑之,惟吴融独重之,且云后必垂名。延逐诗亦有佳处,如《宿东林》云云。余在翰林尝召对,上举延逊'臂鹰''骑马'二句,虽浅,亦自成一体也。考宋避濮安懿王名故讳让字,延逊即延让也。但翰林召对数语,乃大年自述其制诰时事,原文以为吴融之言,舛谬殊甚。"按《唐诗纪事》引此事先云:"杨大年云:延让诗至今存,人亦有绝好之者,其播人口,有《旅舍言怀》云……"复云:"本朝杨亿在翰林苑,尝召对,上言及延让诗,曰:臂鹰健卒悬毡帽,骑马佳人卷画衫。似此浅近,亦自成一体。"本甚明确,不知辛氏缘何舛误。

〔四〕 《郡斋读书志》卷四中:"《卢延让诗》一卷 右伪蜀卢延让子善也。范阳人,唐光化元年进士……"按〔二〕引《唐摭言》条末云:"光化戊午岁,来自襄南,融一见如旧相识,延让呜咽流涕,于是攘臂成之矣。"戊午为光化元年,然此处乃言两人识面,非必登第之年,疑晁氏因此致误。《卢延让诗集》久佚,《全唐诗》存诗十一首,断句十联,《补遗》三首。

曹　松

　　松,字梦徵,舒州人也。学贾岛为诗,深入幽境,然无枯淡之癖。尤长启事,不减山公。早年[一]未达,尝避乱来栖洪都西山。初在建州依李频。频卒后,往来一无所遇。光化四年,礼部侍郎杜德祥下,与王希羽、刘象、柯崇、郑希颜同登第,年皆七十馀矣,号为"五老榜"。时值新平内难,朝廷以[二]放进士为喜,特授校书郎而卒[三]。松野性方直,罕尝[四]俗事,故拙于进宦,构身[五]林泽,寓情虚无。苦极于诗,然别有一种风味,不沦乎怪也。集三卷,今传[六]。

校记

〔一〕"年"字依四库本补。

〔二〕"以"字依四库本补。按曹松两《唐书》无传,此事见《唐摭言》卷八《放老》条:"天复元年,杜德祥榜,放曹松、王希羽、刘象、柯崇、郑希颜等及第。时上新平内难,闻放新进士,喜甚。诏选中有孤平屈人,宜令以名闻,特敕授官。故德祥以松等塞诏各受正制,略曰:'念尔登科之际,当予反正之年,宜降异恩,各膺宠命。'松,舒州人也,学贾司仓为诗,此外无他能;时号松启事为送羊脚状。希羽,歙州人也,辞艺优博。松、希羽甲子皆七十馀。象,京兆人;崇、希颜,闽中人,皆以诗卷及第,亦皆年逾耳顺矣。时谓'五老榜'。"《唐诗纪事》卷六十五云:"天复初,杜德祥主文,放松及王希羽、刘象、柯崇、郑希颜等及第,年皆七十馀,时号'五老榜'。"《郡斋读书志》卷四下亦如此。辛氏盖从计、晁二氏之说。然《纪事》亦同《摭言》云:"此外无他能,时号松启事为送羊脚状。"晁氏亦未言有他长。辛氏独云:"尤长启事,不减山公。"不知何所据而云然。

〔三〕此七字据《郡斋读书志》。

〔四〕"尝",四库本作"接"。

〔五〕 "构身",四库本作"逍遥"。

〔六〕《新唐志》著录《曹松诗集》三卷,《郡斋读书志》及《直斋书录解题》卷十九均只一卷。今亦未见单刻本,《全唐诗》编诗二卷。

裴　说

说工诗,得盛名。天祐三年礼部侍郎薛廷珪下状元及第。初年窘迫乱离,奔走道路,有诗曰:"避乱一身多。"见者悲之。后仕为补阙,终礼部员外郎。为诗足奇思,非意表琢炼不举笔,有岛、洞之风也。弟谐,亦以诗名世,仕终桂岭假官宰。今俱有集相传〔一〕。

校记

〔一〕 裴说、裴谐,两《唐书》无传。《新唐志》亦未著录其集。《郡斋读书志》卷四中:"《裴说诗》一卷　右唐裴说撰,天祐三年进士,诗有'避乱一身多'之句,读者悲之。"《直斋书录解题》卷十九:"《裴说集》一卷　唐裴说撰,天祐三年进士状头。唐盖将亡矣。说后为礼部员外郎。世传其《寄边衣》诗甚丽,此集无之,仅有短律而已,非全集也。其诗有'避乱一身多'之句。"《唐诗纪事》卷六十五云:"说终礼部员外郎。说与谐俱有诗名,谐天祐二年登第,终于桂岭假官宰……"两集均佚,《全唐诗》裴说存诗一卷,裴谐诗仅一首及断句二联。"谐",《登科记考》卷二十四作"诣"。

贯　休

休,字德隐,婺州兰溪人,俗姓姜氏。《风》、《骚》之外,尤精华札。荆州成中令问以书法,休勃然曰:"此事须登坛可授,安得草草而言!"中令衔之,乃递入黔中。因为《病鹤》诗以见志云:"见说气清邪不入,不知尔病自何来?"〔二〕初,昭宗以武肃钱璆平董昌功,拜镇东军节度使,自称吴越王。休时居灵隐,往投诗贺,中联云:"满堂花醉三千客,一剑霜寒十四州。"武肃大喜,然僭侈之心始张,遣谕令改为"四十州",乃可相见。休性躁急,答曰:"州亦难添,诗亦难改。余[二]孤云野鹤,何天不可飞?"即日果衣钵拂袖而去。至蜀,以诗投孟知祥[三]云:"一瓶一钵垂垂老,万水千山得得来。"知祥久慕,至是非常尊礼之。及王建僭位,一日游龙华寺,召休坐,令口诵近诗。时诸王贵戚皆侍,休意在箴戒,因读《公子行》曰:"锦衣鲜华手擎鹘,闲行气貌多陵忽。稼穑艰难总不知,五帝三皇是何物?"建小忿,然敬事不少怠也,赐号禅月大师。后顺寂,敕塔葬丈人山青城峰下。有集三十卷,今传[四]。

休一条直气,海内无双。意度高疏,学问丛脞。天赋敏速之才,笔吐猛锐之气。乐府古律,当时所宗。虽尚崛奇,每得神助,余人走下风者多矣。昔谓龙象蹴踏,非驴所堪,果僧中之一豪也。后少其比者,前以方支道林不过矣。

校记

〔一〕 贯休,两《唐书》无传,此传主要取于《唐诗纪事》卷七十五。此事详见《北梦琐言》卷二十。"志"四库本作"意"。

〔二〕 "余",原作"馀",依陆本改。

〔三〕 《北梦琐言》、《唐诗纪事》、《全唐诗话》等均作"王建"。独《古今诗话》作"孟知祥",按孟知祥于王衍降唐后,割据建后蜀。王建为前蜀。通观下文,辛氏从《古今诗话》殆以孟知祥为王建之前主蜀者,大误。参见《鉴诫录》卷五《禅月吟》条。

〔四〕 《禅月集》今存,版本源流见《唐集叙录》。

张　瀛

瀛,碧之子也。仕广南刘氏,官至曹郎。尝为诗《赠琴棋僧》云:"我尝听师法一说,波上莲花水中月。不垢不净是色空,无法无空亦无灭。我尝对师禅一观,浪溢鳌头蟾魄满。河沙世界尽空空,一寸寒灰冷灯畔〔一〕。我又闻师琴一抚,长松唤住秋山雨。弦中雅弄若铿金,指下寒泉流太古。我又看师棋一着,山顶坐沉红日脚。阿谁称是国手人?罗浮道士赌却鹤,输却药。胡芦〔二〕斟下红霞丹,束手不敢争头角。"同列见之曰:"非其父不生是子。"〔三〕瀛为诗尚气而不怒号,语新意卓,人所不思者辄能道之,绰绰然见乃父风也。有诗集,今传于世〔四〕。

校记

〔一〕 "畔",陆本作"伴"。

〔二〕 "胡",陆本作"葫"。此二字《增修诗话总龟前集》卷十一《雅什门》作"法怀"。

〔三〕 张瀛,两《唐书》无传,此节全抄自《总龟》所引《雅言系述》。

〔四〕 张瀛集未见著录,《全唐诗》仅存此一诗。

沈 彬

彬,字子文,筠州高安人〔一〕。自幼苦学,属末岁离乱,随计不捷,南游湖、湘,隐云阳山数年,归乡里。时南唐李升〔二〕镇金陵,旁罗俊逸,名儒宿老,必命郡县起之。彬赴辟,知升欲取杨氏,因献《画山水》诗云:"须知笔力安排定,不怕山河整顿难。"升览之大喜,授秘书郎〔三〕。保大中,以尚书郎致仕归〔四〕,徙居宜春。初经板荡,与韦庄、杜光庭、贯休俱避难在蜀,多见酬酢〔五〕。彬临终指葬处示家人,及〔六〕窆,果掘得一空冢,有漆灯青荧,圹头立一铜板,篆文曰:"佳城今已开,虽开不葬埋。漆灯终未灭,留待沈彬来。"〔七〕遂窆岁于此。有诗集一卷传世。彬第二子廷瑞,性坦率,豪于觞咏,举动异俗,盛夏附火,严冬单衣。或遇崇山野水,古洞幽坛,竟日不返。时人异之,呼为沈道者。士大夫多邀至门馆。一日,邑宰戏问:"何日道成?"廷瑞即留诗曰:"何须问我道成时,紫府清都自有期。手握药苗人不识,体含仙骨俗争知!"宰惊谢。后浪游四方,或传仙去也〔八〕。

校记

〔一〕 《太平广记》卷五十四引《稽神录》云:"吴兴沈彬,少而好道,及致仕归高安。"《郡斋读书志》卷四中:"《沈彬集》一卷　右唐沈彬,保大中以尚书郎致仕,归高安。"未言原籍,疑本为吴兴后居高安,两地均曾居者,见下〔四〕。

〔二〕 "昇",原作"升",据史校改,下同。

〔三〕 此据《增修诗话总龟前集》卷四《称赏门》。"笔力",四库本作"手笔",《总龟》亦然。"画山水"他书皆称《山水图》。

〔四〕 《唐诗纪事》卷七十一云:"彬,乾符中值驾起三峰,四方多事,南游岭表二十馀年,回吴中。江南伪命吏部郎中致仕。"与此小异,此据《郡斋读书志》。而《纪事》首云:"彬,字子文,高安人也。"此云"回吴中",又与《稽神录》合,未知何故。

〔五〕 《唐诗纪事》云:"又与韦庄、杜光庭唱和,皆蜀人也,疑其曾入蜀。"《郡斋读书志》云:"集中有与韦庄、杜光庭、贯休诗,唐末,三人皆在蜀,疑其同时避乱尝入蜀云。"两处皆作推测之辞,辛氏实之。

〔六〕 "及"字依陆本补。

〔七〕 此据《江南野录》,引见《增修诗话总龟前集》卷五。《稽神录》云:"初,彬恒诫其子云:'吾所居堂中,正是吉地,即葬之。'及卒,如其言。掘地得自然砖圹,制作甚精,砖上皆作'吴兴'字。"与《江南野录》异。索隐行怪,无所考据。略备异闻耳。

〔八〕 沈廷瑞事见《增修诗话总龟前集·道僧门》(月窗本卷三十、明抄本卷三十二)。《全唐诗》沈彬存诗十九首,句十一联。沈廷瑞存诗四首。

唐 求[一]

求,隐君也,成都人,值三灵改卜,绝念鼎钟,放旷疏逸,出处悠然,人多不识。方外物表,是所游心[二]也。酷耽吟调,气韵清新,每动奇趣,工而不僻,皆达者之词。所行览不出二百里间,无秋毫世虑[三]之想。有所得,即将稿捻为丸,投大瓢中。或成联词组,不拘长短,数日后足成之。后卧病,投瓢于锦江,望而祝曰:"兹瓢傥不沦没,得之者始知吾苦心耳。"瓢泛至新渠,有识者见曰:"此唐山人诗瓢也。"扁舟接之,得诗数十篇。求初未尝示人,至是方竞传,今行于世[四]。后不知所终。江南处士杨夔,亦工诗文,名称杰出如求,今章句多传[五]。

校记

〔一〕 唐求,《唐诗纪事》卷五十作"唐球"。此传取材于彼而加文饰。《纪事》有关材料如下:"球居蜀之味江山,方外之士也。为诗捻稿为圆,纳之大瓢中。后卧病,投于江曰:'斯文苟不沉没,得者方知吾苦心尔。'至新渠,有识者曰:'唐山人瓢也。'接得之,十才二三。""球生于唐末,至性纯悫,笃好雅道,放旷疏逸。邦人谓之唐隐居。或云,王建帅蜀,召为参谋,不就,今以故居为隐居寺。""《北梦琐言》曰,球诗思游历不出二百里。"

〔二〕 "游心",四库本作"适心"。

〔三〕 "世虑",四库本作"世俗"。

〔四〕 《直斋书录解题》卷十九:"《唐求集》一卷　唐唐求撰,与顾非熊同时。《艺文志》不载。"其集今存,版本源流见《唐集叙录》。

〔五〕 杨夔,《全唐诗》存诗十二首。小传云:"为田頵客。"

孙鲂

鲂,唐末处士也,乐安人。与沈彬、李建勋同时,唱和亦多。鲂有《夜坐诗》,为世称玩。建勋尤器待之,日与谈燕。尝匿鲂于斋幕中,待沈彬来,乃间曰:"鲂《夜坐诗》如何?"彬曰:"田舍翁火炉头之语,何足道哉!"鲂从幕中出,诮彬曰:"何讥[一]谤之甚?"彬曰:"'画多灰渐冷,坐久席成痕。'此非田舍翁炉上,谁有此况?"一座大笑。及《金山寺》诗云:"天多剩得月,地少不生尘。"当时谓骚情风韵,不减张祜云。有诗五卷,今传[二]。

校记

[一] "讥",原作"议",依陆本改。此事全取《江南野录》,《增修诗话总龟前集·讥诮门》上引(月窗本卷三十五,明抄本卷三十七)彼处此字作"诽"。

[二] 其集久佚,《全唐诗》存诗七首,句五联,小传云:"孙鲂,字伯鱼,南昌人。从郑谷为师,颇得郑体,事吴为宗正郎。与沈彬、李建勋友善。集三卷。今存诗七首。"案《唐诗纪事》卷七十一云:"鲂,南昌人。唐末郑谷避乱归宜春,鲂往依之,颇为诱掖,后有能诗声。终于南唐,鲂父,画工也……"与此言乐安异。《全唐诗·补遗》复存二十八首。

李中

中,字有中,九江人也。唐末,尝第进士,为新涂、淦阳、吉水三县令,仕终水部郎中[一]。孟宾于赏其工吟,绝似方干、贾岛[二],时复过之。如:"暖风医病草,甘雨洗荒村。"又:"贫来卖书剑,病起忆江湖。"又:"闲花半落处,幽鸟未来时。"又:"千里梦随残月断,一声蝉送早秋来。"又:"残阳影里水东注,芳草烟中人独行。"又:"闲寻野寺听秋水,寄睡僧窗[三]到夕阳。"又:"香入肌肤花洞酒,冷浸魂梦石床云。"又"西园雨过好花尽,南陌人稀芳草深"等句,惊人泣鬼之语也。有《碧云集》,今传[四]。

校记

〔一〕 按《郡斋读书志》卷四中:"《李有中诗》二卷 右伪唐李有中,尝为新涂令,与水部郎中孟宾于(疑夺"善"字),称其诗如方干、贾岛之徒。宾于,晋天福中进士也。《有中集》中有赠韩、张、徐三舍人诗,韩乃熙载、张乃洎、徐乃铉也。《春日》诗云:'乾坤一夕雨,草木万方春。'颇佳,他皆称是。"水部郎中乃孟宾于,辛氏误连上为李中,详见附录陆本汪继培跋。

〔二〕 "似",原作"侣","干",原作"于",均依陆本改。

〔三〕 "窗",陆本作"房"。

〔四〕 《碧云集》今存,版本源流见《唐集叙录》。

廖　图[一]

图,字赞禹,虔州虔化人。文学博赡,为时辈所服。湖南马氏辟致幕下,奏授天策府学士。与同时刘昭禹[二]、李宏皋、徐仲雅、蔡昆、韦鼎、释虚中,俱以文藻知名,赓唱迭和。齐己时寓渚宫,相去图千里[三],而每诗筒往来不绝,警策极多,必见高致。集二卷,今行于世[四]。时有荆南从事郑准,亦工诗,与僧尚颜多所酬赠,诗亦传[五]。

校记

〔一〕 廖图原名廖匡图,避赵匡胤讳去匡字。

〔二〕 "昭"字依陆本补。刘昭禹《唐诗纪事》卷四十六有记载。

〔三〕 陆本此句作"与图相去千里"。

〔四〕 《廖匡图集》,《直斋书录解题》卷十九著录一卷,早佚。《全唐诗》存诗四首,李宏皋二首,徐仲雅六首,蔡昆一首,韦鼎一首。

〔五〕《全唐诗》郑准存诗五首,尚颜有诗三十四首。

孟宾于

宾于,字国仪,连州人。聪敏特异,有乡曲之誉。垂髫时,书所作百篇名《金鳌集》,献之李若虚侍郎。若虚采猎佳句,记之尺书,使宾于驰诣洛阳,致诸朝达,声誉蔼然,留寓久之。晋天福九年,礼部侍郎符蒙知贡举〔一〕,宾于帘下投诗云:"那堪雨后更闻蝉,溪隔重湖路七千。忆得故园杨柳岸,全家送上渡头船。"蒙得诗,以为相见之晚。遂擢第,时已败六举矣〔二〕。与诗人李昉同年情厚。后宾于来仕江南李主,调滏阳令。因犯法抵罪当死,会昉拜翰林学士,闻在缧绁,以诗寄之曰:"初携书剑别湘潭,金榜名标第十三。昔日声尘喧洛下,近来诗价满江南。长为邑令情终屈,纵处曹郎志未甘。莫学冯唐便休去,明君晚事未为惭。"后主偶见诗,遂释之,迁水部郎中。又知丰城县。兴国中致仕,居玉笥山。年七十馀卒。自号"群玉峰叟"。有集今传〔三〕。

校记

〔一〕 "举"字依陆本补。

〔二〕 王禹偁《孟水部诗集序》:"水部讳宾于,生于连州,其先太原人,故其诗云:'吾祖并州隔万山,吾家多难谪郴连。'幼擅诗名,吟咏忘倦。后唐长兴末,渡江赴举……游举场十年……五上登第,故诗云:'两京游寺曾题榜,五举逢知始看花。'晋天福甲辰岁礼部符侍郎蒙门人也。"则"六举"字误。(见《四部丛刊》本《小畜集》卷二十)

〔三〕 此事取自《江南野录》,见《增修诗话总龟前集》卷二十六《寄赠门》上。《直斋书录解题》卷十九著录《孟宾于集》一卷。其集早佚,《全唐诗》存诗八首,外断句十三联。

孟　贯

贯,闽中人。为性疏野,不以荣宦为意,喜篇章。周世宗幸广陵,贯时大有诗价,世宗亦闻之,因缮录一卷献上。首篇书《贻谭先生》云:"不伐有巢树,多移无主花。"世宗不悦曰:"朕伐叛吊民,何得'有巢'、'无主'之说[一]?献朕则可,他人则卿必不免。"不复终卷,赐释褐,进士虚名而已[二]。不知其终。有诗集,今传[三]。

孟子曰:"予之不遇鲁侯,天也。"至唐开元,孟浩然流落帝心,和璧堕地;孟郊之出处,梗概苦艰,生平薄宦而死。今孟贯坐此诗穷,转喉触讳,非意相干,竟尔埋没,与前贤俱亦相似,命也。孟氏之不遇[四],一何多耶!

校记

〔一〕 四库本重一"有"字。

〔二〕 此出《江南野录》,《增修诗话总龟前集》卷四《诗进门》引,此处作"遂释褐授官"五字。《全唐诗》小传云:"孟贯,字一之,建安人,初客江南,后仕周。"则以《总龟》为是。

〔三〕 《孟贯集》,《新唐志》等未见著录,《全唐诗》存诗一卷。

〔四〕 "心",陆本作"京"。"遇",原作"过",依陆本改。

江　为

为,考城人,宋江淹之裔。少帝时,出为建阳吴兴令,因家,为郡人焉。为,唐末尝举进士,辄不第。工于诗,有"天形围泽国,秋色露人家","月寒花露重,江晚水烟微"等,脍炙人口。少游白鹿寺,有句:"吟登萧寺旆檀阁,醉倚王家玳瑁筵。"后主南迁见之,曰:"此人大是富贵家。"时刘洞、夏宝松就传诗法。为益傲肆,自谓俯拾青紫,乃诣金陵求举,屡黜于有司,怏怏不能已,欲束书亡越。会同谋者上变,按得其状,伏罪。今建阳县西靖安寺,即处士故居,后留题者甚众。有集一卷,今传〔一〕。

校记

〔一〕 按《唐诗纪事》卷七十一云:"为,宋州人,避乱家建阳。游庐山,师陈贶为诗。"《直斋书录解题》卷十九:"《江为》集一卷　五代建安江为撰,为王氏所诛,当汉乾祐中。"此篇前半取《江南野录》,后半取《南唐书》凑成。《苕溪渔隐丛话后集》卷十八并列两说而辨当从《南唐书》,可参阅。《江为集》已佚,《全唐诗》存诗八首、断句两联。刘洞存诗一首、两联,夏宝松存《宿江城》诗六句。又四库本"有句"下有"云"字。

熊　皦

皦,九华山人。唐清泰二年进士,刘景岩节度延安,辟为从事。晋天福中,说景岩归朝,以功擢右谏议。竟坐累,黜为上津令。工古律诗,语意俱妙。尝赋《早梅》云:"一夜开欲尽,百花犹未知。"甚传赏士林,且知其必遇〔一〕。今有《屠龙集》、《南金集》合五卷传世,学士陶谷序之〔二〕。

校记

〔一〕 "遇",原作"过",依陆本改。

〔二〕 按《郡斋读书志》卷四中:"熊皦《屠龙集》五卷　右晋熊皦,后唐清泰二年进士,为延安刘景岩从事,天福中说景岩归朝,擢右司谏。坐累,黜上津今(令),集有陶穀序。陈沆赏皦《早梅》云:'一夜开欲尽,百花犹未知。'曰:'太妃容德,于是乎在。'"《直斋书录解题》卷十九:"熊皦《屠龙集》一卷　五代晋九华熊皦撰。后唐清泰二年进士。集中多下第诗,盖老于场屋者。"辛氏此传盖即出于两书。惟以"皦"为"皎",又出《南金集》一名,未知所据。两集均佚。《全唐诗》熊皦、熊皎分为二人,熊皦《小传》云:"熊皦,后唐清泰二年,登进士第。延州刘景岩辟为从事。入晋,拜捕阙。贬商州上津令。《屠龙集》五卷。今存诗二首。"熊皎《小传》云:"熊皎,自称九华山人,《南金集》二卷,今存诗四首。"而《早梅》诗在四首之列。疑分皦、皎为二人,非是。俟考。

陈 抟

抟,字图南,谯郡人。少有奇才[一]经纶,《易象》玄机,尤所精穷[二]。高论骇俗,少食寡思。举进士不第。时戈革满地,遂隐名[三],辟谷炼气,撰《指玄篇》,同道风偃。僖宗召之,封清虚处士,居华山云台观。每闭门独卧,或兼旬不起。周世宗召入禁中[四]试之。扃户月馀始启,抟方熟寐鼾鲘,觉即辞去。赋诗云:"十年踪迹走红尘,回首青山入梦频。紫陌纵荣争及睡,朱门虽贵不如贫。愁闻剑戟扶危主,闷听笙歌聒醉人。携取旧书归旧隐,野花啼鸟一船春。"还山后,因乘驴游华阴市,见邮传甚急,问知宋祖登基,抟抵掌长叹[五]曰:"天下自此定矣。"至太宗征赴,戴华阳巾,草屦垂条[六],与万乘分庭抗礼,赐号"希夷先生"。时居云台四十年,仅及百岁。帝赠诗云:"曾向前朝出白云,后来消息杳无闻。如今已肯随征召,总把三峰乞与君。"真宗复诏,不起,为谢表,略曰:"明时闲客,唐室书生。尧道昌而优容许由,汉世盛而善从商皓。况性同猿鹤,心若上灰。败荷制服,脱箨裁冠。体有青毛[七],足无草屦。苟临轩陛,贻笑圣朝。数行丹诏,徒教彩凤衔来;一片野心,已被白云留住。咏嘲风月之清,笑傲烟霞之表。遂性所乐,得意何言!"后凿石室于莲华峰下,一旦坐其中,羽化而去。有《诗集》,今传。如洛阳潘阆逍遥、河南种放明逸、钱塘林逋君复、巨鹿魏野仲先、青州李之才挺之、天水穆修伯长,皆从学先生。一流高士,俱有诗名。大节详见之《宋史》云〔八〕。

校记

〔一〕 "奇才",四库本作"才术"。

〔二〕 "穷",四库本作"究"。

〔三〕 "名",四库本作"居"。

〔四〕 "中",原作"上",依陆本改。

〔五〕 "长叹",四库本作"长笑"。读杜草堂本同。"一船"疑当作"一般"。

〔六〕 "条",疑为"绦"。《诗话总龟》卷十九引其事作"绦"。

〔七〕 "青毛",四库本作"绿毛"。

〔八〕 《陈抟传》见《宋史》卷四百五十七。

鬼

杂传记中多录鬼神灵怪之词,哀调深情,不异畴昔。然影响所托,理亦荒唐,故不能一一尽之。

附　录

书唐才子传后　　杨士奇

《唐才子传》，西域辛文房著，十卷，总三百九十七人，皆有诗名当时。其见于《唐书》者共百人。盖行事不关大体，不足为劝戒者不录，作史之体也。而读其诗欲知其人，于辛所录，宜有所取。然唐以诗取士，三百年间以诗名者，当不止于辛之所录，如郭元振、张九龄、李邕之徒，显于时矣，而犹遗之，况在下者乎？而辛所录者，又间杂以臆说，观者当择之。（《东里文集》卷十）

研北杂志节录　　陆友仁

王伯益名执谦，以字行，大名人……为诗简淡萧远，如在山林不与人接者。常谓人曰："吾知吴楚多瑰玮奇绝者，当委身往游，乃称吾意耳。"同时有辛文房良史，西域人，杨载仲弘，浦城人，卢亘彦威，大梁人，并称能诗。（明刻本卷下）

四库全书总目提要　　史部七　　传记类

唐才子传八卷 永乐大典本

元辛文房撰。文房,字良史,西域人。其始末不见于史传,惟陆友仁《研北杂志》称其能诗,与王执谦齐名,苏天爵《元文类》中载其《苏小小歌》一篇耳。是书原本凡十卷,总三百九十有七人,下至妓女、女道士之类,亦皆加载。其见于《新》、《旧唐书》者,仅百人。馀皆从传记说部各书采辑。其体例因诗系人,故有唐名人非卓有诗名者不录。即所载之人,亦多详其逸事,及著作之传否,而于功业行谊,则祇撮其梗概。盖以论文为主,不以记事为主也。大抵于初、盛稍略,中、晚以后渐详。至李建勋、孙鲂、沈彬、江为、廖图、熊皦、孟宾于、孟贯、陈抟之伦,均有专传,则下包五代矣。考杨士奇《东里集》有是书跋,是明初尚有完帙,故《永乐大典目录》于《传字韵》内载其全书。今《传字》一韵适佚,世间遂无传本。然幸其各韵之内,尚杂引其文,今随条摭拾,裒辑编次,共得二百四十三人,又附传者四十四人,共二百八十七人,谨依次订正,厘为八卷。按杨士奇跋,称是书凡行事不关大体,不足为劝戒者不录[一],又称杂以臆说,不尽可据。今考编中,如《许潭传》称其梦游昆仑,《李群玉传》称其梦见神女,杂采孟棨《本事诗》、范摅《云溪友议》荒唐之说,无当史裁。又如储光羲污禄山伪命,而称其养浩然之气,尤乖大义。他如谓骆宾王与宋之问倡和灵隐寺中,谓《中兴间气集》为高适所选,谓李商隐曾为广州都督,谓唐人效杜甫者惟唐彦谦一人,乖舛不一而足。盖文房抄掇繁富,或未暇检详,故谬误抵牾,往往杂见。然较计有功《唐诗纪事》叙述差有条理,文笔亦秀润可观。传后间缀以论,多掎摭诗家利病,亦足以津逮艺林,于学诗者考订之功,固不为无补焉。

校记

〔一〕 案杨意指《唐书》而言,非指辛书,细绎自明。

佚存丛书本跋　　日本天瀑山人

《唐才子传》十卷,元辛文房撰。坊刻颇多舛讹。有称《五山版》,系数百年前物。审其版样,盖得元椠而翻雕之,字画精整,纰谬极少。间有其本,世称罕遘。余家旧藏一部,今据此以订坊本之误云。案《四库全书总目》著录《唐才子传》八卷曰:"考杨士奇《东里集》有是书跋,是明初尚有完帙,故《永乐大典目录》于《传字韵》内载其全书。今《传字》一韵适佚,世间遂无传本。然幸其各韵之内尚杂引其文,今随条掎拾,裒辑编次,共得二百四十三人,又附传者四十四人,共二百八十七人,依次订正,厘为八卷。"则彼之所存,已非完帙,所谓八卷,亦成于掎拾之馀者也。独幸皇国有传本,安得不珍而传之乎?

壬戌首春月念六日,天瀑识。

三间草堂本序　　王宗炎

古之才子,必有齐圣广渊、明允笃诚之德,忠肃共懿、宣慈惠和之行;其见于用,则能宽惠柔民,治国家不失其柄,结忠信,制礼义,使百姓加勇。若是者,谓之天下才,而官司之所因体而利之者。戚施、籧篨、侏儒、蒙瞍、聋聩,皆育之有其制,达之有其教,是以众贤聚而颂声作,崇君之尊而福禄之,而咏歌之。迨政教衰,礼乐坏,卿士大夫之贵,乌茇之贱,陈古义以匡救违失,园史记焉,后世传焉。《小雅》之材七十有四,《大雅》之材三十有一,皆明正变之故,知美刺之法,考风俗之原,得讽谕之旨,尽性达情,察物度则,守秉彝而好懿德者也。

道德之失,而后以技能为才;技能之薄,而后以文艺为才。至于唐世,经术衰熄,而才专属于诗矣。盖自太宗以下,诸帝皆工于诗,上有好者,下必甚焉。进士之举,试以词赋,利禄之途诱之。原其立法之始,非不欲观言于志,取人以言。然而声病之学,非九变复贯之选;浮切之法,非五善六德之本。故其为诗,上者不过沿溯汉魏,根柢《选》、《骚》;下者涉于淫哇绮靡,增悲导俗。求其行能践言、华足副实者,韩愈氏而止耳。李白、杜甫,诗家之极轨,而立身行己未能有所表现。若元稹之轻薄,柳宗元、刘禹锡之朋党,罗隐、杜荀鹤之嘲谐阿谀,皆俨然被才子之名而不辞。庙堂以为除授,坛坫以为标榜,薄游苟出者,以为衣食之资,斯才之极敝矣。

董生言《春秋》之义,因其所以至而治之,故文胜之敝,救之以质。故唐之才,犹古之才,使唐之诸帝,选建俊乂,寘彼周行;文武之臣,征伐于外;孝友之臣,共处于内;德行政事,彬彬如矣。教化所洽,席珍怀宝之士,必能明先王之道,扩充仁义礼智,以尽其才;馀事为诗,亦庶几古之作者。而惜乎终三百年,士之能质,仅域于诗,仅域于唐之诗也!然以风会趋尚,作者大备;贤奸忠佞,粲然殊科。而《新唐书·艺文》、《旧唐书·文苑》,守阙如主义,仍旧史之陋。有元西域辛文房始撰集爵里、姓氏、遗事、轶闻为《唐才子传》十卷,将以定品概之流别,窥心术之邪正,资阅览之衡裁,镜艺林之得失。其书岁久散佚,宗炎盖尝求之而未睹其全也。

同邑陆君芝荣，得日本所刊《佚存丛书》中有是帙，犹为当日完本。凡二百七十八人，附见者一百二十家，以时代为次；时代之中，又以科目先后为断。始以大业之初，终于五季之末。继往开来，别具微旨；伸尊黜妄，体裁雅赡；评论得失，好而知恶，非徒诵其诗而不论其世者。独于古今人才升降之由，与唐之才之诗所以不能复于古者，则未有及也。宗炎故略论之以为之序，而劝陆君重加校勘，付诸剞劂，用广其传焉。

嘉庆乙丑八月朔日萧山王宗炎序。

三间草堂本跋　　汪继培

右辛文房《唐才子传》十卷，同邑陆君芝荣据日本《佚存丛书》重雕，复以四库馆所辑《永乐大典》本校定文字，别为《考异》，至精审矣。梓成，继培读之，复得违失者效事：

案《唐书·李尚隐传》称尚隐迁广州都督五府经略使，及还，人或裒金以赠，尚隐曰："吾自性分不可易，非畏人知也。"文房乃误载其事于《李商隐传》。

晁氏《读书志》云：伪唐李有中尝为新涂令，与水部郎中孟宾于善，宾于称其诗如方干、贾岛之徒。文房作《李中传》全袭之，而云仕终水部郎中，则误以宾于官为中官矣。

其家数先后以科目为断，而所记登科之年或与他书不合。《极玄集》、晁《志》并称王维开元九年进士，此云十九年。晁《志》称耿湋宝应元年进士、赵嘏会昌四年进士，此则并云二年。《唐诗纪事》称王湾登先天进士第，此云开元十一年；崔鲁大中时进士，此云广明间。又《唐书·艺文志》注、晁《志》、《唐诗纪事》并称曹松天复元年进士，此云光化四年。《唐诗纪事》称张子容先天二年进士，此云开元元年,则以先天二年十一月改元开元,光化四年四月改元天复,本一年也。他若崔曙开元二十六年进士、张谓天宝二年进士、朱昼元和间进士、李宣远贞元进士,皆略而不书,未免疏漏。

又文房生于元代,唐人撰述,太半散佚,是书所录,盖据《唐志》及宋人书目,辄云"集若千卷"、"今传"、"今行世"。晁《志》载《雍陶诗》五卷,谓《唐志》集十卷,今亡其半。《唐志》者,《艺文志》也。文房直以《唐志》为陶集名,尤为巨谬。

高適,字达夫,又字仲武。其撰《中兴间气集》者乃名仲武,陆游《渭南集》尝辨之。文房以《间气集》为適所选,亦误刎二人为一。盖文房采撷群集,连缀成篇,往往未及详检。

然叙述简雅,具有体识,议论皆原本前哲,无向壁虚造之说,未可据一节以訾其全书也。

《丛书本》每卷题辛文房撰,惟第八卷作辛良史,良史乃文房字,见陆友仁《研北杂志》,称其能诗,与王执谦齐名云。

嘉庆乙丑十有一月既望萧山汪继培识。

指海本唐才子传跋　钱熙祚

日本人刊《佚存丛书》内《唐才子传》十卷,列传二百七十八人,附见者百二十人,与辛文房原序所称卷目适符,信为完帙。惟序云:"如方外高格,逃名散人,上汉仙侣,幽闺绮思,虽多征[一]考实,故别总论之。"今隐逸仙释及名媛诸传,仍依时次,前后杂出,颇不可解。据天瀑跋所据五山版,系依元椠翻雕,纰缪极少;然此本错乱颠倒处不可枚举。盖缘活字排版,未尝检正也。《四库全书》本从《永乐大典》摭拾成编,虽残阙而校阅精审,兹据以订正为多,其两通者附注于下各存之。

壬寅季春雪枝氏识。

校记

〔一〕 "征(徵)"，原序作"徵"，钱氏笔误。

日本刊本唐才子传[一]跋　　丁　丙

《唐才子传》十卷，日本刊本西域辛文房撰。文房始末不可考。其卷第八题辛良史撰，当为文房之字。卷首自引题"有元大德甲辰春"，则为元时人。陆友仁《研北杂志》称其能诗，与王执谦齐名。杨士奇《东里集》有是书跋，是明初尚存中土也。录凡二百七十八篇，因而附录不泯者又一百二十家，皆以时代为次，时代之中，又以科目先后为断。始大业初，终五季末。继往开来，别具微旨：伸真黜妄，雅具体裁；评论得失，好而知恶，非徒知诵诗而不知尚论者。《四库》从《永乐大典》采辑，厘为八卷。此则东瀛刊本，尚属原帙。厥后萧山王宗炎以陆芝荣校汪继培勘者雕于三间草堂，即是本耳[二]。

校记

〔一〕 丁氏此本为正保四年刊者，有日文旁注，现藏南京图书馆（去书名号）。

〔二〕 余所见日刊凡三本，皆出自五山本。除丁氏所跋者，尚有读杜草堂本，无日文旁注。三间草堂本汪继培《跋》明言"同邑陆君芝荣据日本《佚存丛书》重雕"，丁氏何为作此判断？盖以三本同出一源而误耳。

读杜草堂本唐才子传跋　　王　韬

《唐才子传》曾刻于《佚存丛书》，此其别行本也，顾镌刻未精耳。天南遯。

唐才子传跋节录〔一〕　　伍崇曜

凡七条〔二〕。今细检是书，尚有《提要》所纠之外者，如：《常建传》载其遇绿毛女事，《邵谒传》载其降神作诗事，《曹唐传》载其遇神女事，皆诞妄不经。以及贺兰进明坐视睢阳不救，陷张巡于死地，人本不足取，而此谓其著述穷天人之际；罗隐尝劝钱镠拒汴，志节可称，而此谓其深怨唐室。千虑一失，容或有之。读者录其瑜而略其瑕可已。

同治壬戌重阳日南海伍崇曜谨跋。

校记

〔一〕 此见《粤雅堂丛书》第二十八集。检查数部，伍跋皆缺首叶，未知何故。

〔二〕 以上据文义观之，系节录《提要》所列此书之舛误。

有关诗歌　　周本淳辑

苏小小歌　　辛文房

东流水底西飞鱼，衔得钱塘纹锦书。几回错认青骢马，着处闲乘油壁车。鹦鹉杯残春树暗，蒲萄衾冷夜窗虚。莲子种成南北岸，苦心相望欲何如？（苏天爵《国朝文类》卷四）

清明日游太傅林亭　　辛文房

隔水园林丞相宅，路人犹记种花时。可怜总被风吹尽，不许

游人折一枝。(前书卷八)

元日雪霁早朝大明宫和辛良史省郎二十二韵　　张　雨

才设中庭燎,俄看雪霰飘。岁开环甲纪,星动指寅杓。凤集天门榜,珂鸣月殿桥。卿云同四表,和气洽三朝。陛级肪初截,云层玉旋雕。勾陈分彩队,步辇簇青腰。积屑承盘重,吹花到笏消。逶迤光黼座,凌乱缀珠翘。百戏鱼龙舞,中严虎豹调。旌旗攒甝夤,冠剑掠招摇。乐共炉烟合,班随舞袖招。阆风游广莫,玉局道逍遥。穆满曾觞母,洪厓及见尧,万年临紫极,一白庆璇霄。朝会仪如此,骞腾意颇饶。身唯参寂寞,世岂绌纷嚣! 姑射消疵疠,蓬莱倚沉寥。瑶华攐戴胜,珠树引回镳。有术探《鸿宝》,何人识爨焦! 竟须穷海岱,直拟并松乔。书就神床写,香从别室烧。怜君守华省,琢句废春宵。(《句曲外史贞居先生诗集》卷四)

辛良史披沙集诗　　马祖常

未可披沙拣,黄金抵自多。悠悠今古意,落落短长歌。秋塞鸣霜铠,春房剪画罗。吟边变馀发,萧飒是阴何。(《石田先生文集》卷二)

送良史[一]　　贡　奎

郁郁楚竹实,飞凤以慰饥。鸣声乃铿和,遂息苍梧枝。时哉一朝遇,灿若五彩施。矫首沧江云,空晴散何之? 奚不比翾翔,悠悠眷予私。惊飚起层波,落日增馀悲。去去勿久留,赴此远大期。采风讵辞责,上寄简册垂。缄书谁复悟? 为子歌别离。(《四库全书·集部》卷一)

校记

〔一〕 贡奎题下注:"西域人,尝学于江南,除翰林编修,今省归豫章。"

唐才子传考异　　陆芝荣

剞劂将毕,复得《永乐大典》本订其异同,颇多是正。其有刻成未及追改及文义两通者,录诸别纸。附于后方,庶有便于览观并足资夫考证云尔。芝荣识。

卷　一

序　茬苒原本作苒苒,以意改。　谁得而诬也也疑他,属下读。　虽多微实考句有脱误。

王绩　待诏江国公大典本无待诏二字。后凡属大典本异文不复标名。按唐齐木传称侍中陈叔速,此待诏乃侍中之误。

王勃　召署署为　新修造

杨炯　假弄弄假　炯尝谓"吾愧在卢前,耻居王后"。张说曰:"盈川文如悬河,酌之不竭。耻王后,愧卢前,谦也炯曰:"吾愧在卢前,耻居王后"。论者然之。张说曰:"盈川文如悬河,酌之不竭,优于卢而不减于王。愧在卢前,谦也;耻在王后,信然。"

卢照邻　行于世下有《旧唐书》曰:"兄光乘亦知名。长寿中为陇州刺史。"

杜审言　恃高才无高字。

沈佺期　汉人五言诗原本无此五字,据大典本增。

陈子昂　《易象》《庄》　钧衡钧。原本作权,据大典本改,后凡云原本作某者并同,其据他书改者皆别标出。

李百药　奖荐拔

张说　平章事上有同字。

267

李昂　王丘原本作王立。

孙逖　改考功员外郎,迁中书舍人,与颜真卿、李华、萧颖士皆同时,称海内名士《考证》云:按《旧唐书》逖传;开元二十二年逖始为考功员外郎,频选贡士,初年得颜真卿,后年得李华、萧颖士。考《文献通考》,开元二十一年至二十三年岁一试进士科,盖皆逖主之,三人者其所取士也。又考《旧唐书》所载开元二十四年,逖始迁中书舍人。

刘眘虚　婉态宛然。按高仲武《中兴间气集》作"声律婉态",《唐诗纪事》引仲武语作"婉然"。

王湾　开元十一年常无名榜进士十一年作元年。按《张子容传》亦云开元元年常无名榜进士。

卷　二

王昌龄　李嶷李严　兵火之际兵燹之际。

陶翰　兴象乂　按《河岳英灵集》作象。

王维　丘为原本作丘丹。按维有赠丘为诗,作"为"是。　后表宅请以为寺后表请舍宅以为寺。

薛据　据无由得之原本作"据无媒"三字。　高山原本无山字。

刘长卿　开元二十一年徐徵榜及第按《刘眘虚传》云"开元十一年徐徵榜进士",此云二十一年,未知孰误。

李季兰　俊媪姬　是有昔贤妇人是以古昔贤人。　斑斑简牍概而论之班班可考,未易概而论之。　天之　可逃之作有　绣口肠　足可是所

阎防　为人下有"好读书"三字　度人事度作废。

李颀　故其论道家原本无道字

孟浩然　勤疾而终按王士源《孟浩然集序》云"食鲜疾动终于治城南",勤疾乃疾动之误。

孟云卿　伤怨感　虽然能　集今传集上有有字

卷 三

岑参　烽尘风尘　清尚迥

王之奂　中折节中作后　黄沙河按《全唐诗话》作沙。

贺知章　以给渔樵下有"后改为天长观"六字。

道人灵一　缾钵之外馀无有瓶钵外无所有

皇甫冉　叹以为　遂心避地按《唐诗纪事》作避地。

独孤及　无曾曾无

张众甫　皇甫御史下有曾字　曾寄处士诗处上有张字。　蒋涣　元季川《考证》云：按《唐诗纪事》蒋涣，宰相智周之孙，中进士第，永泰时为鸿胪卿，日本使遗以金帛，不纳，惟取笺一番以贻其副，终吏部尚书。元季川，大历贞元间诗人也。原文不载，似失考。　之慕原本作术

严维　业素儒素

陆羽　古人谓谓上有所字。　挈具黄冠　远屿原本作墅

顾况　梧桐死老　即亡暴亡

戎昱　不上第

苏涣　本不平者少好奸利　故加待之故勉加礼待之　明言不废孟子格谈有言不废，孔子格谈。　杜甫有与赠答之诗今悉传下有：诗云：再闻诵新作，突过黄初诗。今晨新镜里，胜食斋房芝。

朱湾　兴用会　藏杳冥间间上有之字　无媒通通上有而字

张志和　性迈不束性高迈

卷 四

卢纶　巾笥按《唐书》作家笥

吉中孚　云窟原本作穴

司空曙　字文明文初　按《唐书》云字文初，《唐诗纪事》作字文明。　亦尝

夏侯审　幽阒_闲　<small>原本作自</small>

李端　余心知必是未得其门<small>余心知其未得其门。按此句有脱误。</small>

窦叔向　名流<small>原本作一流</small>　之誉<small>原本作兴</small>

康洽　令人归欲烧物<small>烧作惜</small>　怜才乃能如是也<small>按二句文有脱误。</small>

李益　以为<small>原本无以字</small>

王季友　磊落<small>原本作浪</small>　常情<small>原本作性　按《河岳英灵集》作情。</small>

王建　畏途<small>长途</small>

韦应物　<small>按目录附丘丹，传不载丹事，当有脱误。</small>

皎然上人　上人文<small>上有得字</small>

窦牟　移疾<small>原本作舟</small>

窦群　哀踊<small>痛</small>

卷　五

卢仝　馀人<small>奄人</small>　松柏筠

刘叉　破履穿结<small>按《唐书》作破衣穿履。</small>　宾客<small>原本无宾字，据《唐书》补。</small>

李贺　我年二十不得意一生愁心谢如梧叶矣<small>我年二十不意一生愁心如欲谢梧桐叶矣。</small>

李涉　乱兵<small>兵乱</small>　因名所居白鹿洞<small>居下脱白字</small>　子供渔樵<small>子上脱稚字</small>　如今<small>于今</small>

朱昼　凡如此警策稍多<small>凡如此警策者颇多</small>

贾岛　李凝<small>原本作李馀</small>　韩驻久之<small>驻下有马字</small>　遂登<small>下有焉字</small>　令与一清官谪去者乃授遂州长江主簿<small>者上有主字</small>

朱放　有别同志曰<small>曰上有诗字</small>

羊士谔　王叔文所恶<small>上有为字</small>

张登　历卫府参谋<small>历参戎幕</small>　拜监御史<small>监下脱察字</small>

杨巨源　缓有愈隽永之味 隽在有上

王涯　《否》《泰》递复 递作《妬》

韩愈　学浪殖

孟郊　少谐合 少原本作不，据《唐书》改。

戴叔伦　称心契

张仲素　其每次　古人有未能虑者 虑下有及字

吕温　陆质 原本作陆贽，据《唐书》改。

张籍　命素酬唱　中叶 原本作暨

雍裕之　飘零蓬

卷　六

白居易　嫌其出位怒 下有之字

元稹　可欺金石 按欺疑款

鲍溶　一时 一作下

张又新　喜尝茶 喜作性

殷尧藩　为性 天性

清塞　自终 而终

无可　妙在言用而不失其名耳 句有脱误

李约　单枕 单作联　按《全唐诗话》作单床　绿石琴 下脱荐字

薛涛　调翰墨 调作娴　行一字叶音令 原本作改一字愜音今　稍窥 原本作欺　匪其 以匪

李廓　政有奇绩《考证》云；按《新唐书》廓为武宁节度，不能治军，为军所逐，原文所云非事实也。

章孝标　将归家庆先寄友人曰 按家原本作嘉。《唐诗纪事》以此诗为及第后寄李绅，首二句作"及第全胜十改官，金鞍镀了出长安"。

施肩吾　第后 上脱登字

韩湘　见趣必高远苦吟_{见趣高远尤耽苦吟}　开碧桃花_{原本无桃字}　告去_{原本作告违去}　从岭间来_{岭上脱林字}　视乃湘也_{视下有之字}

韩琮　锦不如也_{锦下有绮字}

韦楚老　作古乐府居多_{作上脱众字}　《祖龙吟》_{吟原本作行}

张祜　乃一问头诗_{一问二字作款}　《长恨歌》_{上脱作字}

杜牧　牧恣心赏_{赏上有游字}　红袖_粉　目成_{近城}　别业樊川_{樊上有在字}

卷　七

杨发　传末有论云；礼乐之学，何世无之。周罗睺，虎将也，而能不失事旧主之仪；杨发，健吏也，而能抗作神主之议。杨收博学精辨，其议音律之变与旗常之藏，诚不谬于古。然运丁叔季，制行出处皆不能尽合中道，位愈高则祸愈大。古称知礼乐之情者能作，知礼乐之文者能述。夫皆知礼乐之文者欤？

李远　夸迈_{远迈}

许浑　退居丁卯桥每村舍暇日_{原本桥上有涧字无每字}　故其_{原本作为}

雍陶　投贽_刺

贾驰　闻之_{原本作得闻}　有怜才之意_{有上有颇字}

李商隐　兴元河阳　后随亚谪循州三年始回《考证》云，按商隐《樊南乙集》自序云；"余为桂林从事日，常使南郡，明年正月自南郡归，二月府贬，选为盩厔尉；""尹即留假参军事，典章奏。"考商隐自岭表归为京兆尹卢宏正掾曹；其在岭表期年耳，原文及《新旧唐书》并误。　中州东川　出为广州都督云云未几入拜检校吏部员外郎罢，客荥阳卒_{考证云；按《新唐书》柳仲郢节度剑南东川，辟商隐为判官检校工部员外郎，府罢，客荥阳卒。则员外郎系判官带衔并非入拜，亦非吏部也，又商隐亦未为广州都督，原文全误。}　后学者重之_{原本作后之学重者。}

薛逢　整然赫然　豪逸上有而自有三字　长短上有第字　亦当时上有盖字　之谓谓作诣下有也字　求者原本无求字　今并行传

赵嘏　早秋晚秋　数点几点

薛能　表置为　按置当作署

李宣古　银字象　声亮音抱　舞来衣　印绶组绶

项斯　官润州官原本作始命二字　岩林原本作宇宙　门树林树

马戴　为禄禄仕　既乡里当名山秦几按此句义义不明,当有脱误。

任蕃　二端立在途奔走何由了热中赴长安,奔走何时了。

顾非熊　被人耳被原本作破　洽闻熟闻　高科早按《唐摭言》作高科晚。

刘驾　宗庙原本作宁庙,据《全唐诗》改。

方干　浙中原本作间　谋迹考行

李群玉　丰妍美　骚愁也盖其离愁也　无人人莫　萎薾邌安　亦大亦云

卷　八

李郢　闻岛寻卒岛亦寻卒

陈陶　神仙道术　挥尘谈终日欲试之原本无尘字,欲上有而字。

郑巢　如门生礼效合体格能服膺无斁句意清新原本作如门生礼然体效格法能服膺无斁,句意且清新　今传今行于世

于武陵　汀洲原本作河洲

来鹏　师韩柳文文上脱为字　收葬之收作而

温庭筠　后中夜原本无中字

邵谒　难着及

李昌符　岩梦岩原本作若,盖岩之误。　个个原本作丁了,盖个个之误。

汪遵　径之一走耳走下有徒字　按徒字衍,司马子长《报任少卿书》云太史公牛马走,注云走犹仆也。

273

罗邺　举事_{触绪}

李山甫　生憎俗子_{生下有平字}

曹唐　诸府使府　鸾服佩

皮日休　果恨_{裹恨}　知与不知_{原本作无知不知}　词闲_{词原本作时，以意改。}

僧虚中　而读书不辍工吟咏_{原本作虽然读书工吟不辍}　栗成寺_{栗原本作宗，按《唐诗纪事》作栗。}　因归华山寄以诗曰_{原本寄上有人字无以字。}

周繇　只苦篇韵_{苦下有嗜字}　为不入于邪见能致思于妙品_{为其不入邪见，直臻上乘。}

卷　九

崔道融　征西_{征作辽}

聂夷中　久沉草泽_{原本作盖奋身草泽}

唐彦谦　调度_{风调}　故多_{故原本作伤}

高蟾　意亦凄楚_{原本作意指亦直}

赵光远　狂惑_{狂原本作狐}

周朴　月煅季炼_{季原本作年。按月锻季炼语本《六一诗话》。}　声价_{原本作美价}

罗隐　投素作卷首《过夏口》云_{投所作卷其首章《过夏口》石}　殊丽_{姝丽}　性成_{成原本作能}　白日能蔽于浮云_{句上有噫字}

罗虬　副戎所盼为从事歌_{原本盼作贮，无为歌二字。}　声律_{声原本作拘}

崔橹　俱高_{俱原本作且}　佳作也_{佳作也不重}

郑谷　落渡头_{落作浴}

齐己　近仙去_{近下有己字}

崔涂　归心_{乡心}　今传_{今行于世}

李洞　送僧游南海_{原本作"归日本"三字}

吴融　御楼_{上脱既字}

韩偓　字致尧_{致光}　按《四库全书总目·韩内翰别集》提要云:《唐书》本传谓偓字致光。计有功《唐诗纪事》作字致尧,胡仔《渔隐丛话》谓字致元,毛晋作是集跋以为未知孰是。案刘向《列仙传》称偓佺尧时仙人尧从而问道,则偓字致尧,于义为合。致光致元皆以字形相近误也。　终始属卿_{始下脱以字}

唐备　多涵_{原本作极}　干渎_{于渎}　按于渎已见第八卷,此不应重出。　发言_{原本作为}

王驾　宏思于李杜_{于原本作至}　按《一鸣集》、《唐诗纪事》并作于,思《纪事》作肆。　宜继有人_{继下有起字。按《一鸣集》、《唐诗纪事》并无起字。}　自谓誉己不虚矣_{原本作自以誉不虚己}

戴思颜_{司颜}　按《唐摭言》、《唐诗纪事》并作司

卷　十

王涣　崔氏_{上脱以字}

张乔　吴罕_{按《唐诗纪事》作吴宰。}　李栖远_{下有李昌符一人}　复受许下薛尚书知_{复受放薛尚书知之}

张鼎　字台业_{下有"闽中人"三字,乃《张为传》文误属于此。}

韦庄　庄应举_{下有时字}　曾游_{薄游}　性俭_{下有约字}

王贞白　与贞自居去不远_{与贞白所居相去不远。}　慕其为人_{上有盖字}

张蠙　朱光嗣_{按《唐诗纪事》作宋光嗣}

王毂　丰禄_{持录}　宦进_{宦远}　临老不变图_{不变下有"者为"二字}

殷文圭　后更道由汴_{原本作更由宋汴}

李建勋　晓出_起

褚载　有恩堪报死何难_{原本作有恩可报死应难}　今传_{下有"于世"二字}

吕岩　时移世换_{原本作时及□世。}　归忽不见_{忽然不见}

卢延让　余昔在翰林云云_{《考证》云;按此条全本杨大年《谈苑》。考《谈苑》}

275

原文云:卢延逊诗浅近,人皆笑之,惟吴融独重之,且云后必垂名。延逊诗亦有佳处如《宿东林》云云。余在翰林尝召对,上举延逊臂鹰骑马二句虽浅亦自成一体也。考宋避濮安懿王名故讳让字,延逊即延让也。但翰林召对数语乃大年自述其制诰时事,原文以为吴融之言,舛谬殊甚。

曹松　早未达早下有岁字　朝廷放进士为喜放上有以字　罕尝接构身逍遥

贯休　见志意　休时居灵隐休上有僧贯衍　小忍二字未详疑不悦之误。

沈彬　笔力手笔

唐求　游心适心　世虑俗

廖图　与图相去千里原本作相去图千里。

孟贯　何得有巢无主之说重有字

江为　有句下直云字

陈抟　奇才才术　精穷究　抵掌长叹长叹作笑